Plusieurs événements poussent la physicienne et climatologue Chantal Blanchard à prendre la fuite : son amour bouleversant pour Jona, un garçon bien plus jeune qu'elle, les informations sur une découverte spectaculaire d'ossements humains et l'apparition du cadavre de son arrière-arrière-grand-mère, Paulette, jusqu'alors captif d'un glacier. Elle suit les traces de celle-ci jusqu'au Japon, en passant par la Sibérie. Dans ses notes de voyage, Chantal tourne avec beaucoup d'ironie autour de la relation fragile entre le Moi et le monde. La scientifique ne parvient pas à échapper à la spirale narcissique de ses réflexions et à retrouver le chemin de la réalité. Dans un pamphlet cynique intitulé *Détruisez-vous !*, elle écrit pour lutter contre son désespoir grotesque et la position de l'homme dans le cosmos.

Philipp Weiss est né en 1982 à Vienne. Il a suivi des études de langue et civilisation allemandes et de philosophie. Il est l'auteur de pièces de théâtre qui lui ont valu plusieurs distinctions. *Le Grand Rire des hommes assis au bord du monde* est son premier roman.

PHILIPP WEISS

LE GRAND RIRE DES HOMMES ASSIS AU BORD DU MONDE

ROMAN

Traduit de l'allemand (Autriche)
par Olivier Mannoni

SEUIL

Titre original : *Am Weltenrand sitzen die Menschen und lachen, Cahiers, Chantal Blanchard, Siebtes Heft – November 2010 bis März 2011*
Éditeur original : Suhrkamp Verlag, Berlin
ISBN original : 978-3-518-42817-7

ISBN 978-2-02-141933-7

www.seuil.com

CAHIERS
Chantal Blanchard

Septième cahier –
novembre 2010
à mars 2011

Qui es-tu, enfant de Gyokusendo ? À moins que je ne doive demander : Qu'es-tu ? Le nain d'Okinawa ? Une tête réduite ? Une ruse, une plaisanterie de la nature ? Un petit tas d'os défaits ? Pourquoi apparais-tu maintenant ? Quelques traits sur une feuille de papier ? Existes-tu seulement ? Pourquoi faire une incursion ici ? Pourquoi me hanter ? Pourquoi me plonger dans le malheur ? Le père est arrivé avec ton image. Il a dit : Ici. Et d'un seul coup, tu étais là. Créature impossible, enfant de Gyokusendo. Tu me fais peur. Tu me séduis. Tu fais claquer tes dents. Tu prophétises à l'être humain *un nouveau passé.*

Squelette à la con !

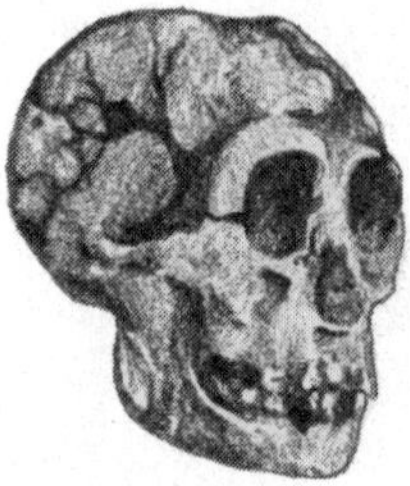

Tu es là, devant moi, l'Os. Un dessin à la craie, un peu passé, daté du 7 septembre 1874, Okinawa, royaume de Liu Kiu. Liu Kiu ? Est-ce là ta patrie, le Crâne ? Une note manuscrite au bord de la page commente : *La téméraire Mme Blanchard, l'archéologue Siebold et l'enfant de Gyokusendo qu'ils ont mis au jour.* L'arrière-arrière-grand-mère, donc, en tenue de voyage avec chapeau de paille concave dissimulant mal sa chevelure abondante, et la pelle à la main. *Elle me regarde d'un air triomphant.* Que veut-elle me faire accroire, l'aïeule ? Quel âge peut-elle avoir ? Le début de la vingtaine. Tout au plus. À côté d'elle, Heinrich von Siebold, à peine plus âgé qu'elle, prenant une pose vaniteuse, désigne le minuscule squelette étalé devant eux. Il te désigne, enfant de Gyokusendo. J'aimerais te protéger, à l'instant même. J'aimerais te prendre, te retenir auprès de moi. Je crains que le vent ne puisse t'emporter. (Le vent d'il y a cent trente-six ans.) Au deuxième plan, l'entrée de la grotte ; quelques ouvriers devant, des sujets de Liu Kiu, appuyés sur leurs outils, portant chapeau et sandales, jambes nues. En marge, des croquis détaillés de tes os. Je suis fascinée.
Où te trouves-tu aujourd'hui, enfant de Gyokusendo ? Où ?

Crâne avec mâchoire inférieure, fracturé

Omoplate gauche

Clavicule gauche, courbe

Fragments de côtes

Vertèbres cervicales, dorsales, lombaires éparses

Clavicule, d'une singulière beauté

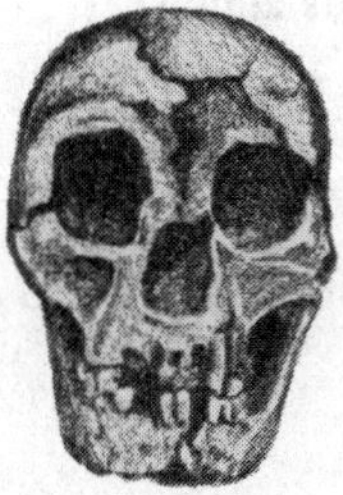

Os pelvien, plusieurs fractures

Fragments de bassin côté droit, masculin ?

Humérus, entier

Os carpien gauche

Métacarpien gauche

Phalanges éparses

Fémur droit, fracturé

Péroné droit

Phalanges d'orteils

Je ne suis pas un Hamlet. Et pourtant je parle à un os.
Pourquoi me souris-tu, ô Crâne creux ? Je fais comme ce dadaïste tombé amoureux du crâne sans chair d'une jeune femme, qui avait tout juste vingt-deux ans lorsqu'elle mourut de phtisie en 1811. Il trouva cet ossement dans une ancienne chapelle et le promena partout avec lui pendant des années. Sur la calotte crânienne étaient gravés le nom et le lieu de naissance, on avait peint des roses et des myosotis sur les pommettes. Il était, écrivit-il, tombé fou amoureux de cette femme de 133 ans et ne pouvait plus s'en séparer.

Elle te plaît, cette
histoire, ô Crâne ?
As-tu jamais aimé ?
L'as-tu fait ?

L'AMOUR *un accident.*

Un désastre interne,
une apoplexie de la raison,
un effondrement
de toute pensée et de toute sensation.

Quel âge as-tu,
enfant de Gyokusendo ?
Combien de temps la terre
T'a-t-elle conservé ?
Mille ans ?
Trente mille ?
Cent mille ?

Un million ?

Est-ce seulement possible ?
Es-tu ce pour quoi je te prends ?
Dans ce cas que faudrait-il faire ?
Qu'est-ce que cela signifierait ?

Tu me troubles, squelette. Je t'ai regardé de près, à la loupe. Que dis-je ! Je t'ai scanné et agrandi trois fois, cinq fois, vingt fois ! Ta tête reste pourtant aussi petite qu'un fruit pas mûr. Elle a les mêmes caractéristiques que celle des hommes de Florès. La calotte crânienne en courbe aplatie, les arcades sourcilières légèrement proéminentes, le sphénoïde, l'arcade zygomatique, les mâchoires supérieure et inférieure aussi tendres que celles d'un humain. (Un coup d'œil plus précis sur ta dentition serait instructif. Où claque-t-elle aujourd'hui ?) Comme la tête d'un nourrisson. D'une petitesse troublante. L'un dans l'autre, le crâne d'un homme primitif. Comme si tu avais deux millions d'années. Ou trois ? Un crâne d'*Homo erectus* nanifié ? Ou celui d'un *Australopithecus* ? Comme si Lucy, la merveilleuse, était ta sœur aînée. Tu la connais, oui ? Dis-moi, quand les premiers hommes ont-ils migré sur les îles japonaises ? Et combien mesure ton squelette ? Un mètre, peut-être ? Et ces longs bras de petit singe. Comme si tu t'accrochais encore aux arbres d'une main. Cela se peut-il ?

Tu n'es pas un enfant, enfant de Gyokusendo. Tu n'en es pas un, est-ce que je me trompe ?

Tu es un petit homme.

Tu me demandes pourquoi je tremble ?
Tu le demandes encore ? Il y a bien des raisons.
Je les énumérerai quand nous serons plus proches
l'un de l'autre. Un jour.
Donne-moi du temps. Je suis une scientifique vieillissante,
non, une idiote. Pour le moment, juste ceci :

Rien, tu m'entends, rien ne m'effraie plus que l'apparition.

Il pleut.

Ce n'est pas la pluie ordinaire. Ce n'est pas la pluie indifférente dont parle Malebranche : « Il pleut sur les sablons et dans la mer, il pleut dans les grands chemins, il pleut également dans les terres inégalement cultivées. » Mieux, il pleut sur les toits, sur les voitures, sur mon manteau bleu, bleu. Ce n'est pas cette pluie coupée d'acides de soufre et de salpêtre. Il s'agit plutôt de la pluie des atomes d'Épicure, *qui tombe dans le vide en parallèle.* Il y a 2 300 ans, le philosophe nous explique qu'avant la naissance du monde une quantité infinie d'atomes tombaient, en parallèle, dans le néant. *Ils continuent à tomber.* Sans cause, sans but. Et il n'aurait selon lui jamais, de toute éternité, rien existé de pareil. Si cela n'était pas arrivé. S'il n'y avait eu là ce *clinamen*, cette courbure, cette plus petite divergence possible qui se produit quelque part, à un moment donné, d'une manière quelconque.

> *Dans la chute en ligne droite qui emporte les atomes à travers le vide, en vertu de leur poids propre, ceux-ci, à un moment indéterminé, en un endroit indéterminé, s'écartent tant soit peu de la verticale, juste assez pour que l'on puisse dire que leur mouvement se trouve modifié. Sans cette déclinaison, tous, comme des gouttes de pluie, tomberaient de haut en bas à travers les profondeurs du vide ; entre eux nulle collision n'aurait pu naître, nul choc se produire ; et jamais la nature n'eût rien créé.*

(LUCRÈCE, *DE LA NATURE*)

Ils dévient, à peine perceptibles,
de leur chute verticale, interrompent,
on ne sait ni où ni pourquoi, la chute parallèle et interminable,
se télescopent, heurtent des corps voisins qui, à leur tour, entrent en collision
avec d'autres et d'autres encore,
et c'est ainsi que se met en place le carambolage progressif –
et donc *la naissance d'un monde*.

C'est quelque chose
de ce genre,
je crois, qui m'est arrivé.

Père a dit :
Ma fille, tu t'intéresses bien aux morts, non ?
Il est allé fouiner pour trouver ton portrait.
Soudain tu étais là.

Une légende japonaise raconte l'histoire d'une femme des neiges, Yuki Onna. Selon la tradition, elle apparaît tantôt comme une beauté séduisante, tantôt comme un démon semblable à un vampire : elle commence par geler ses victimes avec son haleine puis aspire leur souffle vital. La possibilité de son apparition se limite aux constellations rares et aux hasards. Par exemple aux nuits de pleine lune quand la neige est fraîchement tombée. Ou à l'instant où frappe la foudre pendant que s'abattent des tempêtes de glace. Elle ne porte qu'un léger kimono d'été, sa peau est d'un blanc scintillant.
Ses pieds nus
ne laissent
pas de traces
dans la neige.

Le 7 septembre, dans la mer de Glace du massif du Mont-Blanc, dans le secteur de Montenvers, à 1913 mètres au-dessus de la mer, à 1,35 kilomètre au nord-ouest de la station de vallée, située près de la langue du glacier, a été trouvée la momie d'une jeune femme, vêtue de sa robe et pourvue de son équipement. Son visage est apparu sous une mince couche de glace transparente. Ceux qui l'ont découvert à leur totale surprise – un couple de Lettons en lune de miel partis en excursion – étaient sous le choc et ont dû recevoir une assistance psychologique, apportée sur place par des spécialistes. Depuis cent cinquante ans, le plus grand glacier de France est en recul continuel. Au cours de cette période, la mer de Glace s'est réduite de deux mille mètres, tandis qu'elle perdait jusqu'à cent trente mètres d'épaisseur. À la suite d'une période de temps chaud et sec, le cadavre, qui se trouvait sans doute encore plusieurs mètres sous la glace au début de l'année, est remonté à la surface à une vitesse inhabituelle, comme pris d'une subite impatience. La peau tannée et assombrie de la momie revoyait le soleil pour la première fois depuis d'innombrables décennies. Pendant plus de cent trente ans, elle était restée intégralement prisonnière de la glace, qui la protégeait de l'érosion et de la décomposition. Des processus de sublimation avaient desséché à froid le corps de cette femme morte à vingt-cinq ans. Même les organes internes étaient bien conservés. Tout laisse penser que le corps couché dans son lit de glace a passé près d'un siècle dans une cuvette rocheuse avant d'entamer une pérégrination sur plusieurs kilomètres avec le flot de glace, depuis les plus hautes régions jusqu'à la vallée. Selon les premières investigations, cette momie serait le corps d'une femme nommée Paulette Blanchard, accidentée en 1878 au retour d'un voyage au Japon. Parmi les objets qu'elle portait se trouvait un bloc-notes dont les pages désagrégées étaient certes irrécupérables, mais sur la reliure en cuir duquel on trouva, gravé, le nom de la jeune femme. À l'été 1878, elle était partie, seule, apparemment, pour une randonnée de plusieurs jours dans le massif du Mont-Blanc. On ne dispose pas pour l'instant d'éléments plus précis.

À propos de la quadruple racine du principe de la raison suffisante :
« Le naturaliste SAUSSURE aurait, depuis le Mont-Blanc, vu la Lune si grosse qu'il ne la reconnut pas et, de terreur, perdit connaissance. »

Le genou mou, la main tremblante, et devant les yeux un trem*blo*tement · · · · · · · · ·

Et à chaque émergence
un écho de la vieille question :
Pourquoi y a-t-il quelque chose
plutôt que rien ?

De toute façon nous nous
en sortirions mieux avec le néant.

Te voilà donc qui sors de la glace,
Paulette Blanchard...

L'eau est extraterrestre. Elle est venue de l'espace et elle est plus ancienne que notre Soleil. Lorsque, voilà 4,6 milliards d'années, à la suite d'un monstrueux collapsus, notre Système solaire s'est formé à partir de l'un des innombrables nuages moléculaires primitifs de la Voie lactée, l'eau était déjà présente. Elle volait, sous forme de glace, à travers l'espace interstellaire gelé. Le nuage solaire, en rotation, instable, s'effondrant sur lui-même, était majoritairement composé d'hydrogène et d'hélium, ainsi que d'une part minuscule de gaz et de poussière.

Alors qu'au centre de ce nuage apoplectique la pression et la température montaient à des niveaux tellement élevés que se déclencha un puissant processus de fusion nucléaire – notre Soleil –, les rares poussières d'étoiles volantes, fouettées par le vent solaire, donnèrent naissance à quelques mottes massives : on les appelle d'ordinaire aujourd'hui Mercure, Vénus, la Terre et Mars. Elles sont la conséquence d'un gigantesque carambolage : la collision permanente et l'union violente d'astéroïdes et de planètes naines. La Terre des premiers temps a subi une collision d'une telle violence avec le corps céleste Théia, grand comme Mars, que l'énergie ainsi dégagée a fait fondre notre planète et en a détaché un petit paquet de roche. Depuis, elle en est le satellite et lui tourne autour. Il s'agit de la Lune.

Les conditions d'existence sur la jeune Terre ainsi constituée étaient rudes. À mille degrés Celsius, sur un lieu couvert d'un océan de magma, sillonné de crevasses où roulait un liquide incandescent, bosselé par le vent solaire, sous le feu constant de puissants impacts et de dégradations radioactives, la présence d'eau était impossible. On attribue à cet éon le nom d'Hadéen, d'après celui que l'Antiquité grecque donnait à l'enfer. La Terre prit plusieurs millions d'années pour se refroidir. La surface forma une croûte. Elle était sans vie. Et elle était sèche. Comment alors l'eau est-elle arrivée sur la planète ? La substance dans laquelle le premier philosophe, Thalès de Milet, voyait l'origine de toute chose ; la liaison chimique sur la base de laquelle la vie est née, la seule dans laquelle celle-ci ait pu se développer au fil de milliards d'années ; le fluide dont notre corps est composé pour sa plus grande part, celui qui recouvre aujourd'hui les deux tiers de la planète. D'où l'eau venait-elle ? Une théorie veut que son origine soit le nuage d'Oort, un amoncellement de déblais situé à la lisière la plus extrême de notre Système solaire, d'où l'eau, passant par les comètes – ces gigantesques boules de neige sales et vagabondes qui tournent autour du Soleil sur de larges orbites avec leurs longues traînes –, aurait atteint la Terre avec force roulements de tonnerre il y a quatre milliards d'années. C'est une sorte de pluie de grêle cosmique qui s'abattit alors sur notre planète et la pourvut non seulement en eau extraterrestre, mais aussi en liaisons organiques prébiotiques, celles qui allaient devenir un germe de vie. Mais le manteau rocheux de la planète venait tout juste de se former en croûte. Il était brûlant, trop chaud pour que l'eau reste liquide. Celle-ci se mit à circuler à travers les strates d'air, s'évaporant en permanence avant même d'atteindre la surface de la Terre. D'innombrables millénaires s'écoulèrent avant que la roche fût assez froide pour recueillir l'eau.

Alors vint la grande pluie.

Elle dura quarante mille ans. Incessante, inexorable. La pluie. Des millénaires de précipitations. C'est un flot aux dimensions apocalyptiques qui est aux origines de la vie. L'hydrosphère était née. La Terre était recouverte par les océans.

C'est donc cette eau qui a été ta tombe, Paulette Blanchard.

Pourquoi est-ce que je pleure ?

Phénomènes :

le cadavre de mon arrière-arrière-grand-mère

le sourire d'un crâne préhistorique

l'amour

Réfléchir à d'autres permutations.

Rien, tu m'entends, rien ne me fascine plus que la disparitio

Yerres. C'est la première fois depuis vingt ans
que je parcours ces rues et ces ruelles.
J'évite la maison de ma famille, je la contourne
en décrivant des ellipses toujours plus larges.
Les souvenirs affluent.

Souvenirs :

Je trouve la tache de naissance sur son dos.

Ses pieds blêmes se réchauffent contre mon ventre.

Ses pieds blêmes.

Je me sens malade.
Il y a en moi une effroyable inquiétude.

Les atomes n'ont pas de mémoire. Deux d'entre eux ayant le même isotope sont parfaitement identiques, *quelle que soit leur histoire.* S'ils sont radioactifs, par exemple, leur décroissance radioactive est la même, aussi différent qu'ait pu être leur passé. Cela signifie qu'ils n'ont pas de mémoire. S'ils se souvenaient, ce seraient des narrateurs débordants. Chaque atome de mon corps a connu à de nombreuses reprises l'ébranlement le plus violent qui existe dans notre univers. Chaque atome de mon corps est le fruit d'une catastrophe. Le big bang a dispersé hélium et oxygène. Mais le carbone, l'azote, l'oxygène dont se compose mon corps viennent de supernovas, du collapsus des soleils, les feux d'artifice les plus clairs de notre univers. Mon corps est de la poussière d'étoile, et dépourvu de souvenirs.

Je suis une chienne. Docile. À quatre pattes. Nue. J'avance au sol, à quatre pattes, comme une chienne. Misérable. Heureuse. Il me tient par la laisse. Il n'a pas besoin de laisse. Pour quoi faire ? Les regards qu'il porte sur moi sont des ordres. Les épaules nues. La pomme d'Adam. Je n'ose pas regarder ailleurs, fût-ce pour un instant. Je le suis. En guise de récompense, je tends la tête vers le haut, je lui lèche

J'ai un ardent désir de sa peau.

les testicules. Je lui lèche les testicules. Souvent je me contente de

Non, ce n'est pas le bon mot.

flairer. J'aspire l'odeur jusqu'à ce qu'elle m'emplisse entièrement.

Il ne suffit pas.

Ou bien je regarde, je grave l'image au feu, au fond de moi-même.

Je me tiens là, debout, immobile,

Un monde. Maintenant, ça suffit, dit-il, et je continue à avancer au sol.

et pourtant quelque chose en moi tombe,

Une chienne. Misérable. Heureuse. Je suis sa peau. Lignes, muscles,

ça tombe jusqu'à sa peau.

symétries. Un arc parfait. Les fesses. Elles tremblent, elles tressaillent

Je suis cette volonté.

à chaque pas. Comme moi. La chair. Il donne un coup de pied dans

(Mais alors qu'est-ce que je fais ici ?)

ma direction. À moins que ce ne soient ses lèvres ? Je tombe. Me voilà allongée sur le dos comme un scarabée. Ainsi, je frétille.

UN SÉJOUR EN ENFER,
DÉLIRES I :

« L'amour doit être
réinventé,
ça se sait. »

Écoute bien, enfant de Gyokusendo. C'était il y a sept ans. J'ai reçu un coup de téléphone. J'avais au bout du fil le rédacteur en chef d'une chaîne privée française. Il a demandé : « Madame Blanchard, votre modèle est-il capable de simuler le climat en Asie du Sud-Est pour les trois derniers millions d'années ? » J'ai demandé : « Qu'est-ce que vous voulez ? » Il a dit : « Vous nous avez été recommandée comme l'une des meilleures. » J'ai dit : « Dans ce cas, rappelez l'an prochain. » Il a dit : « *Nature* a bloqué toute publication prématurée des découvertes. » *Nature,* le Saint-Graal des sciences de la nature, le bassinet dans lequel chacun veut cracher pour acquérir la vie éternelle du scientifique ! Il faut que tu le saches, ô Crâne, cette revue est la diva de la branche. Tout le monde la convoite. Et elle fait ce qui lui plaît. J'ai demandé : « Et qu'est-ce que j'ai à voir là-dedans ? » Il a dit : « Nous voulons vous recruter pour notre émission. » J'ai dit : « Je ne suis pas disponible pour ce genre de choses. » Et j'ai raccroché. Il a rappelé : « Et si je vous disais à présent qu'on a découvert sur une île indonésienne les fossiles d'une espèce humaine encore inconnue ? » J'ai dissimulé ma curiosité. « Je suppose que c'est un parent de l'homme de Java ? » Il a dit : « On les a datés de 18 000 ans. » C'était impossible. Il l'avait forcément inventé. C'était parfaitement exclu. « 18 000 ? Ça n'est pas possible ! Les Néandertaliens se sont éteints il y a 30 000 ans. Depuis, les humains sont les seuls singes doués de culture sur la planète. » Et j'ai ajouté : « Nous sommes seuls. » – « Et que diriez-vous si je vous révélais que cette espèce avait un cerveau, de la taille de celui d'un nourrisson ? »

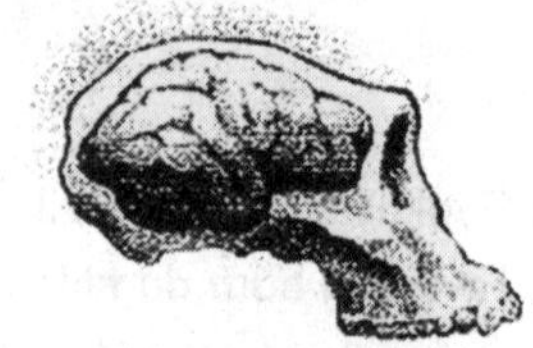

A. afarensis

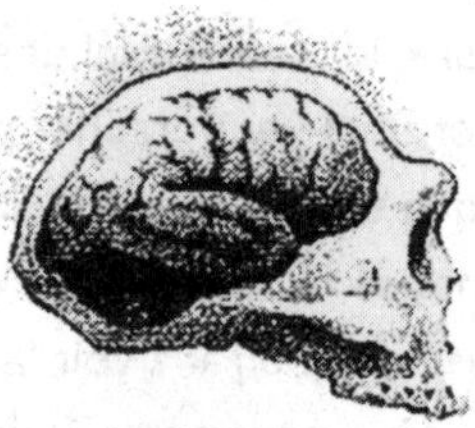

H. erectus

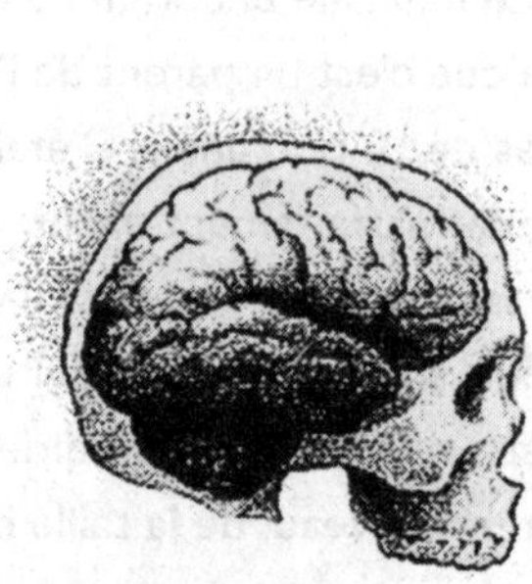

H. sapiens

La voix m'était familière. À quoi m'étais-je attendue ? Elle était instantanément et horriblement familière. Comme si je l'avais perçue pour la dernière fois hier, et pas des décennies plus tôt. J'aurais cru entendre la voix d'un vieil homme, aussi dénuée de goût et aussi claire que son café. Mais non, mon père continue à tonner. D'une voix peut-être encore plus rauque qu'autrefois, à cause du tabac noir. Des Gitanes, papier maïs, sans filtre. Seigneur Dieu ! La cigarette lui pend à la commissure des lèvres comme s'il avait dix-sept ans et il se tient comme s'il avait les couilles d'un chimpanzé. Comment ça va ? demande-t-il, mais il n'attend pas la réponse. Pas de « Ça fait du bien de te voir ». Pas de formules de politesse. Je suis satisfaite. À la place, une toux et un crachat. Moi aussi, je crache, et nous sommes quittes. Avais-je entendu parler de mon ancêtre ? Non, avant que la nouvelle tombe, je n'avais jamais entendu parler d'elle. Eh oui, c'est pour elle que je suis venue. Pour quelle autre raison l'aurais-je fait ? Il dit : Il devrait encore y avoir de la place dans le caveau de famille.

Pourquoi donc est-ce que je tremble ?
Te contentes-tu d'allusions,
enfant de Gyokusendo ?

Yerres. Je n'ai plus vu mon père depuis vingt ans. Il a quatre-vingt-douze ans et il est en cours de putréfaction. Une odeur épouvantable flotte dans la maison. Nous ne nous aimons toujours pas. Il m'interroge sur les hommes. Je dis, il est jeune, intelligent. Je dis, il est beau. Des phrases creuses. Ma voix tremble. Mon père rit et crache.

sa bouche tentatrice, jetée vers l'avant,
légèrement enflée, comme d'une piqûre d'abeille,
ai-je lu un jour, et j'ai trouvé cela admirablement dit

Passion. Quelque chose qu'on endure.
Quand on voit un bel homme. Non,
seulement quand je *le* vois.
Un regard sur *lui*.
Et les yeux sont blessés.

Comment s'appelle-t-il,
demandes-tu ?
Comment il s'appelle ?

Je n'ai pas
de langage
pour cela.

Oui, je pars en courant pour échapper à cette secousse qui...

Ris-tu aussi, enfant de Gyokusendo ?

Sur la question de savoir si l'activité sexuelle est possible dans l'espace, on ne dispose jusqu'ici que de spéculations. Mais il y a des raisons de supposer que l'apesanteur ne profite nullement à l'amour. Ainsi, des cosmonautes russes auraient fait au cours d'expériences secrètes la découverte qu'en raison de l'apesanteur, leur sang entré en ébullition leur montait plus à la tête qu'aux parties génitales. Le simple rapprochement avec le partenaire présumé leur avait, disait-on, été difficile et parfois impossible. D'une manière générale, on faisait état de sentiments de perte d'équilibre et d'états de suspension internes et externes qui étaient sources d'incertitude. Une captation complète de la semence masculine en cas d'éjaculation autre que vaginale, anale ou orale semble parfois même avoir été impossible pendant des jours. L'éjaculat volait à son gré dans l'espace, suscitant chez les observateurs des sentiments de perdition et de désespoir.

Il dormait toujours longtemps. Aux premières heures du matin, j'étais donc assise au bureau, immobile, sans la moindre pensée. Vers midi, enfin, il apparaissait au seuil de la porte, nu, avec son corps de félin, il se frottait les yeux. Ses cheveux en bataille. Il s'étirait ! Les bras vers le haut, mains jointes, puis sur le côté, imprimant ainsi à son sexe un léger mouvement de balancier. Alors son regard m'atteignait. J'étais perdue depuis longtemps. Il traversait la pièce. Fier comme un matou. Le pas chaloupé.

Yerres. Je joue sur le vieux piano. Il a un son abominable. Mon père hurle que je ne dois pas le torturer ainsi, que la vie est assez sombre comme cela. Il dit que ce piano a été, jadis, celui de Paulette Blanchard. Tout comme, d'ailleurs, l'ensemble de la maison. Qu'elle a vécu toute sa vie ici avec son fils, mon arrière-grand-père. Ce fils, cet arrière-grand-père, est né au Japon. Il dit : Nous avons des yeux japonais. Il affirme avoir trouvé au grenier ce dessin de toi, ô Crâne.

Je reste longtemps devant le miroir
à observer mes yeux.

L'amour n'existe pas, le Crâne. C'est une histoire de bonne femme. Autrefois, je me disais : l'amour, c'est la dernière métaphysique. Aujourd'hui, je le sais : l'amour, c'est la première chimie. Un tour de passe-passe idiot utilisé par l'évolution, un programme de reproduction et d'élevage génétique, enflé par la culture jusqu'à en éclater, et porté sans la moindre honte à l'état de mythe. Une invention du XVIIIe siècle. Un faisceau de réflexes et de sursauts archaïques des synapses, aggloméré à la va-vite et enfoncé dans le crâne de générations entières comme un clou sur une vieille planche. Une honte pour l'esprit ! C'est cela, l'amour, tu m'entends, le Crâne ? Un réflexe d'élevage. Un diktat de gènes égoïstes. Celui qui est capable de penser y résiste ! Celui qui est capable de penser décompose cet artifice qu'est l'amour comme la photolyse dissout la molécule et le pathologiste, le cadavre.

Les parties génitales se cherchent
et les âmes croient se trouver.

Essai sur une évolution de l'amour – I

C'est avec un changement de climat, il y a environ quatre millions d'années, que débuta le drame des amours humaines. Il se manifesta par la régression des forêts africaines, l'habitat de nos ancêtres. La cime des arbres se brisa, repoussa, se brisa de nouveau et fit mine de disparaître totalement. Comment vivre avec l'incertitude et l'inconstance ? Comment faire face à l'environnement hostile ? Une troupe de primates prit le risque d'aller chercher refuge sur de nouveaux territoires : ceux, dégagés, de la savane. On laissa derrière soi les arbres protecteurs. On se redressa pour guetter. Une libération. On n'avait plus besoin des bras pour s'élancer dans les branches ou pour courir. Ils étaient désormais libres de frapper, de menacer, de lancer, d'enlacer et de toucher. La bouche n'était plus forcée d'attraper ou de porter. Elle était libre de parler et d'embrasser.

Un tournant fatidique.

Schopenhauer explique qu'il ne pourra jamais pardonner aux femmes d'avoir mis la passion amoureuse au monde, parce qu'elles ont ainsi permis la reproduction du genre humain, laquelle, c'est un fait avéré, n'a aucune valeur.

La marche debout a fait notre malheur. Alors que les mères quadrupèdes pouvaient encore commodément porter leurs petits sur le dos, les femelles bipèdes durent désormais les transporter dans la savane en les tenant dans leurs bras, contre leur poitrine.
Un fardeau. Une infamie machiste de l'évolution. Elles étaient ainsi privées de la possibilité de se réfugier rapidement sur des arbres où elles seraient en sécurité. Pour y parvenir, il fallait des bras dégagés et permettant d'attraper des branches. Elles étaient ainsi des proies faciles pour les prédateurs qui rôdaient autour d'elles. Mais ce n'était pas assez de mépris. Les mères bipèdes se virent alors confrontées à un autre problème. Comment rassembler suffisamment de nourriture avec les marmots dans les bras ? Avec quelle main cueillir, ramasser et glaner ? Bref, comment se nourrir ? L'expérience de l'espèce risquait d'échouer. Cela aurait certainement mieux valu. Car c'est seulement cette menace, cette impasse, qui a débouché sur la naissance du couple.
Le compromis des mères fut fatal : ce fut l'époux. Même si l'accouplement est largement répandu, le couple est une rareté dans le monde animal. Non sans raison. Ce n'est qu'un programme d'urgence de l'évolution. Le tout dernier choix. On l'évite autant que possible. Il ne pouvait pas apporter beaucoup d'avantages. Ça a tout de suite sauté aux yeux de chacun. Nos ancêtres qui vivaient dans les arbres pratiquaient l'amour libre, comme le font encore aujourd'hui les bonobos ou les chimpanzés. Les singes mâles doivent simplement supporter le poids de leurs lourds testicules, qui leur permettent de diffuser leurs spermatozoïdes le plus largement possible.
Ils se disputent l'ovule dans le vagin des femelles. Et l'être humain ?
La triste créature a une double charge à assumer : son cerveau surdimensionné et son cœur lourd. Les deux ensemble accaparent toutes ses forces. Et c'est à la recherche de celles-ci qu'il devient inventif.
L'homme a dompté le feu et la pierre. Désormais il se nourrit de viande.
Cela lui a apporté un excédent d'énergie. Il l'a placé dans son cerveau.
Celui-ci a enflé. Il a doublé de volume. Puis a doublé une deuxième fois !
Cet organe ne représente que deux pour cent du poids corporel, et pourtant il consomme un quart de l'énergie métabolique, le double

chez les nouveau-nés et, j'en suis certaine, le triple chez les savants. Une insatiable machine à créer de la réalité, en expansion constante. Dénuée de toute raison ! Humain, ô étrange créature : sur deux jambes raides et vacillantes, tu portes ton lourd corps au crâne disproportionné. Tu ne vois pas à quel point tu es grotesque ? Le deuxième dilemme a suivi. La marche debout ne permettait pas la poursuite de l'élargissement du bassin féminin. Et pourtant les fœtus réclamaient à être mis au monde. Qui peut le leur reprocher ? Le crâne gigantesque devait être poussé violemment à travers la filière pelvienne, dans les douleurs et en faisant courir de grands dangers à celles qui supportaient tous les risques de l'évolution. L'espèce trouva de nouveau une solution. Elle fut brutale. On accoucha plus tôt. On accoucha trop tôt. Nous autres humains, nous sommes tous des créatures prématurées, désemparées, nues, sous-développées, sans fourrure ni museau, nous avons besoin de soins et d'assistance purement et simplement interminables. Une plaie. Un chimpanzé trouve sa propre nourriture au bout de quatre ans, et avec un peu de chance réussit ensuite à survivre. L'élevage de la couvée humaine prend quatre fois plus de temps. La folie de notre espèce, nous la devons à nos crânes, qui sont monstrueux, démesurés et obtus. Tu m'entends, petit os ? Pour éduquer une descendance humaine, pour parvenir à faire survivre de petits cabochards dépendants et désemparés, il a fallu une feinte de l'évolution, une bizarrerie de la nature. À cette abomination, on donne le nom d'amour. Un procédé chimique qui survient dans notre cerveau et assure ainsi sa propre survie. Car pour survivre, on a besoin du couple, cette variété de la nature, cette communauté nouée par la nécessité. Pour survivre, il faut du lien. La pulsion sexuelle et l'attachement entre la mère et l'enfant ont été agrégés et colmatés ? Nous autres, éternels prématurés, nous cherchons dans l'amour à la fois la sécurité douillette du sein maternel et la survie instinctive de l'espèce. N'est-ce pas lamentable ?

JE ME RENDS TOTALEMENT GROTESQUE ! JE CHANTE SOUS LA DOUCHE. JE SOURIS SANS RAISON EN PLEINE RUE. MES AÏEUX, J'AI COMMENCÉ À ÉCRIRE DES SONNETS !

Ruine des savants : les livres n'ont de réponse à rien.
Les amants y périssent toujours.

Il est d'un autre monde, sans aucun doute. La pâleur anémique. Ce corps tremblotant, comme artificiel. Comme si Tilda Swinton l'avait engendré dans un acte d'autofécondation. Est-ce qu'il vole ? Sa peau a-t-elle une couleur ? Et ses cheveux ? L'irrationnel des deux sexes n'est-il pas uni en lui ? (Hyperbolique : il serait l'incarnation même de la beauté.) Lorsque je le regarde, je suis prise de peur. *Je ne sais pas ce que je suis,* m'a-t-il chuchoté un jour. *Je ne sais pas si je suis un homme ou une femme. Souvent je ne le sais pas, tout simplement.*

Il n'a pas d'odeur.

Souvenir : Nous dormons et baisons
et baisons et dormons.
À longueur de journée.
Corps poreux, chaleur extrême, sucs.
Pas une seule fois il ne va prendre de douche.
Et pourtant il ne sent *rien*.
Comme si toute corporalité
perlait à la surface de sa peau.
Rien ne s'y attache.
Il fait de l'art.
Mais bien plutôt, il *est* de l'art.

Tu te tais sur toute cette affaire, le Crâne ? Tu me regardes fixement et tu te tais. Je vais donc te raconter une histoire. Elle s'est déroulée en 1942. Une nouvelle espèce est apparue. Elle comportait un seul et unique exemplaire. On n'en a conservé que le crâne. Depuis il se promène dans les musées du monde. Aimerais-tu l'imiter, l'Os ? Il s'agit de la fameuse *Tête de taureau,* avec son anatomie à nulle autre pareille. Picasso a dit : « Un jour je prends la selle et le guidon, je les mets l'un sur l'autre, je fais une tête de taureau. C'est très bien. Mais ce qu'il aurait fallu tout de suite après, c'est jeter la tête de taureau. La jeter dans la rue, dans le ruisseau, n'importe où, mais la jeter. Alors passe un ouvrier. Il la ramasse. Et il trouve que peut-être, avec cette tête de taureau, il pourrait faire une selle et un guidon de vélo. Et il le fait... Ça, ç'aurait été magnifique. » Il en alla autrement. C'est un critique d'art qui passe, la ramasse, trouve qu'on peut peut-être qualifier cette tête de taureau d'œuvre d'art, de symbole de la vie moderne. Et il le fait. Tout cela est lamentable.

On était sous le choc, le Crâne. On était désemparé. On ne savait pas ranger tout ça. Toute la branche était en émoi. On était cul par-dessus tête. Personne ne s'était attendu à cela. Ça ne se pouvait pas, c'était impossible. Il ne s'agissait pas simplement d'un objet trouvé dans des fouilles. Non, ce qui était en jeu, c'était cet édifice de concepts que nous appelons histoire humaine. Rien de moins. Il partait en poussière sous les yeux de tous. Cette fable que l'on s'était concoctée pendant un siècle et demi se désagrégeait. L'histoire de la genèse de l'humanité. On la racontait chaque soir avant d'aller se coucher. L'Afrique ; la marche debout ; la croissance du cerveau ; le progrès linéaire de l'évolution et le couronnement de la création. Qu'allait-on faire à présent de tout cela ? En un mot : j'étais heureuse, le Crâne. Je riais de joie. Tout cela semblait jaillir d'une imagination téméraire : les restes d'un ancêtre africain primitif, abandonnés sur une île du Sud-Est asiatique ! Avec le cerveau minuscule d'un préhumain de la nuit des temps. Une créature qui paraît sortie d'un rêve, qui chasse les éléphants nains et les dragons de Komodo ! Si elle devait vraiment avoir existé, s'est-on exclamé, c'était des millions d'années plus tôt.

Ça, c'était en ordre. Et en Afrique. Parfait ! Mais voilà dix-huit mille ans, sur l'une des petites îles de la Sonde ? Tandis qu'ailleurs se déroulaient des choses incroyables, des exemplaires d'*Homo sapiens* dont le corps était deux fois plus grand et le cerveau quatre fois s'installaient au Proche-Orient, en Chine et en Afrique du Nord, inventaient l'agriculture, l'architecture, la civilisation humaine ? À la même époque que nous, donc, sublimes créatures qui avions, tout le monde le savait, été les seules à survivre en raison de notre intelligence et de notre supériorité, à la même époque, donc, ces gnomes primitifs auraient survécu sur une île asiatique hors d'atteinte ? Peut-être déjà il y a un million d'années ? C'était absurde. C'était beau. On partit au secours de l'humanité, au secours de la raison. Ou bien de sa propre carrière de scientifique. On trouva vite une explication : il s'agissait forcément d'un phénomène de nanification insulaire ! Sur des îles, ces petits laboratoires de l'évolution, les créatures vivantes peuvent se transformer, grandir, rétrécir, prendre les formes les plus singulières. Ce que nous avions sous les yeux n'était qu'un homme moderne nanifié ! Mais le cerveau pouvait-il réellement rétrécir ? Sans doute pas. On trouva une nouvelle explication : c'était une pathologie ! L'*Homo floresiensis* était un petit gnome malade, un bouffon comme Bébé, qui souffrait de microcéphalie, une dégénération du cerveau. Mais tout cela a très vite été récusé. Alors on a continué. Une nouvelle tentative : c'était un pygmée ! Mais l'anatomie a exclu cette hypothèse. Alors, que faire ? Les os ont été confisqués et mis sous scellés. Tu vois où je veux en venir, enfant de Gyokusendo ?

Et maintenant tu viens, l'Os.
Et de nouveau tu renverses tout.
Tu es ce qu'on n'espérait pas trouver.

Des rêves qui reviennent. Comme dans ce film muet d'Almodóvar, je me réduis, me réduis toujours au moment de l'amour. Oui, je suis dans le rêve *l'amante manquante*, l'amante qui s'étiole. Les yeux dirigés de lui à moi, je disparais. Je me réduis jusqu'à ne plus être que mon sexe, plus rien d'autre que cette excitation. J'explore ainsi le paysage qu'est son corps. Comme si j'étais un *lovetoy*, je grimpe sur ses cheveux, je me presse contre ses lèvres, je me réchauffe à son souffle. Alors sa langue me saisit, elle joue avec moi. Elle peut, d'un claquement, soulever tout mon corps. Elle me jette d'un côté et de l'autre. Elle m'abreuve de salive. Je glisse vers le bas, puis remonte contre son buste, perds l'orientation sur le duvet clair où je pose mes pieds. Je m'installe sur sa poitrine pour un somme bref et agité. Je plonge ma tête dans son nombril. Allongée dans son aine, je suis submergée par un tel plaisir que je m'enfouis dans sa toison et crie très fort. J'inspire l'exhalaison qui monte ici. Telle est l'odeur du paradis. (Je ne la sens que dans mon rêve.) Elle m'enveloppe. Je me laisse alors glisser en redescendant le long de la cuisse. Cette cuisse! Je grimpe de nouveau vers les testicules. J'attrape son sexe des deux mains (sexe de marbre), je m'étrangle avec une goutte de travers. C'est enivrant. La chaleur m'attire, et l'odeur. Cela pulse. La pulsation m'attire. Ma peau est fine. Alors je m'enfonce sur lui. Son sexe m'emplit entièrement, d'abord la zone abdominale, je n'ai plus besoin d'organes, le tronc, à qui un cœur est-il nécessaire ? la tête, le corps tout entier. Jusqu'à ce que j'aie entièrement disparu.

Le Crâne, me vois-tu tressaillir ? Le vois-tu ?

Quel fantasme grotesque et régressif !

J'étais auprès du cadavre de mon arrière-arrière-grand-mère. Elle était bouche bée, comme si elle n'en croyait pas ses yeux. C'était singulier. Ce corps qui a été conservé artificiellement m'a instantanément fait penser à la culture. Ce que la laborieuse préparation devait obtenir dans l'Égypte antique, la nature, ici, l'a accompli d'elle-même. À savoir arrêter ce processus de décomposition et d'isolement qu'est la mort ; retenir la dissociation ; rétablir l'identité et l'intégrité des morts. Anubis recompose le cadavre déchiré d'Osiris à partir de ses éléments dissociés.

On commence par laver le mort. Suit l'extraction du cerveau. Il est nécessaire, à cette fin, de battre le cerveau avec un crochet avant de pouvoir le sortir par les narines, élargies pour l'occasion. Les habiles embaumeurs doivent procéder avec beaucoup de soin. Car au bout du compte, le corps va se présenter devant le Tribunal des morts. Il faut qu'il y soit reconnu. On remplit le crâne de résine, de cire d'abeille et de bitume. Armé d'une lame en obsidienne, on ouvre la cavité abdominale sur le flanc gauche et on en extrait les entrailles. On nettoie l'intérieur au vin de palme et aux essences aromatiques. Déposé dans l'encens et le bicarbonate de soude, le corps est ensuite, pendant des semaines, vidé de tout son liquide. Désormais desséché, le mort est traité à l'huile d'onction chauffée, ce qui lui redonne son élasticité. Il retrouve presque sa jeunesse. Enfin, on le remplit, on l'orne, on l'entoure de bandelettes et on le pourvoit de toutes sortes d'accessoires magiques. Le corps embaumé est prêt pour l'éternité.

Qui es-tu, Paulette Blanchard ?

Qu'as-tu vécu ?

Tout cela, mon aïeule se l'est épargné.

Comment as-tu donc pu finir ainsi ?

Yerres. Je monte l'escalier grinçant qui mène au grenier. La porte de bois est coincée, je reste donc devant à pousser, à secouer et à tirer. Peut-être pourrait-on trouver des choses ici, de vieilles choses, des reliques des ancêtres. Peut-être une vieille arme qui me permettrait enfin d'abattre mon père. La porte finit par s'ouvrir d'un coup et je tombe sur le sol poussiéreux du grenier. Les vampires volants qui ont fait leur nichoir ici ne m'étonnent pas qu'un peu. Ils sont des dizaines, suspendus par rangées aux chevrons du toit. S'il y a des trésors à dissimuler ici, ils sont dissimulés sous leurs crottes. Mon père, fulminant, prend la ferme résolution d'enfumer toute la maison. Je l'entends crier dans la remise, à la recherche du charbon de bois et de l'essence. Des idées d'évasion me viennent. Je ne tiendrai pas plus d'une journée ici. En attendant, j'essaie de me changer les idées. J'ai découvert dans un coffret, au grenier, quelques pages énigmatiques détachées d'un vieux livre.

POSTFACE DE L'ÉDITEUR

Une histoire emmêlée relie aujourd'hui la vie du directeur d'édition de ce livre à ce « petit texte singulier » de Paulette Blanchard, pour reprendre les mots de la lettre reproduite en incipit et qu'il a reçue voilà déjà trois ans maintenant. Ledit éditeur peut au bout du compte s'estimer heureux de pouvoir commenter la publication qui est faite aujourd'hui de cet ouvrage en y adjoignant une petite postface.

En mars de l'année 1878, alors que l'auteure se trouvait dans sa vingt-cinquième année, l'éditeur reçut le manuscrit d'une femme qui était alors une parfaite inconnue. Avec une certaine suspicion et sans beaucoup de sympathie, car il jugea que le ton de la lettre introductive était parfaitement déplacé, mais avec le soin qui le caractérise, il lut pour la première fois les *Encyclopédies d'un Moi*. Il fut à l'époque confronté à cette singulière situation où l'on se trouve quand, après avoir tourné la dernière page, on est incapable de se faire une idée juste de ce qu'on vient de lire ; il oscillait entre l'exaltation exagérée que lui inspirait ce chef-d'œuvre hors du commun et le mépris que faisait naître en lui une entreprise aussi ratée. L'éditeur avoue franchement que cette dichotomie lui a valu quelques maux de tête et même des nuits sans sommeil, tant et si bien qu'il s'est vu incité à mettre un terme à ce cauchemar en plaçant l'œuvre, bien qu'elle l'ait touché, sur la pile des manuscrits à retourner, mais a confié à sa secrétaire la mission de rédiger un refus aussi dépourvu de signification que possible. Satisfait d'avoir retrouvé la paix de son âme, il reprit ses affaires quotidiennes. Mais quel ne fut pas son étonnement lorsque ledit avis lui revint avec le manuscrit par retour du courrier, muni d'une note lapidaire du facteur qui indiquait qu'on ne trouvait à l'adresse indiquée qu'une maison inhabitée. Ce qui, on peut le comprendre, suscita de nouveau l'inquiétude de l'éditeur, lequel se rendit personnellement dans cette maison, à Yerres, au sud de la capitale, pour comprendre de quoi retournait vraiment cette affaire peu commune. Après des recherches minutieuses, il finit par découvrir ce qui suit. Madame Blanchard avait effectivement habité avec son fils de trois ans cette vieille villa à Yerres – un héritage de sa grand-mère mal-aimée, et une partie de sa dot. Elle avait vécu dans une relative pauvreté, gagnant simplement sa vie en donnant çà et là des cours de piano. Une semaine environ après qu'elle eut envoyé son manuscrit à l'éditeur, elle avait disparu sans laisser de trace. Elle n'était jamais revenue d'une excursion dans les Alpes françaises. Après plusieurs jours de recherches menées par les unités alpines de sauvetage, on avait mis un terme à l'opération. Son fils, en revanche, était aux bons soins de sa tante, qui s'était déclarée prête à l'accueillir.

Consterné par ces événements que l'éditeur, un vieux fataliste, attribua au destin, il prit de nouveau le manuscrit en main. Il décida, comme vous le comprendrez sans peine, de publier cette œuvre.

L'auteur de ces lignes aimerait toutefois ne pas s'abstenir de prendre position sur un point. Pendant les dernières semaines au cours desquelles des épreuves de cette œuvre remarquable circulaient déjà dans les milieux parisiens, on a entendu des voix qui mettaient en doute certains paragraphes de cet écrit. Certains disent qu'il s'agit d'inventions nées de l'esprit de Madame Blanchard, d'autres affirment que ce texte est en bonne partie un plagiat. L'auteur se serait selon eux servi dans les bibliothèques comme on fait ses courses dans une épicerie fine. Que l'on s'imagine l'insolence de telles affirmations ! On a même douté que ces Journaux aient jamais existé. L'éditeur voudrait s'inscrire résolument en faux contre ces propos, même s'il ne cache pas qu'il lui a jusqu'ici été impossible de mettre la main sur ces manuscrits. Les plus hardis et les plus brailleurs parmi les critiques vont jusqu'à estimer que Paulette Blanchard elle-même n'est qu'une invention et que la légende de sa disparition subite est une ruse, une combine de son créateur ! On a soupçonné tour à tour l'éditeur lui-même et le fils de l'auteure – que l'on songe que cet enfant est âgé de six ans au moment de la publication ! – d'être derrière le « mythe Blanchard ». La fierté du responsable de cette édition lui interdit de prendre position sur ce point.

Il se considère comme un homme d'honneur œuvrant au seul service de l'art et de ses créateurs, et qui n'a aucune intention de céder à de basses calomnies.

En dépit de tout cela, telle est sa ferme conviction, les *Encyclopédies* vont rayonner. Le directeur d'édition conclura en émettant le modeste vœu de connaître encore, en dépit de son âge avancé, une dizaine de tirages de cette œuvre fabuleuse.

Paris, le 3 février 1881

LOUIS DE NEUFVILLE

Nous sommes aux deux extrémités, enfant de Gyokusendo. Moi ici, en France, à l'extrémité occidentale du continent eurasien, toi au Japon, à son extrémité la plus orientale, moi ici, au bord de l'Atlantique, toi là-bas, près du Pacifique. Des espaces nous séparent, enfant de Gyokusendo. Et des temps. Et pourtant il y a quelque chose qui nous relie, je le sens, cela existe indubitablement. Nos os se connaissent, nos rituels, nos pensées peut-être. Mieux, nous nous connaissons depuis des temps immémoriaux. Je vais te chercher, le Crâne. Je vais retourner le sol du monde pour te chercher. Je n'aurai pas de repos jusqu'à ce que tu me sauves.

L'écriture a un effet
aussi sédatif que le valium.

Comment commencer ?

Détruisez-vous !

UN PAMPHLET

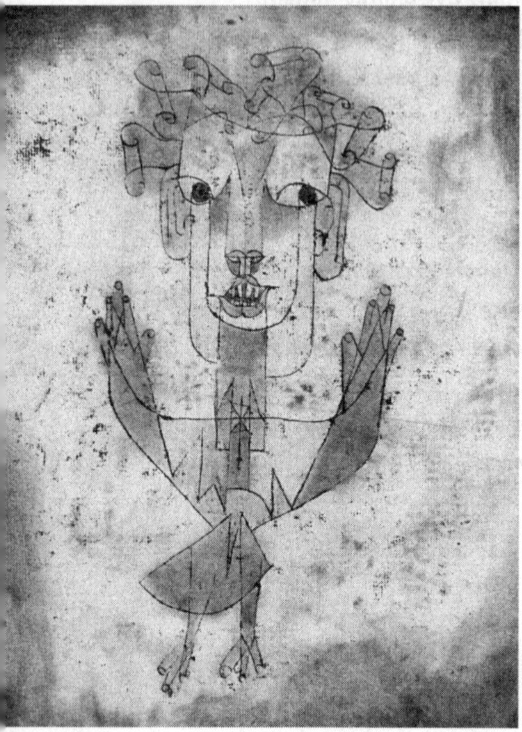

Paul Klee,
Angelus Novus,
1920, aquarelle
31,8 × 24,2 cm,
Israel Museum,
Jérusalem

« Un tableau de Klee intitulé *Angelus Novus* représente un ange, qui donne l'impression de s'apprêter à s'éloigner de quelque chose qu'il regarde fixement. Il a les yeux écarquillés, la bouche ouverte, les ailes déployées. L'Ange de l'Histoire doit avoir cet aspect-là. Il a tourné le visage vers le passé. Là où une chaîne de faits apparaît devant nous, il voit une unique catastrophe dont le résultat constant est d'accumuler les ruines sur les ruines et de les lui lancer devant les pieds. Il aimerait sans doute rester, réveiller les morts et rassembler ce qui a été brisé. Mais une tempête se lève depuis le Paradis, elle s'est prise dans ses ailes et elle est si puissante que l'ange ne peut plus les refermer.
Cette tempête le pousse irrésistiblement dans l'avenir auquel il tourne le dos tandis que le tas de ruines devant lui grandit jusqu'au ciel.
Ce que nous appelons le progrès, c'est cette tempête. »

Walter Benjamin, *Sur le concept d'histoire* (thèse IX)

Benjamin se trompait.
L'Ange de l'Histoire rit.
Il rit et s'éloigne d'un coup d'ailes au-dessus des ruines, vers sa joyeuse disparition.

1

Vous connaissez l'histoire du monstre de Frankenstein ?

En juillet de l'année sans été – en allemand, on l'appelle aussi *Achtzehnhundertunderfroren*, ou encore 1816 – sur le domaine de la villa Diotati, près du Léman, dans l'écrin des Alpes, se retrouvèrent quelques amis triés sur le volet. Parmi eux, le poète Lord Byron ainsi que Mary Godwin, qui deviendrait plus tard célèbre sous le nom de Mary Shelley. Byron relevait dans ses notes que les jours devenaient plus sombres, que le coq levait, muet, son regard vers le ciel, et ne chantait dans le meilleur des cas qu'aux alentours de midi. Qu'ils passaient des journées entières à la lumière des bougies et qu'ils étaient en train de geler. Ce fut une année de catastrophe climatique. De vastes fractions de l'hémisphère Nord étaient concernées : sévères tempêtes, froid et inondation affligèrent l'Europe ; les habitants d'Amérique du Nord durent affronter des chutes de température et des gels nocturnes. Il neigea en plein été. Le climat était hors de contrôle. Cela provoqua des récoltes catastrophiques, des famines, des épidémies de choléra, des insurrections et des vagues migratoires. C'est un siècle plus tard, seulement, que le climatologue William Jackson trouverait l'origine du phénomène. À une grande distance géographique aussi bien que temporelle, c'est l'éruption du volcan indonésien Tambora qui avait projeté de grandes quantités de cendre et de dioxyde de soufre dans la stratosphère. Les aérosols se déposèrent comme un voile sur le globe terrestre et plongèrent celui-ci dans un hiver volcanique. Les amis, qui y avaient pris goût, passaient leur temps avec le prolongement du malheur : l'amour et la littérature. Lord Byron écrivit son poème apocalyptique *Darkness* qui – aussi puissant que sombre – commence comme suit :

> I had a dream, which was not all a dream.
> The bright sun was extinguish'd, and the stars
> Did wander darkling in the eternal space,
> Rayless, and pathless, and the icy earth
> Swung blind and blackening in the moonless air;

Mais en cette année sans été, Mary Shelley écrivit une œuvre qui marqua son époque, un événement de l'imagination humaine : *Frankenstein ou le Prométhée moderne.* Quelques décennies plus tôt – c'était au cours de l'hiver 1780 –, le médecin et anatomiste italien Luigi Galvani avait découvert par hasard que des cuisses de grenouilles préparées recommençaient à bouger sous l'effet de l'électricité statique. Les contractions musculaires les faisaient tressaillir. C'est cette découverte effroyable qui instilla à l'imagination humaine quelques gouttes de poison excitant et déclencha une infinité de ce que l'on appela des expériences galvaniques, dont la plus macabre fut menée sur les têtes des guillotinés sous la Révolution française. De la même manière que, quelques années plus tard, Goethe montrerait son Faust créant dans son cabinet d'étude l'homunculus, l'homme artificiel, Mary Shelley imagina aussi en 1816 le dépassement de la mort par la science. Depuis sa parution, le roman a confronté des générations d'interprètes et de commentateurs à un dilemme herméneutique. Comment Victor Frankenstein peut-il être à la fois Dieu et le rebelle prométhéen qui s'insurge contre Dieu ? L'exergue du roman cite la plainte du premier homme, Adam, contre son Créateur : « T'ai-je demandé, Créateur, de m'extraire de ma glaise / pour mouler un homme ? T'ai-je sollicité / pour que tu me sortes de l'obscurité ? » (John Milton, *Paradise lost,* dixième chant.) Dans le roman de Shelley, le monstre artificiel est donc associé à Adam – c'est du moins ce que suggèrent ces lignes ; et le scientifique,

Victor Frankenstein, à Dieu lui-même. Comme le Créateur chrétien, Frankenstein engendre, par voie non sexuelle, un descendant mâle ; comme celui-ci, il place au côté du fils une femme créée ultérieurement. Le sous-titre du roman de Shelley est en revanche : *Le Prométhée moderne.* Prométhée, qui alla voler le feu au ciel, est le premier révolutionnaire de l'histoire de l'humanité, un morveux insolent, un enfant terrible qui se moque de Dieu le père. Comment ces deux interprétations du personnage de Victor, qui se recouvrent mutuellement dans une figure réversible, sont-elles compatibles ? Est-il Dieu, à présent, ou est-il le rebelle ? Mary Shelley donne elle-même une réponse à cette question – une réponse tranquillisante et ennuyeuse. L'auteure écrit, dans l'avant-propos, que parvenir à imiter le Créateur dans son œuvre admirable ne peut produire sur l'homme qu'un effet effroyable. Le monstre raté, d'une laideur abyssale, l'assassin qu'avait créé le scientifique Frankenstein ne serait ainsi qu'un produit de la présomption de l'être humain qui – tel est le message moral – ne doit jamais se comparer à Dieu. Il existe cependant une autre interprétation qui me paraît à la fois beaucoup plus plausible, plus effrayante et, dans le même temps, plus séduisante. En tant que matrice, cette interprétation suppose l'existence d'une structure fascinante que nous rencontrons dans l'univers avec une fréquence frappante. En mathématiques, nous lui donnons le nom de fractale. C'est une structure de l'analogie avec soi-même. Le mathématicien anglais De Morgan tenta – avec un peu de précipitation – de faire ses armes comme poète de la nature lorsqu'il écrivit :

> **So nat'ralists observe, a flea**
> **Has smaller fleas that on him prey;**
> **And these have smaller fleas to bite 'em.**
> **And so proceeds ad infinitum.**
>
> – Augustus De Morgan (1872)

Les puces ont des puces qui ont des puces. Ou encore, appliqué à Frankenstein : les monstres créent des monstres qui créent des monstres. *Quid,* donc, si Dieu lui-même est un rebelle prométhéen ? *Quid,* si l'homme n'était rien de plus que sa propre expérimentation désespérément ratée, le résultat dévoyé de la tentative de créer une créature à son image ? L'homme serait alors un gigantesque animal, un monstre qui, soudain déchaîné, se dresse contre son créateur comme le fait la créature de Frankenstein. *Quid*, si le cosmos tressaillant, fluctuant, n'était qu'une série infinie de catastrophes de ce type ?

Le biologiste Richard Goldschmidt, qui se cassa la tête au milieu du siècle dernier pour établir comment, au fil de millions d'années, un rhinocéros avait pu naître à partir d'une amibe, comment, donc, s'était concrètement déroulée l'évolution, défendait la conception selon laquelle, après de longues périodes de stase pratiquement sans changement, de nouvelles espèces étaient apparues à la suite de mutations brutales et discontinues. Le résultat avait dans la plupart des cas été dévastateur. On avait vu naître des « monstres » qui, fort heureusement, avaient été aussitôt éliminés par un processus de sélection naturelle. Mais dans de très rares cas se serait aussi mêlé à la légion des mutants un « monstre prometteur » qui, mieux adapté à son environnement, allait se multiplier avec succès. Un monstre de ce genre – qui a tout à fait réussi – est l'être humain.

Dans la cosmologie, on débat ardemment de la plus grande catastrophe de notre univers, celle qu'on a appelée le big bang. (On verra plus loin que lorsque je parle de catastrophe, je ne sous-entends pas forcément un malheur. Le mot du grec ancien *katastrophé*, καταστροφή, signifie « renversement » ou « tournant ».) La déflagration originelle est un événement au sens emphatique. Elle crée quelque chose à partir du rien. Elle est le début de quelque chose de totalement nouveau. Dans la singularité du commencement pur, un point d'une densité infinie, l'espace et le temps ne sont pas présents. La situation échappe manifestement à toute description physique. Il existe à présent une masse accablante d'indications sur le fait que ce que nous appelons univers (du latin *universus*, la globalité), cette globalité, donc, c'est-à-dire tout ce qui existe, n'est nullement la frontière de l'étant. La vieille question d'Archytas de Tarente, un contemporain de Platon qui demandait s'il pourrait tendre la main ou son bâton une fois qu'il aurait atteint la marge la plus extérieure de l'univers, trouve aujourd'hui des réponses fascinantes. Si l'on se fie aux multiples hypothèses que nous offrent les grands champs de recherche de la physique théorique – par exemple la théorie de l'inflation, c'est-à-dire l'extension soudaine, à la manière d'une bulle, de notre univers au cours d'une fraction de la première seconde de son existence ; la théorie de la matière noire, cette énergie invisible du cosmos en expansion ; ou encore celle des cordes, qui cherche à associer la théorie de la relativité universelle et la théorie quantique –, le narcissisme humain ne peut que prendre un coup supplémentaire. Car ces théories suggèrent que notre univers n'est pas unique. Les interprétations les plus osées de ces formules – en cela, les physiciens théoriques ressemblent tout à fait aux kabbalistes juifs du Moyen Âge qui rivalisaient pour déchiffrer l'alphabet de Dieu – parlent d'un nombre infini d'univers comparables aux nôtres aussi bien que d'une nature totalement différente, dans lesquels sont en vigueur des lois naturelles d'une tout autre espèce. L'homme continue donc à s'atrophier jusqu'au point zéro mathématique.

L'une des nouvelles hypothèses les plus prometteuses, et qui permettrait de résoudre d'un seul coup plusieurs problèmes cosmologiques fondamentaux, nous renvoie à la suite d'un surprenant retournement à la parabole de la caverne chez Platon. Voilà deux millénaires et demi, celui-ci nous comparait, nous, les êtres humains, aux habitants d'une caverne qui, enchaînés à une roche, verraient uniquement des ombres bidimensionnelles en mouvement sur la paroi devant eux et les prendraient pour l'unique réalité – sans deviner que ces ombres ne sont que la réplique schématique d'une réalité tridimensionnelle située en dehors de la caverne. Aujourd'hui, par un acte de spéculation mathématique spectaculaire, l'astrophysique fait faire à cette idée un pas supplémentaire. Selon la théorie, notre univers tridimensionnel est né lorsque, dans un supra-univers quadridimensionnel, une étoile est entrée en collision avec un trou noir. L'espace que nous sommes en mesure de voir ne serait dès lors que l'implosion, isolée par un horizon événementiel, dans un monde aux dimensions supérieures. En d'autres termes : des univers contiennent des univers qui contiennent des univers. Nous devons concevoir le devenir-infini comme une chaîne de catastrophes.

L'homme est un accident cosmique. Depuis que je l'ai compris, j'éprouve du soulagement. Ne vous méprenez pas. Je n'entends nullement par là qu'il serait un accident de dimension cosmique. Ce serait du plus haut grotesque. (L'hybris humaine, insatiable, se complaît encore elle-même à se faire des idées sur son potentiel de destruction.) L'homme est la conséquence d'un enchaînement étendu de catastrophes et de hasards répugnants. À un moment donné, quelque chose est allé épouvantablement de travers. L'homme est le produit de ce quelque chose. Ou plutôt non : pas le produit. Pas ce vers quoi tout se dirigerait. Pas le couronnement de la Création. Rien de tel. Plutôt le petit déchet incident, le rejet fortuit d'un improbable désastre cosmique. Quelque chose se passe épouvantablement mal. L'accident n'a pas de fin. Mais vous pouvez être rassurés. L'univers opère toujours au bord le plus extrême d'un déséquilibre stable. J'ai la conviction que l'état fondamental de notre monde, ce que nous appelons le vide, se désintégrera tôt ou tard.

Mon souvenir ne m'a pas trompée. J'ai trouvé ce matin ce tableau du peintre et philosophe romantique de la nature Carus, qui reproduit cet emplacement de la mer de Glace sur lequel mon arrière-arrière-grand-mère pourrait avoir eu son accident. Le tableau est intitulé *La Mer de Glace près de Chamonix.* Il m'a fallu un certain temps pour découvrir les deux minuscules silhouettes à l'ombre des montagnes, enveloppées dans leur manteau et coiffées de leur chapeau sombre, regardant la vaste mer de Glace. Nous la voyons en quelque sorte par leurs yeux et nous frissonnons. C'est cette pénétration

de la vie naturelle et de la vie de l'âme, de la raison et de la vision intérieure qu'invoquaient les peintres paysagers romantiques. Carus a appelé cela un *TABLEAU DE LA VIE TERRESTRE.* J'ai été d'autant plus effrayée lorsque j'ai découvert un peu plus tard une réplique, ou plutôt un détournement du même tableau par Caspar David Friedrich. Sa *Haute montagne* montre la vallée traversée par la mer de Glace avec vue sur le fond du lac Jura. Le tableau dépeint – dans une vision angoissante du début du XIXe siècle – une vallée vide et béante, dépourvue de glace. Le glacier a disparu du tableau en même temps que l'humain.

J'ai été là-bas, sur le Montenvers, à l'endroit même où se sont peut-être jadis tenus Friedrich et Carus. Quel âge avais-je à l'époque ? Dix-neuf ans ? Vingt ans ? (Un âge repoussant.) Es-tu allé jusque-là, l'Os ? Et qui était l'homme à côté de moi ? Était-ce Karim ? (Sans doute était-il déjà mort.) Était-ce Yves-Alain ? Le gamin vieilli prématurément, peut-être ? (Comment s'appelait-il, déjà ?) Un vieux train rouge à crémaillère m'a conduite en haut, sur l'éperon rocheux. Nous avons continué avec un téléphérique, les flancs de la moraine descendaient à pic jusqu'à ce point où s'était un jour située la langue du glacier, avant qu'elle ne fonde et disparaisse. Chaque année, ai-je lu, il faut de nouveau prolonger le sentier, de plus en plus bas, une construction d'escalier sans fin, à la poursuite de la glace qui s'étiole.

Rosny-sous-Bois. Laboratoire de médecine légale
de l'Institut de recherche criminelle de la Gendarmerie nationale.

Cette béance entre la vulnérabilité
de ce qui nous est dévoilé,
ce petit corps séché
de mon arrière-arrière-grand-mère,
réduit par la momification,
et le langage totalement incorporel,
aseptisé, du rapport d'autopsie,
je la ressens comme l'entaille
d'un scalpel.

Voilà le blême pathologiste qui marmonne dans sa barbe comme si j'étais *la première vivante* qu'il voit depuis des semaines. Il a découvert des *traces ambiguës* sur le cadavre. S'agit-il de conséquences de sa chute ? Ou des marques laissées par la glace, qui s'écoule et broie impitoyablement ?

Je lis :
Usage de la violence et mort causée par tiers *ne sont pas à exclure*

Qu'est-ce que c'est censé signifier, l'aïeule ?

Ne mourons-nous pas tous, d'une manière ou d'une autre, les uns à cause des autres ?

Cela me plonge dans la confusion, le Crâne.

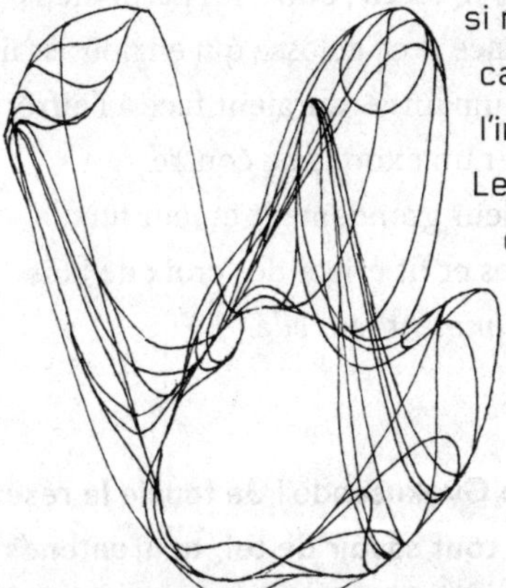

Champ gravitationnel des événements. Comme si mon époque s'était assigné une loi cachée qui stipule : Une fois que survient l'imprévisible, c'est en amas condensé. Les invraisemblances s'accumulent dans une cuvette de l'espace des phases. Quel est l'étrange attracteur dont je suis les canaux ?

Glaciers. Ils sont comme nous. Des structures vivantes ; des systèmes ouverts, dynamiques ; des flux métaboliques complexes. Ils naissent, ils croissent, ils se déplacent, ils interagissent, ils stockent et ils rappellent, ils portent les stigmates du temps, exercent la violence, s'atrophient et disparaissent. Ils sont une espèce en voie d'extinction. Ces grands architectes de la croûte terrestre qui, au fil des éons, déploient une force créatrice à côté de laquelle celle de l'humain est bien peu de chose. La glace emporte des montagnes, elle creuse des cavernes et des vallées, elle forme des paysages. Ici elle arrache des roches colossales, là elle les broie en farine de glacier. Pour réussir ce tour de force, il lui faut de l'alimentation. Les géants se nourrissent de la neige tombante qui, de plus en plus comprimée par le poids des strates ultérieures, maintient en mouvement de puissants flux de glace qui roulent lentement vers la vallée. Bien plus : qui glissent et qui s'écoulent. Visqueux, poisseux comme de la glu à oiseaux. Car ils glissent sur un sol incliné, sur des flots d'eau de fonte, ils sont attirés vers le bas par leur poids, dans le flux d'une lente déformation, dérapant sur un sol sans tenue.

Au XVIIe siècle, pendant l'une des pointes du petit âge de glace, quand de pieux catholiques ont attribué à la Réforme l'avancée des glaciers et, grelottant au vent du nord, ont accusé la froideur de la foi d'avoir déclenché la froidure de la nature, au XVIIe siècle, donc, les paroissiens de Chamonix menacés par la mer de Glace – ce colosse qui engloutissait des villages entiers aussi bien que des humains – auraient face à l'effroi imploré l'évêque de Genève de pratiquer un exorcisme contre les montagnes de glace, afin de retenir leur grondement et leur flux. L'évêque vint donc, prononça ses prières et fit ériger des croix de bois consacrées. *La glace les enfouit nonchalamment sous elle.*

Je te cherche, enfant de Gyokusendo ! Je fouille le réseau pour te trouver. Je veux tout savoir de toi, tu m'entends ? Sur l'oreiller de qui tu te couches, darling, qui t'a observé, qui est autorisé et a jamais été autorisé à te toucher, qui dit des choses intelligentes sur toi, qui du galimatias !
D'où tu viens, qui tu es, quels sont les mots
que tu connaissais, comment tu as aimé,
comment tu es mort, l'Os.
Mais je ne trouve rien !
Les algorithmes se taisent.

Ces douleurs immondes !

J'ai rêvé que, comme dans ce procédé utilisé en radiologie et qui relève du musée depuis longtemps, on m'injectait de l'air au moyen d'une épingle dans les ventricules cervicaux, si bien que j'espérais un bref instant que ma tête allait enfin, d'un moment à l'autre, éclater en faisant un grand bruit.

Deux syllabes,
Une misère.

Je ne pense
jour et nuit
qu'à
sa peau blême.

Jona.

> *Mais celui qui aime quelqu'un à cause de sa beauté, l'aime-t-il ? Non : car la petite vérole, qui tuera la beauté sans tuer la personne, fera qu'il ne l'aimera plus.*
>
> (PASCAL)

Dans mon *esprit*, il sera *toujours beau.*

Si c'est vrai, dit Bernard au téléphone, alors ça va semer la panique en anthropologie. Si ça n'est pas une légende urbaine, Chantal, me dit-il au téléphone – et quand il dit « ça », il parle de toi, enfant de Gyokusendo –, alors c'est – ce que je redoutais déjà – un événement sensationnel ! Dans ce cas, tu vas tout mettre sens dessus dessous, le Crâne !

Les échelons de l'éros chez Platon
On commence par se délecter du beau corps.
On découvre en lui la beauté elle-même.
On y succombe. Ensuite on fait l'expérience
de la beauté de l'âme. Il lui arrive d'être implantée
dans un corps laid. On comprend qu'elle est
supérieure et on la désire sans détour. Pour finir,
on trouve le chemin du plus haut, c'est-à-dire
de la beauté de la connaissance. Ce que Platon passe
sous silence : elle siège parfois dans l'âme laide.

Prends garde à moi, enfant de Gyokusendo !
Je suis une méchante personne.
Je suis une personne malade.
Je suis une personne pensante.
Je suis un être humain.
Comme tous les autres.
Pas plus.
Plus depuis longtemps.
Pas moins.
Tout de même. Je pense.
Non, je ne pense pas.
Pas encore.
J'aimerais commencer par *apprendre à penser.*

On appelle « l'amical »
ce qui devrait être la nature
de l'ami. On appelle
« la pensée critique » ce qui
devrait être l'essence
de la pensée.

Je ne pense
jour et nuit
qu'à
sa peau blême.

Yerres. *Encyclopédies d'un Moi.* Je fouille la maison pour trouver le livre de l'aïeule. Le père dit qu'il n'en a jamais entendu parler. Il dit la même chose de la mère. J'ignore si c'est par pure méchanceté ou parce que sa mémoire est effectivement aussi décomposée que ses gencives. Sans doute a-t-il attendu sa vie entière l'amnésie rétrograde qui, comme l'écrit Buñuel, peut effacer toute une existence.

Dans la petite bibliothèque du père, j'ai trouvé un volume sur l'histoire de la Castille. Plus par perplexité que par intérêt, je l'ai pris en main et je me suis mise à lire. À onze ans seulement, Henri Ier fut couronné roi de Castille. Il était encore trop jeune, et c'est un homme avide de pouvoir, le comte Alvaro de Lara, qui assuma la régence. Mais il s'attira la colère du peuple et des troubles agitèrent le pays.

> « Les atrocités d'une guerre civile paraissaient inévitables lorsque, le 6 juin 1217, le roi fut tué par la chute d'une tuile, provoquant par sa mort *un retournement abrupt et total de la situation.* »

Ferdinand III reprit le sceptre, chassa les Maures d'Espagne et changea à tout jamais l'histoire de l'Europe.

> **Le hasard désavoue l'esprit. Il le fait doublement. Car les artéfacts qui en sont issus sont ceux qui retombent sur celui-ci et le réduisent en miettes. Tu entends, le Crâne ? Fais attention !**

Yerres. Le père est dans un état écœurant.
Avant qu'il ne tombe raide mort et que je doive le faire évacuer, je prends la fuite. Lui aussi est visiblement soulagé. Pas d'adieux. Pas de repos en paix. Frissons glacés dans la chambre d'hôtel.

Pourquoi je tremble, c'est cela que tu veux savoir ?

Le Crâne ! Ne te raconte pas d'histoires ! Ne va pas croire
que je t'aimerais parce que tu es beau, parce que tu es à part,
parce que tu tranches sur la masse des ossements.
Surtout pas ! Tu te tromperais épouvantablement.
Tu es un os caduc, et vraisemblablement même pas cela.
Tu es un dessin, un calque, ton squelette creux est sans doute
déjà mouliné, broyé ou plongé pour toujours dans les fosses
à purin de la croûte terrestre. Et si tel n'est pas le cas,
ça le sera dans cent ans, dans mille ans, dans quelques millions
d'années. L'éternité est patiente, le Crâne. Oui, c'est possible,
je deviens humide quand je te regarde, sans aucun doute, quand
je te parle, ou même seulement quand je pense à toi.
Je suis prise de vertige quand je prononce ton nom. Pourquoi ?
Parce que tu comptes au nombre des défunts, l'Os, de ceux qui
ont disparu pour toujours. Là-dessus, tu as de l'avance sur moi.
Tu y es arrivé. De là cette hébétude, du fait que tu me montres
que je suis comme toi, réduite à néant, ossifiée, c'est pour cela
que je t'aime, squelette, pour cela que je te vénère, *sexy bone* !

Espèces humaines insignes et disparues :

- *Australopithecus afarensis*
- *Homo erectus javanicus* et *pekinensis*
- *Homo neanderthalensis*
- *Homo floresiensis*

Je sens en moi une effroyable inquiétude.

L'évolution connaît deux formes de développement

a) *une espèce disparaît en s'éteignant*

b) *une espèce disparaît en mutant*

Comment cela va-t-il nous arriver ?

L'homme est peut-être la maladie infantile de la machine, de la même manière que la pensée est peut-être la maladie infantile de l'intelligence artificielle, et le réel la maladie infantile du virtuel.

On se raconte l'histoire de Lonesome George, le dernier de son espèce. Ce mâle de tortue géante vient de l'île Pinta, dans l'archipel des Galapagos. Il a presque cent ans et il est fatigué de l'amour. Il refuse obstinément la copulation.
Il en a définitivement assez de l'accouplement. Même les stimulations les plus perfides ne servent à rien. Ni les femelles de l'île Isabela, apparentées à son espèce, ni celles des îles San Cristóbal et Española ne lui donnent des envies de monte. Leurs œufs, déposés avec espoir, restent stériles et pourrissent. L'espèce de Lonesome George, *Geochelone abingdoni*, va

s'éteindre avec la mort de celui-ci. Quand la dernière femelle de l'île
Pinta a-t-elle disparu ? Comment le dernier descendant est-il mort ?
Nous ne le savons pas. En cela, toutes les fins se valent sans doute.
Le dernier baiser, le dernier mot tendre, le dernier acte amoureux
– on passe à côté d'eux. Ils filent sans qu'on y prenne garde.

disparition passe toujours inaperçue.

Je me sens malade.

Ce matin-là, nu, il préparait le café avec sa petite cafetière à espresso rouillée.

De quoi ai-je peur ?

(Des petites fossettes creusées sur ses reins, au-dessus de ses fesses.)

Paris.
C'est l'hiver. Le soleil brille.

La poésie de la prose astronomique décrit notre étoile
en ces termes : c'est une naine jaune de type spectral **G2V**
dans la série principale, dotée d'une masse de **1,989 × 1 030 kilos**,
un diamètre de **1 392 000** km, une énergie lumineuse
de **3,83 × 1 026 W** et une magnitude absolue de **+4M,82**.
Au plus profond d'elle-même, dans son intimité chauffée
au rouge – un gigantesque réacteur à fusion –, cette naine jaune
fait fondre à quinze millions de degrés Celsius les noyaux
d'hydrogène pour en faire de l'hélium. Au cours
de ce phénomène, et pour ainsi dire accessoirement,
cinq millions de tonnes de matière se transforment chaque
seconde en énergie de rayonnement. Un processus colossal, doté
de la force de quatre-vingt-dix millions de millions de bombes
à hydrogène, et qui s'accomplit de nouveau chaque seconde.
Cela libère des photons à haute charge énergétique qui, au cours
des centaines de millénaires suivants, se fraient un chemin
à travers le maquis de plasma de l'intérieur de l'étoile avant
de rayonner sous forme de lumière solaire à partir de sa surface
et d'atteindre la terre en seulement huit minutes
supplémentaires. C'est l'hiver. Le soleil brille.

La moitié de l'hydrogène dans son noyau est déjà brûlée. Pourtant, je reste calme. La naine jaune se transforme, rien de plus. Pour qu'elle puisse maintenir sa stabilité, son noyau doit se rétracter. Il devient plus chaud et plus dense. Le taux de fusion augmente et, avec lui, l'énergie. Les modèles sont sans équivoque : la luminosité de l'étoile a augmenté d'un tiers au fil des milliards d'années. C'est remarquable. Cela signifie que le rayonnement du soleil devient de plus en plus chaud. Dans cinq nouveaux milliards d'années, la réserve d'énergie nucléaire sera consommée. Le soleil finira par refroidir, grandira pour devenir une géante rouge luisante entourée d'un violent vent solaire, avalera les planètes de son système et transformera en vapeur toute vie qui aurait encore pu se sauver pendant tout ce temps. Il subira un nouveau collapsus et s'effondrera enfin pour devenir une naine blanche. N'est-ce pas admirable ?

Une histoire du pays des naines, avec happy end.

L'âme s'effraie, elle frissonne à la vue du beau.
C'est, selon Platon, le moment
auquel *des ailes poussent à l'âme.*
(Elles sont simplement collées à la cire.)

Je suis trop près du soleil.

Jona.

Quelle formule me permettrait
de comprendre
c e t t e c h u t e ?

Le ravissement que ressentit Kepler lorsqu'il comprit que la pure grandeur et le caractère hors de portée des trajectoires des planètes respectaient des lois simples, comme une musique que nous avons oublié d'écouter : l'harmonie des sphères.
Harmonices mundi libri V

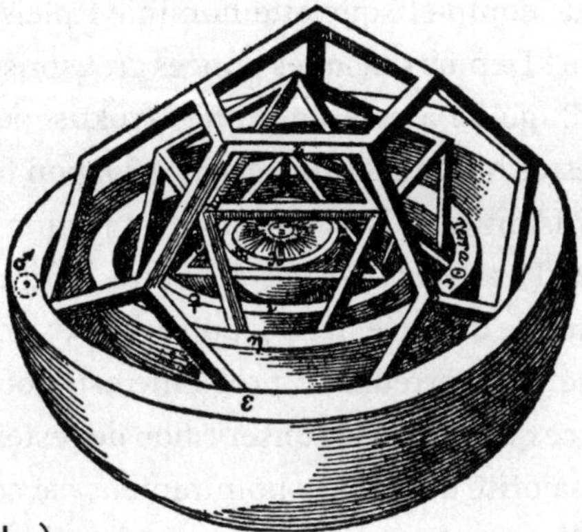

(Tout est misérable.)

FIG. 38 — INNER PORTION
OF KEPLER'S COSMOGRAPHICUM.

Sissy Boy. Tel est le titre d'une série d'autoportraits qu'a réalisés un jour Jona. Avec une double ironie, évidemment, avec des références à la théorie postmoderne et à toutes les complexités de la construction des sexes. Blablabla. Et pourtant, ils sont pure séduction. À force d'observer ces images, je vais perdre la raison.

Madame le Docteur Blanchard,

Merci beaucoup pour e-mail. Pardon mon français. Mais j'essaie. Je n'entends jamais parler avant d'enfant Gyokusendo, pas non plus de quelconque fossile hominien dans caverne Gyokusendo. Où trouvez-vous cette, pardon, mauvaise idée ?
Découvertes au XIXe je crois sincèrement impossibles ! Première découverte fossile hominien sur archipel japonais est en 1931 os iliaque homme primitif Akashi, mais tristement détruit pendant bombardement en 1945. Homme Minatogawa mondialement célèbre est découvert en 1970, un kilomètre seulement de grotte de Gyokusendo, le plus complet squelette hominien pléistocène dans tout Extrême-Orient ! Depuis quelques années creusons-nous zélamment dans grotte Bugeido à côté de grotte Gyokusendo en raison espoir de plus de restes homme Minatogawa. Au Japon fossiles homininiens tristement n'ont jamais été découverts jusque maintenant. Seul *Homo sapiens*. Pas *Homo erectus* ou autre homme premiers temps. Preuve indirecte d'entrée dans Japon avant 35 000 ans, nous l'avons que par artefact pierreux. Le problème est, pour dire court, très acide est le sol, ce qui empêche conservation de restes organiques sur continent. La majorité de fossiles homininiens est conservée sur les îles Ryūkyū, Okinawa. La grande partie des îles Ryūkyū est composée de récifs coralliens qui contiennent carbonate de calcium adapté premier ordre pour fossilisation. Actuellement éléments archéologiques proposent que toute première occupation homininienne de l'archipel japonais se passe pendant stade isotope 5, entre 127 000 et 76 000 ans avant aujourd'hui. Îles japonaises sont entourées de mer profonde, immigration homininienne peut seulement être logique si niveau de la mer est au plus bas pour traversée. Autre possibilité, formes quelconques de technologie barque/radeau. Cela peut-être est la raison pourquoi toute première occupation de Japon se passe seulement très tard dans la préhistoire humaine. Formation de ponts terrestres à cause niveau bas de la mer se passe pratique-

ment jamais à l'époque. Au moins deux fois dans pléistocène moyen entre péninsule Corée et îles japonaises 600 000 ans et 430 000 ans avant aujourd'hui. Migration de mégafaune, comme le stegodon éléphant (*stegodon orientalis*) et éléphant Naumann (*palaeoloxodon naumanni*) depuis continent Asie. Pas une seule trace d'occupations par homininiens à cette époque ! Plus tard il n'y a pas de pont terrestre dans pleistocène, pas même pendant dernier maximum ère glaciaire. La belle hypothèse dit que hommes Minatogawa viennent du sud de Chine ou Asie du Sud-Est, traversé le canal Kerama avec radeau ou canoë, bondissant d'île en île.
Bref : il n'y a pas de trace prouvant les premiers hommes au Japon. Pas de fossile hominien dans grotte Gyokusendo. Et encore moins découverte du XIXe siècle !
J'espère, je vous aide.
Si vous avez questions, s'il vous plaît faites-moi savoir, je suis heureux de dire plus.

Avec ma bonne salutation,
Kobayashi Takaaki

Je me trouve, oui, je l'avoue, l'Os,
dans une dépression postcoïtale persistante.

J'ai rêvé de toi, enfant de Gyokusendo.
Je marchais dans une forêt ancienne.
C'est alors que je t'ai vu entre les arbres gris.
Avec ta peau velue, ton membre pendant, ta stature
un peu courbée, à peine un mètre de hauteur,
comme un enfant de trois ans. Tu portais un fagot
de petit bois dans tes longs bras.
Tu n'as pas dit un mot, tu t'es contenté de regarder
avec ces grands yeux.

Paris. Passé la matinée à la bibliothèque de la Sorbonne, puis à Sainte-Geneviève. Changé de rive pour aller à la Bibliothèque historique de la ville. Changé une deuxième fois et dormi comme une bûche au Jardin des Plantes jusqu'à ce que je sois réveillée par ce mufle de policier qui me prenait pour une clocharde avinée. Je n'avais plus la moindre force pour me rendre à la Bibliothèque nationale. Mangé un kebab avec beaucoup d'oignons. Pain au chocolat. Red Bull.
La GRANDE ENCYCLOPÉDIE n'a aucune entrée. Ni sur toi, le Crâne, ni sur mon aïeule ou ses singuliers écrits. Le GRAND LAROUSSE DU XIXe SIÈCLE est aussi muet que tous les lexiques et manuels jaunis sur l'anthropologie, la paléontologie, l'archéologie, la biographie, la littérature, sur les voyages au Japon ou la préhistoire japonaise que j'ai eus en main. Que faut-il en conclure ? Que le livre de l'aïeule est une fable ? Autant que toi, le Nain ?

Ces faces hideuses des Parisiens !

GÉNÉALOGIE BLANCHARD

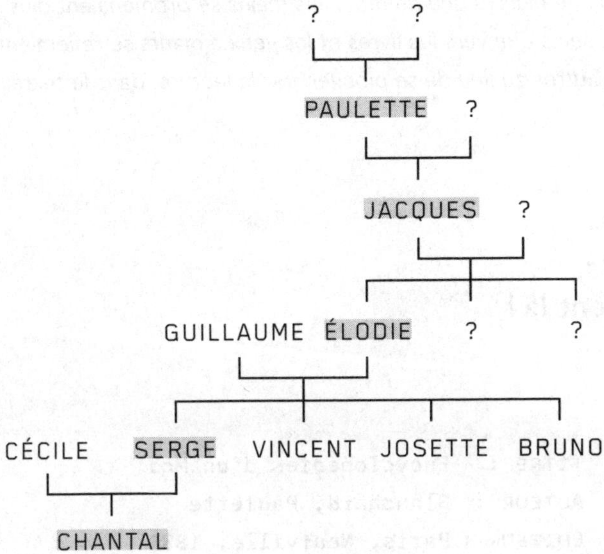

Ne puis-je aimer une folle authentique, une jeune fille, un vieillard, pourquoi pas ? Non, je veux le beau jeune homme ! Je rêve de préférence de l'érotisme bavant de la rentière ! Je succombe à l'Hypérion de Hölderlin, au jeune mignon du Caravage et à l'Anthologia Graeca ! Comme c'est grotesque ! Si j'étais un homme, je finirais comme le vieil Abélard, auquel on coupe les couilles à cause de la charmante Héloïse ! Je finirais comme le marquis de Sade, en maison de fous, le cerveau pourri par le sexe crasseux. Qu'est-ce que je veux au bel Adonis, moi, Vénus dans ses rêves, idiote et frigide ? Oui, tu peux rire, squelette, tu peux rire ! J'ai honte. Quelle douloureuse masturbation !

Nous ouvrions nos livres, mais nous avions plus de mots d'amour que nous ne lisions, et plus de baisers que de mots, les mains se promenaient plus souvent vers les seins que vers les livres et les yeux aimants se reflétaient les uns dans les autres au lieu de se plonger, par la lecture, dans le texte.

Il est là, l'Os,
il est vraiment là !

TITRE : Encyclopédies d'un Moi
AUTEUR : Blanchard, Paulette
ÉDITEUR : Paris, Neufville, 1881
Exemplaire écarté des collections

Je me sens comme si j'étais revenue dans les années 1980, comme si j'étais de nouveau l'étudiante regardant sur l'écran du musée les microfilms des vieux fichiers de la bibliothèque !

Comment un livre peut-il donc disparaître ? Comment ?

Rencontre avec Bernard Yves (Collège de France), Paris, 27 novembre

Nous déjeunons au restaurant de cette tour Eiffel que je déteste car Maupassant disait que celui-ci est le seul endroit, dans tout Paris, où celle-là ne nous impose pas sa vue.

HYPOTHÈSE 1 : L'enfant de Gyokusendo (EdG) est une pure et simple invention de l'aïeule.

Presque impossible. À cette époque, personne ne menait de recherches ciblées pour trouver des fossiles. Le premier à le faire a été Eugène Dubois et c'était vingt ans plus tard, en 1891. (Même ébranlée par Darwin, la croyance dans le fait que les espèces biologiques étaient immuables et créées par Dieu était trop tenace.) Comment l'aïeule se serait-elle donc laissée aller à pareille idée ? (À tout prendre, elle aurait plutôt dessiné des ovnis.) Et surtout : comment expliquer cette inquiétante congruence entre *H. floresiensis* et le squelette esquissé ? Cette réminiscence de Lucy ? Cette analogie, donc, avec les découvertes caractéristiques faites au cours de fouilles plus d'un siècle plus tard ? Hypothèse rejetée !

HYPOTHÈSE 2 : L'EdG est une escroquerie.

Mais une escroquerie montée par qui ? Dans quel but ? À quelle date ? Le tableau qui s'empoussière ici, depuis plus d'un siècle, dans la vieille maison. C'est du moins ce qu'affirme le père. Il dit l'avoir trouvé dans je ne sais quel placard. Le vieux est certes d'une méchanceté abyssale, mais la ruse n'est pas son fort ! Hypothèse rejetée.

HYPOTHÈSE 3 : L'EdG est un *Homo erectus* nain.

Cela signifierait forcément qu'*H. erectus* est arrivé à Okinawa. (On n'en a aucun indice à ce jour.) Éventuellement, *H. erectus* a migré avec la mégafaune pendant les périodes où l'on franchissait l'océan à pied, MIS 16 ou MIS 12 ? Ou bien sur un isthme, en partant de Chine du Sud-Est et allant de Taïwan jusqu'aux îles Ryūkyū ? À moins qu'il n'ait été débarqué là par hasard sur un morceau d'épave à la dérive ? (En 2004, le tsunami d'Asie du Sud-Est a porté des personnes, sur de la végétation flottante, jusqu'à cent cinquante kilomètres de distance !) Arrivé sur l'île, *H. erectus* aurait été soumis à un processus de nanification insulaire extrême. Serait-il donc possible que sur deux îles éloignées (Florès, en Asie du Sud-Est, et Okinawa, au Japon), l'évolution d'un *H. erectus* ait suivi en toute indépendance des chemins d'une singularité analogue et ait mené à des résultats comparables ? (C'est-à-dire au Hobbit et à toi, le Crâne !) Hypothèse invraisemblable.

HYPOTHÈSE 4 : L'EdG est le descendant d'un préhominien ou d'un homme préhistorique qui s'est répandu en Asie.

Conséquence radicale : contrairement à ce qu'on fabule généralement, ce n'est pas l'*H. erectus* de grande taille, fort, aux jambes longues et, mon Dieu ! tellement malin, qui serait la créature anthropoïde ayant quitté l'Afrique il y a près de deux millions d'années, mais une espèce de préhominien primitif, de petite taille et doté d'un cerveau minuscule ! *H. habilis*, ou même un Australopithèque plus tardif ? L'espèce aurait pris naissance dans le nord-est de l'Afrique et commencé voilà 3,5 millions d'années non seulement à se diffuser jusque dans le sud de l'Afrique et, à l'ouest, jusqu'au lac Tchad, mais aussi jusqu'en Asie occidentale (fouilles de Dmanissi !) ainsi qu'aux nouveaux habitats de la ceinture de savane afro-asiatique, qui s'étendait désormais largement jusqu'au sud-est de Java (*H. floresiensis* !) et en Extrême-Orient, à Okinawa, où l'espèce aurait finalement survécu jusqu'au pléistocène supérieur, et sous une forme presque inchangée ! Les steppes asiatiques recouvraient jadis la moitié de la planète, elles offrirent à d'innombrables espèces un corridor pour se déployer. Pourquoi pas aussi à tes ancêtres, l'Os ? Bernard tout feu tout flamme ! « Voilà d'un seul coup un grand tableau qui se dessine ! Les fragments du puzzle s'assemblent ! » Hypothèse belle.

HYPOTHÈSE 5 : L'EdG est un humain moderne malade.

Es-tu un pygmée de petite taille, le Crâne, qui souffrait de microcéphalie ? De crétinisme ? Du syndrome de Laron ? Du syndrome de Down ? Es-tu l'idiot du village d'Okinawa ? Une fois de plus ? Hypothèse ennuyeuse et improbable !

HYPOTHÈSE 6 : L'EdG est un enfant d'humain.

Le front fuyant et plat, les arcades sourcilières marquées, l'absence de menton ! Signes de primitivité. Tu ne peux pas être un humain moderne, le Nain. Les sutures du crâne paraissent soudées. Le nombre d'alvéoles dentaires laisse penser que les dents de sagesse étaient sorties. Tu n'étais pas un enfant, enfant de Gyokusendo. Tu étais un homme, n'est-ce pas ? Hypothèse rejetée.

(Je me demande comment Bernard arrive à mettre tant de femmes dans son lit. Avec l'haleine qu'il a.)

HYPOTHÈSE 7 : L'EdG *est* l'*Homo floresiensis*.

Curieuse thèse de Bernard, qui suit l'indication de Kobayashi selon laquelle l'homme de Minatogawa a immigré depuis l'Asie du Sud-Est au cours du dernier maximum glaciaire (24,5-18 ka BP). Que se passerait-il si toi, le Crâne, tu étais un *H. floresiensis* qui aurait migré en compagnie d'*H. sapiens* dans des barques vacillantes ? La théorie est grotesque ! On trouve les premières traces de l'homme moderne à Florès à une époque située il y a 11 000 ans seulement, donc beaucoup trop tard pour en faire une histoire à endormir les enfants. Et pourquoi *H. sapiens* aurait-il dû coopérer ? Alors pourquoi te prendre avec lui, le Nain ? Comme provision de bouche ? Ou comme nounours ?

Sans masturbation, pas de sommeil.

J'observe tout. Je n'ai rien à faire avec quoi que ce soit.
J'observe : la mousse, le plastique, les gens, les pigeons morts,
moi-même. Tous ce fatras. Je tiens à ne rien avoir à faire avec moi-même.

Je suis une despote. J'observe et j'exerce ainsi un pouvoir sur l'objet de mon observation. Je le transforme. Aujourd'hui, par exemple, je me suis observée quand je marchais. Je marchais dans les rues et ruelles de Paris, et la marche, ce procédé d'ordinaire totalement autonome, est peu à peu devenue impossible. *La marche se brisait sous mon regard.* Elle devenait étrangère à elle-même. Les plantes de pied qui se posaient et se déroulaient sur l'asphalte, les genoux qui se pliaient alternativement, tous faisaient autrement que d'habitude. Ils sont devenus incertains, ne savaient plus ce qu'ils avaient à faire, se sont tout à coup faits totalement maladroits, comme s'ils accomplissaient ce processus non pas pour la milliardième, mais pour la première fois. Ils ont fini par se paralyser. Ils ont abandonné. Mon regard était trop implacable. Ils étaient trop faibles pour le soutenir. Qu'est-ce que vous faites ? ai-je demandé. Qu'est-ce que vous faites ? Ils n'ont plus trouvé de réponse. Le corps se tenait donc là, paralysé, incapable d'accomplir ne serait-ce qu'un pas supplémentaire. C'est la preuve que je n'ai rien à faire avec moi-même. Seule mon absence me permet de marcher. Une ingérence n'est pas souhaitée.

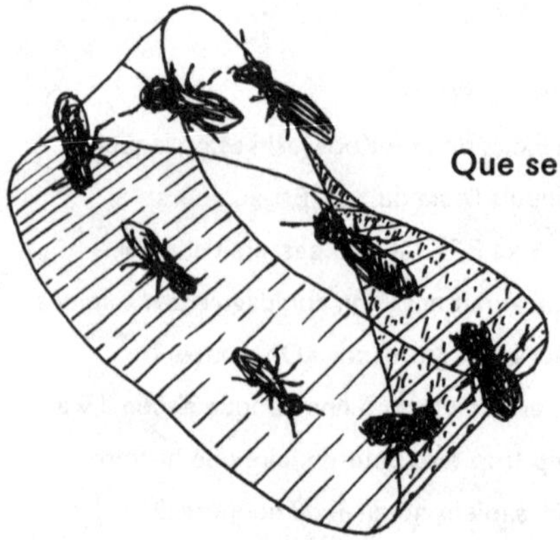

Que se passe-t-il, si ma pensée s'observe elle-même ?

Une extinction ?

Non.

Un Moi.

J'ai cinq ans. Je suis dans la cuisine et je regarde ma mère travailler. Nous avons encore notre petit appartement rue du Dragon, dans le quartier Saint-Germain. C'est une cuisine minuscule. Vraiment. On tient à peine à deux. La radio est allumée. Je suis là et je regarde, je hume ce parfum si suave et familier. Ma mère fait frire des beignets aux pommes, ceux que j'aime tant. Elle épluche les pommes, les évide, les coupe en tranches, les plonge dans la pâte visqueuse et les jette dans la poêle qui siffle. Il y a quelque chose de singulier. Mais je ne sais pas quoi. Ça commence sur le bout de la langue. Un picotement, une insensibilité, comme si je m'étais légèrement mordue par mégarde, ou brûlée avec une sucrerie trop chaude. La sensation se diffuse. Elle gagne mon visage, elle atteint bientôt toute ma tête. Je suis tellement effrayée que je ne dis rien. Je continue à regarder ma mère, sucre, cannelle, je continue à humer le parfum des beignets aux pommes, je continue à écouter la radio. Alors seulement, je note à quel point tout est loin. Je me tiens dans la minuscule cuisine qui, soudain, m'apparaît comme un couloir long et étroit. Il ne cesse de s'allonger. Je crie : Maman ! Maman ! Reviens ! Elle me répond, de loin, que je ne dois pas dire de bêtises. Qu'elle est encore à côté de moi. C'est alors que je comprends l'effroyable. Je suis en train de rétrécir. Mon corps n'est plus que la moitié de sa taille antérieure, plus que le quart, plus que quelques centimètres. Tout s'éloigne. Voilà que le picotement s'est emparé de mes bras. Je me sens effroyablement mal. Je ne peux m'empêcher de vomir.

Il ne reste qu'une légère migraine.

La loi de Cope de l'augmentation phylogénétique de la taille : au fil de l'évolution phylogénique, la taille du corps augmente par étapes successives.

Tu as entendu, nain agitateur ? Qu'as-tu à t'opposer au cours des choses ? Veux-tu me flatter ? Tu me fais les cavités orbitales douces ? Tu veux imiter la fameuse espèce des foraminifères, ces animaux marins unicellulaires qui sont devenus de plus en plus petits, jusqu'à disparaître totalement ?

Il existe, venu des pays nordiques, un usage archaïque qu'on appelle le lancer de nain. On coiffe un gnome d'un casque et on le lance comme un disque. Prends garde à toi !

Mon cortex préfrontal dégringole !

Mon système de sérotonine est en plein collapse !

Mon autisme joue du pipeau !

Mon hypothalamus crache !

Dopamine dégueulasse !

Lamentable norépinéphrine !

Infâme ocytocine !

ill. L'amour

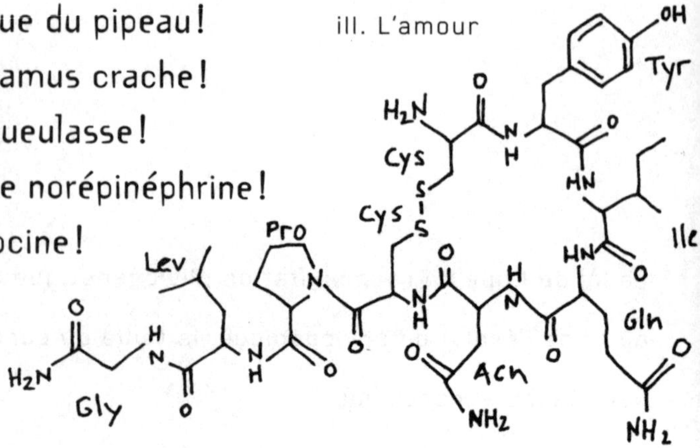

À un moment, je me suis dit :
Il faut que je mette Jona en garde.
Il faut que je le mette en garde
contre moi. Je l'ai mis en garde.
Il a dit : Je le sais depuis longtemps.

J'aimerais pouvoir me dissoudre
dans une pensée.

Paris. Cherché refuge à la bibliothèque Marguerite-Durand.

Est-ce possible ? Cela se peut-il ?

BLANCHARD, PAULETTE, née en 1853 à Paris, communarde bourgeoise, dans le cercle de Louise Michel pendant la Commune de Paris, membre du Comité de résistance de Montmartre. A échappé aux poursuites par protection, se réfugiera par la suite au Japon.

Dis-moi, l'aïeule, pourquoi me soumets-tu de telles énigmes ?
Quels secrets dissimules-tu ?
Qu'a vraiment enfoui le glacier ?

Qui es-tu, enfant de Gyokusendo ? À quelle époque as-tu vécu ? De quel rêve confus es-tu sorti ? Bernard le baptiste nous a rebaptisés, le Crâne. Toi : *Homo okinawasiensis* ! Moi : *Chantalpithecus misanthropus* ! Pourquoi et quand t'es-tu éteint, *Homo okinawasiensis* ? **As-tu jamais rencontré un *Homo sapiens*, l'Os ?** Y avait-il une lutte pour la terre et les ressources ? **Où es-tu, squelette ?** Où ? Qui t'a dessiné ? Et comment, par tous les diables, a-t-on pu faire une découverte aussi aberrante puis disparaître sans laisser de trace, comme si elle n'avait jamais existé ? **Qu'est-ce qui a bien pu inciter Siebold à te passer sous silence, l'Os ?** Te jugeait-il sans importance, *Homo okinawasiensis* ? **Était-il donc aussi aveugle ?** Le dessin dit tout autre chose ! À moins que cela ne tienne au fait que la paléoanthropologie en était encore à ses balbutiements ? Qu'on n'accordait pas une grande importance, à l'époque, aux fossiles ? **Se pourrait-il que quelqu'un n'ait pas voulu que la nouvelle de ta découverte, le Crâne, parvienne à l'opinion publique ?** Qui se donnerait la peine d'effacer toutes les traces ? Existe-t-il un lien entre la disparition de l'aïeule et la tienne, l'Os ? **Y a-t-il au bout du compte une grande conjuration derrière tout cela ?** L'aïeule n'est-elle pas morte de mort naturelle ? Qu'avons-nous donc en main ? Pas d'os, pas de photos, pas de moulages, pas de datation, pas de cotes ! **Aucune possibilité d'enquête qui pourrait confirmer des thèses. Rien !** Oublie ça, Chantal, ça n'en vaut pas la peine !

Donc, quand je me retourne sur le passé, les lignes emmêlées, les fins mortes, les rides de l'eau, les ramifications inégales et absurdes, les espaces interstitiels de ma vie, et quand je me demande... **D'où cela vient-il ? Où cette catastrophe qu'on appelle communément amour a-t-elle pris son départ ?** L'amour est toujours déjà le souvenir de l'amour **Où donc se trouve l'image originelle, la première chute fatale, le dévalement initial ? Avec Karim, dans ma jeunesse, cette fois où, déjà, j'ai tressailli ? Était-ce son corps, le malheur, ou son rire, ou sa mort ? Mais pourquoi lui ? Quelle est sa base, à lui ? L'ensorcellement de mon entendement par la culture. Et à part cela ?** Le sein maternel ? **Et la base du sein maternel ? Le souvenir de l'utérus.** Le désastre de la naissance. **La plus grande blessure. Qu'est-ce qui était à l'origine de la naissance ? Le funeste coït des parents.** La guerre d'Algérie. **Le coup de feu qui a poussé la mère à prendre la fuite. Et la base de la guerre d'Algérie ? La misère du colonialisme. La rupture de l'ordre mondial. La campagne d'Égypte de Napoléon.** Les ancêtres copulant sur toute une lignée. **Je passerais du coq à l'âne. Je me perdrais dans des paradoxes ou m'emmêlerais dans la détresse des extrémités mortes. Je devrais rejeter une dernière fois, dans un geste absurde, l'idée même de la causalité ou déduire cet amour du collapse du néant qui est responsable de tout.**

2

Il n'y a rien, par principe. Il n'y a rien. C'est l'apport fondamental de la physique théorique. Mais le post-scriptum est encore plus important. Le voici : le néant est instable.

En août 1952, les spectateurs venus assister à un concert de piano à Woodstock, New York, ont été témoins d'une secousse dans l'histoire de la musique. Un artiste a rejoint le piano à queue. Il s'est assis et il est resté quatre minutes et trente-trois secondes devant le couvercle fermé. Pendant le morceau, le pianiste a levé les mains à trois reprises.

La composition que l'on créait ce jour-là était *4'33"* de John Cage. C'est sans aucun doute l'un des morceaux les plus beaux et les plus radicaux de la musique moderne. On a d'abord dit qu'il s'agissait d'un silence de quatre minutes et demie en trois mouvements. Les auditeurs du Maverick Concert Hall étaient déconcertés, captivés ou atteints par l'ennui, certains se mirent à discuter, d'autres quittèrent la salle. On a généralement affirmé que la pièce était faite de quatre minutes et demie de silence persistant. Rien ne pouvait être plus erroné.

L'année précédant la création, John Cage visita l'espace insonorisé de l'université Harvard. Plus tard, il raconta cette expérience singulière. Dans cet espace dépourvu de son, affirma-t-il, c'était tout sauf silencieux. Il avait au contraire entendu deux bruits, un bourdonnement aigu et un grondement oscillant. Cela l'avait considérablement déconcerté. Comme l'expliqua ultérieurement un technicien au célèbre musicien et mycologue, le bruit aigu était son système nerveux, le grave son système sanguin.

Lors de l'exécution de *4'33"* en août 1952, se souvint Cage ultérieurement, on pouvait, pendant le premier mouvement, entendre le vent à l'extérieur ; pendant le deuxième mouvement, des gouttes d'eau se mirent à crépiter sur le toit, et pendant le troisième ce sont les gens eux-mêmes qui produisirent tous les bruits remarquables qu'on puisse imaginer. « Il n'existe rien qui ressemble au silence. Ce qu'ils prenaient pour du silence, parce qu'ils ne savaient pas comment écouter, était empli de bruits fortuits. »

Ce que ces trois mouvements muets font entendre, c'est le bruit perpétuel. Le hasard lui-même devient musique. Chaque toussotement, chaque frottement agité sur le siège, le râle des anciens au premier rang, la sirène du véhicule de secours qui passait devant, le cri du bébé affamé, le bourdonnement à peine perceptible des plafonniers. Le silence, désormais, c'est la globalité des bruits *non* notés par le compositeur. Changeant et imprévisible, d'une densité et dans des variantes différentes selon le point où l'on se trouve dans la salle de concert. C'est le morceau de musique le plus complexe qu'on ait jamais inventé. On l'écoute aux aguets, comme une sonate de Bach.

Le néant physique vaut le silence de Cage. Il n'y pas une seule note sur la partition de *4'33"*. C'est un alignement obstiné de vide rythmé par les barres de mesure. Dans l'espace physique creux, son équivalent en mécanique quantique, que l'on donne non pas dans des salles de concert mais dans des laboratoires, on ne trouve pas une seule molécule. Toute matière en est écartée, plus encore : toute lumière et toute chaleur. Il ne reste qu'une absence englobante. À l'exception de petites particules élémentaires qui flottent isolées et d'un peu de rayonnement électromagnétique, la très grande majorité de notre univers ressemble à ce même état de vide. C'est l'état fondamental du monde. Comme vous l'avez peut-être déjà remarqué, il est froid et vide.

Mais voilà, la physique quantique nous révèle quelque chose d'inouï : *l'intranquillité du néant.* Celui-ci, en effet, est empli d'une énergie énigmatique. Le silence de Cage révèle le bruissement incessant du monde. Le néant physique trahit sa vibration et son tressaillement inlassables. C'est la musique hasardeuse des fluctuations quantiques. Ou, en d'autres termes : le vacillement du vide. Le vide quantique est un espace d'intranquillité permanente, un bouillonnement turbulent, une oscillation frénétique de particules virtuelles qui émergent du vide et y disparaissent de nouveau. Elles le font par petits intervalles tellement impondérables qu'aucun œil n'a jamais pu apercevoir ce processus. Les objets virtuels sont des agitateurs. Ils défient ce principe de conservation selon lequel l'énergie ne peut jamais ni naître ni disparaître, mais uniquement se transformer. Ils raillent cette loi en étendant le néant, en le gonflant tantôt en positif, tantôt en négatif, à une distance potentiellement infinie, avant d'être de nouveau dispersés en rayons dans la collision des pôles. Des maîtres du jeu à somme nulle, des voleurs du microcosme qui dérobent leur énergie au vide, même si c'est de manière tellement fugitive que ce scandale peut rester imperceptible. Le néant de la physique moderne est un néant des possibilités, un néant créatif et à haute énergie.

Pour le reconnaître et le décrire, il fallait une attaque théorique frontale contre nos conceptions de la réalité. Au début du XXe siècle, la théorie quantique causa à l'humanité pensante un choc métaphysique, elle lui porta un coup dont les effets se font encore sentir aujourd'hui, cent ans plus tard, et nous font tituber. Depuis Newton, on considérait l'univers comme une interaction certes complexe, mais définissable, de corps et de forces, de causes et d'effets qui en résultaient de manière nécessaire, et qui se déployait sur la base des constantes de l'espace, du temps et des lois universelles de la nature, bref : comme un rouage d'horlogerie battant de manière mécanique, brinquebalant, fixé, sur le principe, dans tous ses détails et de toute éternité, calculable, mais aussi et avant tout : prévisible. Or la mécanique quantique introduisit un élément jusqu'alors inconcevable dans le monde des descriptions physiques : l'indétermination et le hasard. Le cauchemar de n'importe quel physicien classique tout autant que mon bonheur silencieux.

Le principe d'incertitude que Werner Heisenberg formula pour la première fois en 1927 décrit précisément cette lacune drastique et singulière de notre réalité : l'absence d'univocité. C'est un monde des très petites particules qui a ébranlé à ce point la conception des physiciens. Si l'on mesure par exemple, dans le domaine microscopique, le lieu où se trouve une particule, sa vitesse demeure indéterminée. Si, en revanche, on mesure sa vitesse, son lieu reste obligatoirement dans l'obscurité. Plus encore : avant qu'on ne mesure le lieu de séjour d'une particule, *elle n'a pas de lieu.* Elle se trouve au contraire dans une situation étonnante que les physiciens appellent la superposition. C'est un état constitué de possibilités. La particule qui, tant qu'elle n'est pas observée, se comporte de manière paradoxale comme une onde, se trouve *simultanément dans des lieux différents.* (Pouvez-vous imaginer le désespoir et le ravissement des physiciens qui ont découvert cette circonstance ?) Seule l'observation, c'est-à-dire l'interaction avec l'environnement, provoque le collapse soudain de la fonction d'onde. Elle s'effondre et se fixe sur *une réalité unique.* Si elle le fait dans un cadre défini, c'est pourtant de manière totalement fortuite. En un mot : *le monde des effets quantiques est mou.* Il est flou, imprévisible et imprégné de possibilités. Là où l'on cherche aussi à appréhender la réalité microscopique, il s'enfuit.

Le physicien autrichien Erwin Schrödinger a démontré son sens du grotesque en inventant en 1935 un exemple éloquent de la fonction d'onde en physique quantique. Que se passerait-il si notre réalité quotidienne se comportait selon les mêmes principes ? Pour répondre à cette question, Schrödinger imagina une « machine infernale » perfide et cruelle. Dans l'expérimentation mentale de ce physicien sadique, un chat est enfermé dans une chambre en acier où se trouve un appareillage aléatoire raffiné, une sorte d'engin d'assassinat quantique diabolique. Celui-ci est constitué d'une petite quantité de substance radioactive, d'un compteur Geiger, d'un martelet et d'un piston empli d'acide prussien mortel. Si l'un des atomes venait à se désintégrer, cela mettrait en marche le mécanisme, le piston serait détruit, le poison libéré et le chat instantanément tué.

On commence par verrouiller la chambre d'acier. On ne peut donc plus voir ce qui se passe à l'intérieur. La probabilité d'une désintégration atomique en l'espace d'une heure, c'est ce qu'a calculé Schrödinger, serait de cinquante pour cent. Du point de vue de la mécanique quantique, on est forcé de décrire l'état d'un noyau atomique instable et non observé comme une superposition. En d'autres termes, le noyau de l'atome s'est désintégré *et* il ne s'est pas désintégré. Notre réflexe, conditionné par la réalité quotidienne, nous pousse aussitôt à nous exclamer : voyons, *ou bien* il s'est désintégré, *ou bien* il ne l'a pas fait ! La réalité contre-intuitive du monde quantique est cependant différente : elle est une réalité du *à la fois*. Le physicien diabolique, en tout cas, attend un certain temps devant la machine infernale verrouillée, tout en sifflotant une chanson de printemps ou en notant quelques formules. Schrödinger en arrive à la conclusion grotesque que dans cette chambre d'acier, le chat ne pourrait qu'être à la fois vivant et mort – comme il le note, le chat vivant et le chat mort seraient « mélangés ou brouillés en proportions égales ». Seule l'ouverture de la chambre – et par conséquent l'observation ! – forcerait la machine meurtrière à se déterminer d'un coup – ou bien en faveur de la vie, ou bien en faveur de la mort.

Que se passerait-il si je vous révélais à présent que vous êtes inéluctablement livré à ce néant paradoxal et oscillant ? Pour ne pas dire que vous êtes « mélangé et brouillé » à lui « en proportions égales » ? Il existe depuis les années 1970 une théorie consistante des particules et des forces qui forment le neutron et le proton. Ensemble, celles-ci constituent la base immuable de la matière. Notre corps, comme presque tout ce qui nous entoure, est composé de ces particules à forte masse. Mais c'est il y a peu de temps, seulement, que les mathématiques complexes sont effectivement parvenues à maîtriser par le calcul la forte interaction entre les quarks dont sont composés neutrons et protons. Il a fallu pour ce faire un ordinateur parallèle construit à grands frais et composé de dizaines de milliers de processeurs séparés qui, pendant des semaines, dans un ronronnement et un bourdonnement ininterrompus, ont accompli leur travail avant de révéler la monstrueuse découverte qui suit : la plus grande partie de la masse de ces particules ne se trouve en aucun cas dans les quarks, mais dans le vide qui les sépare, dans les champs interactifs, dans les particules en genèse et en disparition constantes de l'espace vide. Bref : une grande partie de ce que nous sommes et de ce que nous appelons la matière est du néant vacillant.

Mais ce n'est pas tout. Nous n'arrêtons pas de nous rapprocher du vide. Nous l'avons dans la peau depuis très longtemps.

La symétrie est un objet de fascination. Elle est indispensable à la compréhension de notre univers. Il existe des physiciens qui, interrogés sur la principale découverte des sciences de la nature, répondraient sans détour : « C'est sur la symétrie que se fondent les lois de l'univers. » Mais qu'est-ce que c'est, la symétrie ? C'est l'indifférence à l'égard de la manipulation. (Le contraire du marché financier.) Une sphère parfaite est hautement symétrique. Quelle que soit la manière dont on la fait tourner sur elle-même ou dans l'espace, dont on la déplace, sa forme reste identique. L'eau à l'état liquide ou l'espace vide ont eux aussi un comportement symétrique. Le vide en tant que tel, écrit Aristote, n'est pas capable d'opérer une différenciation. Dans le vide, aucune pierre ne peut savoir ce qui est en haut et ce qui est en bas. Il y a par conséquent une chose qui lui est impossible : tomber.

Or c'est précisément cette chute qui détermine notre réalité. La chute ne peut toutefois survenir que sur la base d'une métamorphose fondamentale. En physique, nous lui donnons le nom de *brisure de symétrie*. Le phénomène vous est parfaitement connu. C'est ce qui se produit lorsque, par exemple, de l'eau à l'état liquide gèle et se transforme en glace. La gouttelette réfrigérée qui s'accole dans un nuage de l'atmosphère à un germe de cristallisation et qui gèle voit sa symétrie brisée. Elle se fixe et devient un flocon de neige, ce cristal fractal doté d'une haute complexité. Une transformation monstrueuse ! Le flocon de neige est lui aussi symétrique, mais il ne l'est que de manière limitée par rapport à la symétrie absolue de l'eau : il ne respecte plus qu'une symétrie en miroir ainsi qu'une symétrie rotative sur un angle de soixante degrés. Les systèmes s'efforcent toujours d'atteindre un état de plus basse énergie possible. L'humain, par exemple, reste volontiers allongé sur son canapé. Dans le cas du flocon de neige, il s'agit de l'état ordonné du cristal. C'est la chute de la température qui, avant tout, le rend possible. Au-dessus du seuil critique, on trouve face à l'état auquel on aspire le mouvement de réchauffement de la molécule d'eau. Voilà pourquoi le flocon de neige fond sur notre peau.

Le bouleversant dilemme de l'âne de Buridan nous révèle le rôle du hasard. L'âne est une figure presque aussi tragique que le chat de Schrödinger. Compte tenu de cette accumulation frappante d'analogies animales, vous pourriez vous laisser séduire par l'idée déplacée que j'aime bien les créatures vivantes. Tel n'est absolument pas le cas. (Et surtout pas cet étrange animal qu'est l'être humain.) Dans la plupart des variantes de l'expérience, l'âne de Buridan est lui aussi sacrifié à la beauté de l'idée. Le philosophe scolastique français Buridan imagina l'animal exactement à équidistance de deux tas de foin identiques. En situation de symétrie. Dans ce cas, une fois de plus, les penseurs font la preuve de leur instinct cruel. Incapable de se décider pour l'une des deux meules où il pouvait se nourrir, l'animal était en effet, selon Buridan, condamné à la famine et à une mort misérable !

Dans une version de l'expérience revue pour la mécanique quantique, l'âne s'en sort toutefois la vie sauve. Au moins dans un premier temps. La fluctuation de mouches virtuelles qui tournent autour de sa tête, tellement nombreuses et malveillantes que seuls le néant ou l'enfer peuvent les avoir crachées, incitera l'âne à se mouvoir. La symétrie en miroir dans laquelle il se trouve entre les deux meules de foin sera, de ce fait, rompue. Cela se produira de manière tout à fait fortuite. L'animal stupide bougera la tête d'un côté pour chasser une mouche virtuelle, se trouvera du même coup plus près d'une meule que de l'autre et se déplacera aussitôt, sans hâte, dans sa direction – sans se douter un seul instant qu'il vient tout juste de devenir une métaphore cosmique. Le collapse de la symétrie ! L'âne va manger avec satisfaction dans une heureuse situation critique.

Dieu ne joue pas aux dés ! écrivait Einstein qui tenta pendant des années avec acharnement, mais sans succès, de réfuter ce monstre qu'étaient la théorie quantique et ses applications. Il allait finalement avoir raison. Le dé n'a aucun besoin de Dieu. Il tombe du vide.

Ce n'est pas un hasard si, sur le lieu où je faisais mes études, la clinique universitaire de psychiatrie se trouvait juste à côté de l'Institut de physique théorique. L'une des victimes de cette découverte, à laquelle la clinique échappa toutefois, écrivit en caractères gras, au-dessus du portail de notre institut, une citation de *L'Enfer* de Dante : « Vous qui entrez ici, oubliez tout espoir. »

L'espace dynamique de la théorie générale de la relativité conçue par Einstein, c'est-à-dire cet espace de gravitation qui se courbe, s'allonge et se déforme, est lui aussi soumis aux fluctuations du champ quantique. Le principe d'incertitude fait en sorte que c'est *l'espace lui-même qui fluctue de manière aléatoire.* Cet espace doucement courbé qui, dans notre expérience quotidienne, nous paraît constamment plat et au repos, est au plus petit niveau bouillonnant et raviné, bosselé et décomposé par des activités quantiques turbulentes. Ce sont des processus qui se déroulent sur des échelles situées au-delà de la longueur de Planck, dans un domaine de millionièmes de milliardièmes de milliardièmes de milliardièmes, au-delà du temps de Planck, dans des échelles temporelles de millionièmes de billionièmes de billionièmes de billionièmes de secondes et – cela est une certitude – au-delà du concevable. Le monde, dans le domaine ultramicroscopique, est sorti de ses rails. C'est un monde de l'inconsistance, indomptable et irrationnel. Des catégories comme le haut et le bas, la gauche et la droite, et même l'avant et l'après, perdent ici leur signification. *Le temps et l'espace sont désactivés.* Les champs fluctuent plus vite que la lumière, sautent dans le temps en avant et en arrière comme s'ils étaient devenus fous. Face à de tels états, tous les concepts humains cessent de fonctionner. Ils sont absurdes. Sur des ordres de grandeur situés en deçà de la longueur et du temps de Planck, l'incertitude quantique provoque de si puissants plissements et déformations dans la structure espace-temps du cosmos que la seule chose que nous ayons pu faire – à ce jour – est de nous taire à ce sujet. Et de continuer à calculer.

Le néant est instable. Le néant lui aussi peut, non, doit forcément subir un collapse ! Il est ainsi sur un pied d'égalité avec n'importe quel système symétrique. Avec la sphère parfaite en équilibre sur la pointe la plus extrême d'une montagne conique, une pointe fine comme la longueur de Planck. Elle n'y restera pas en place, c'est la seule chose qui soit sûre. Même le néant tombera donc obligatoirement dans une asymétrie. La symétrie du vide, celle des particules et antiparticules virtuelles qui naissent toutes deux du vide et rayonnent de nouveau au moment de leur union extatique, cet équilibre, donc, du néant oscillant vers les deux pôles, est susceptible de basculer. Il le peut quand le tressaillement du vide va trop loin, quand les fluctuations franchissent un point critique et quand, irrésistiblement, le système commence à tomber dans l'asymétrie. *Quid*, donc, quand le néant fluctuant subit un collapse ? Que se passe-t-il dans ce cas-là ?

En deux mots : le monde.
Cette catastrophe que nous appelons l'univers.

Cela rappelle l'audace du baron de Münchhausen se sortant lui-même du marécage du néant en se tirant par les cheveux pour rejoindre l'existence. Mais à la question de savoir ce qui s'est passé avant l'événement auquel nous donnons le nom de big bang

– c'est-à-dire : avant l'espace fluctuant ! Avant la symétrie du temps ! – des physiciens qui n'ont pas froid aux yeux apportent une réponse simple. Vous devinez déjà de quelle réponse il s'agit : rien !

Il est mathématiquement plausible, et même vraisemblable, que notre univers soit né spontanément, sans motif, dépourvu de sens, sans Dieu, sans aucun mobile immobile et même, paradoxalement, sans espace et sans temps. L'abstraction de cette pensée fait honte à l'esprit humain limité. Elle devient cristalline et lumineuse non pas dans nos concepts indigents, mais uniquement dans le langage des mathématiques. Le monde, c'est ce que suggère la mécanique quantique, est un effet de réalité du néant absolu. Un collapse et une chute dans l'asymétrie. Le seul motif premier, c'est le hasard.

Quelle part de votre corps se trouve en dessous de vos pieds ? Qu'y a-t-il de plus au nord que le pôle Nord ? On voit que notre incapacité à penser une *creatio ex nihilo* est de nature linguistique. Nous ne pouvons faire autrement que de poser la question d'un *avant*, même s'il n'existe pas de temps. Nous ne pouvons faire autrement que de poser la question d'un *lieu*, même s'il n'existe pas d'espace. L'évolution de notre langue hautement complexe a assuré à l'homme une survie *dans l'espace et le temps*. Mais elle est défaillante au regard de la symétrie totale. Le langage – et donc notre représentation – est capable d'appréhender « ce qui est le cas », c'est-à-dire ce qui s'inscrit dans ces deux dimensions. Il est aussi capable d'atteindre cette sphère du seulement possible, du seulement concevable et du polyvalent, ou plutôt de créer celle-ci à partir de lui-même. C'est sa force extraordinairement créative. Le langage, qui est lui-même structure, ne fonctionne cependant pas lorsqu'il s'agit d'appréhender ce qui est sans coordonnées, sans structure : le néant et l'absolu. Les mathématiques, en revanche, ont la capacité de pénétrer dans cette sphère et de nous renseigner à son sujet. À l'instar du microscope, qui rend visible ce qui est invisible à l'œil humain, elles ont la capacité de rendre pensable ce qui est impensable pour la représentation humaine.

Dans un univers clos, c'est ce que nous disent les équations, dans un univers, donc, qui telle une sphère se ferme sur lui-même, l'énergie positive de la matière est abolie par l'énergie négative de la gravitation. C'est la loi des aimants : deux corps proches l'un de l'autre ont moins d'énergie potentielle que deux corps éloignés l'un de l'autre, car il faut de la force pour s'éloigner l'un de l'autre en allant contre la gravitation et pour se maintenir à distance. Plus grande est la distance, plus grande est l'énergie négative. (Le désir nostalgique.) C'est un fait mathématique que les forces de la matière et de la gravitation s'annulent, dans un univers largement homogène comme le nôtre. Elles s'égalisent. Le bilan de cette circonstance est ahurissant : *L'énergie globale de notre univers est exactement égale à zéro.*

Il n'y a pas de principe de conservation, pas de loi physique qui interdirait la naissance à partir du néant d'un tel univers clos, d'un tel jeu gigantesque à somme nulle. Plus encore : selon les lois de la mécanique quantique, il est même extrêmement vraisemblable que ce soit justement ce qui se produit.

On peut écrire l'histoire de notre univers comme une histoire des catastrophes, une histoire des chutes successives hors de la symétrie. En l'état actuel de la théorie, l'univers a, dans ses tout premiers instants, parcouru toute une série d'effondrements cosmiques de ce type. La première symétrie qui a forcément connu un collapse pour produire le monde tel qu'il nous apparaît aujourd'hui est la symétrie du temps. Depuis, elle avance inéluctablement dans une unique direction. Seule cette rupture permet l'apparition d'êtres qui disent : C'était ; c'est ; ce sera peut-être possible.

Le temps était donc né. L'histoire commença. L'univers était au point zéro d'une densité et d'une fournaise inconcevables. Les quatre forces fondamentales de notre monde actuel – la pesanteur, la force électromagnétique, l'énergie nucléaire forte et faible – étaient associées, dans l'état de symétrie, en une unique force originelle. L'univers commença à s'étendre. Il se refroidit. De la même manière que la vapeur se transforme en eau liquide autour de cent degrés et que celle-ci gèle pour devenir de la glace autour de zéro, la symétrie du cosmos a elle aussi basculé, dans la fraction de la première seconde de son existence, sous des températures qui connaissaient une chute drastique, pour prendre une forme de plus en plus asymétrique. La première à se scinder ainsi a été la pesanteur. Il n'existait pas encore d'atomes, uniquement du rayonnement électromagnétique. Et donc, la lumière fut. Dans un bouillonnement aux fluctuations et aux turbulences sauvages naquirent des particules et antiparticules virtuelles qui entrèrent en collision et se dispersèrent de nouveau en rayonnement. Alors survint la monstruosité d'une chute lourde de conséquences. Le cosmos bascula dans une asymétrie de faible valeur dans laquelle le nombre des particules dépassa de la bagatelle d'un milliardième celui des antiparticules. Tandis que les pôles symétriques continuaient donc à s'éliminer, il subsista tout de même ce reste rabougri. Il n'était plus capable de disparaître. Tel fut donc le début de la matière. D'autres ruptures survinrent, des scissions et des transformations. Cela se produisit alors que l'univers était âgé exactement d'un millième de millionième de milliardième de milliardième de milliardième de seconde : une nouvelle rupture de symétrie le précipita dans un état instable, libérant ainsi une gigantesque quantité d'énergie et générant une telle énergie négative que l'espace, entamant une fuite antigravitationnelle, commença à s'éloigner de lui-même et à enfler dans des proportions impossibles à mesurer. Un événement aux dimensions monstrueuses qui laissa notre univers plat, lisse et régulier, et empêcha sa désintégration encore probable un instant plus tôt. Une bulle gigantesque, une machinerie du néant ! Ce sont les plissements et tressaillements aléatoires et ultramicroscopiques des fluctuations quantiques spatiotemporelles qui prirent, du fait de l'événement du gonflement, des dimensions telles que l'univers, ayant désormais effectué son expansion, présenta une structure grumeleuse. De ces scories et de ces nœuds, qui n'étaient donc rien d'autre que des tressaillements quantiques démesurément enflés, naquirent ultérieurement, du fait du collapse gravitationnel de la matière, des galaxies, des étoiles, des planètes, des humains et des physiciennes. Nous venons tous des fluctuations fortuites du néant. Du gonflement et du grumeau. Il faut l'admettre après examen de l'état des choses : ce sont encore aujourd'hui les qualités apparentes de l'être humain.

La prochaine fois que vous ressentirez ce dégoût, par exemple quand vous vous rendrez au travail, le matin, et que vous regarderez les visages sinistres et chagrinés de vos contemporains, quand vous marcherez dans une crotte de chien molle, quand vous serez une fois de plus vexé ou quitté, quand vous ouvrirez le journal avec effroi ou quand vous regarderez fixement le plafond de votre chambre par une nuit d'insomnie, alors vous pourrez en être certain : ce n'est rien. Par principe, il n'y a rien. La prochaine fois que vous apercevrez la beauté – dans un corps, dans une formation de la nature, dans un son, une œuvre d'art ou une pensée, alors rappelez-vous ceci : il n'y a rien, par principe. Il s'agit seulement d'un froncement, de l'asymétrie fortuite d'un vide instable. D'un petit collapse du néant.

Le néant dont je parle ici n'a rien de paisible. Ce n'est ni une harmonie éternelle ni une alliance universelle. Ce n'est pas de l'amour, et encore moins du silence. Le néant dont je parle ici, c'est du bruit.

Au début de l'année 1965, deux techniciens américains des télécommunications travaillant à Holmdel, dans le New Jersey, ont perçu un bruit singulier. Ils travaillaient à un projet de recherche destiné à explorer la stratosphère de la Terre, au moyen de satellites-ballons à écho d'allure archaïque – de gigantesques sphères en feuille d'aluminium scintillante, qui tournaient autour de la Terre. Par le biais d'une corne rappelant un cornet acoustique de l'Antiquité, mesurant dix mètres de long et couverte d'antennes, ils recevaient des signaux réfléchis par les ballons-satellites argentés. Mais au grand effroi des techniciens, on percevait également un bruit perturbateur et inquiétant, un bruissement étrange et non identifiable qui provenait, supposèrent-ils, d'un défaut de leur grotesque appareil récepteur. On peut tout de même souligner, pour en faire l'éloge, le bon sens et la modestie de cette hypothèse. Elle aurait pourtant difficilement pu être plus éloignée de la réalité. Comme on le découvrit au bout du compte, il s'agissait de l'écho froufroutant du big bang, du reflet sonore de la naissance du monde à partir du néant, quatorze milliards d'années auparavant.

C'est un an plus tôt, en 1964, qu'une carte postale de la voûte céleste au-dessus de l'hémisphère Sud tomba entre les mains de John Cage. Elle était intitulée *Atlas Australis*. Les cartes des étoiles sont des objets singuliers, sans doute nés du désir humain de fixer un ordre doué de sens dans l'incompréhensible caractère aléatoire du firmament et de regrouper les points lumineux – des objets totalement dénués de lien cosmologique – en figures, au nom de leur clarté ou de leur grandeur.

Cage a déplié la carte des étoiles et a tracé le système en cinq lignes – la matrice de la musique – à travers le cosmos chaotique. Des collisions de la voûte céleste est née une musique sphérique du hasard, les *Études australes*. Des notes dispersées, des grumeaux de sonorités et des plissements harmoniques – sortant de l'agitation du néant, toutes ont été transformées en notation musicale. Dans ces études, les tressaillements involontaires de l'univers deviennent ceux du pianiste. L'art prolonge la chute. Du collapse de la relative symétrie du cosmos, telle qu'elle apparaît à l'homme minuscule qui regarde le ciel, de ce bruissement vide et incompris, jaillit l'asymétrie d'une musique, un petit morceau de beauté et de sens.

Si le vide s'était assemblé avec un décalage
ne fût-ce que d'une longueur de Planck, l'Os,
si la chaîne fortuite et invraisemblable
des catastrophes avait pris une autre bifurcation,
même à son moment le plus insignifiant,
je me serais épargné mon existence !

Mais qui donc a la chance de ne pas être né ?
Pas un sans doute sur des centaines. Moi, en tout cas, je n'en connais aucun.

Une idée consolatrice : Il y a quatre milliards d'années se divisa un organisme unicellulaire, qui de la sorte en produisit un autre, lequel se divisa de nouveau et en produisit un autre qui se divisa et ainsi de suite pour des milliards d'années, jusqu'à ce qu'une troupe désespérée de cellules engendrées de cette manière accomplisse le monstrueux et se rassemble en une colonie qui, par bourgeonnement, produisit de nouveaux métazoaires primitifs, des algues qui inventèrent la reproduction sexuelle et produisirent d'autres algues, lesquelles engendrèrent pour leur part des mutations monstrueuses, tantôt des cténophores gluants, tantôt des entités semblables à des vers qui, continuant à se reproduire, engendrèrent des dipneustes dont les descendants sortirent de l'eau et, s'adonnant à la procréation sur la terre ferme, produisirent les premiers vertébrés, lesquels engendrèrent les reptiles, qui engendrèrent des insectivores aux allures de souris dont les descendants engendrèrent à un moment donné des haplorhiniens dont les descendants, un jour, t'ont engendré, le Crâne, et m'ont engendrée, si bien que mon existence est due à une chaîne de plus d'un milliard d'années d'actes sexuels et à leurs conséquences épouvantables qui, jamais, à aucun moment, dans aucune des innombrables générations qui se sont reproduites, ne s'est jamais interrompue, sans quoi je ne serais pas là. Mais elle va s'achever avec moi. J'ai en moi un point final, une impasse, une banqueroute de la reproduction.

Rien ne se reproduit en moi, si ce n'est des pensées.

L'écriture. Un appareil cognitif narcissique produit sur le papier des traces de grattage.

Et pourquoi suis-je tellement épuisée maintenant ?

Paris, gare de l'Est.
Je prends le train pour Vienne.
Juste pour toi, squelette.

Pascal l'appelle la *logique du cœur* :
« Le cœur a ses raisons que la raison ne connaît point. »

As-tu jamais lu Schopenhauer, le Nain ?

Diarrhée dans les toilettes de la gare.

Après que Leonardo Fibonacci, l'un des plus grands mathématiciens du Moyen Âge, eut enfin libéré, avec son texte *Liber abbaci* de 1209, l'Occident de la matérialité de la pensée en introduisant le système numérique indo-arabe, rendant du même coup obsolètes les planches et pierres à compter, et élevant les mathématiques à la sphère des symboles, il fallut encore trois cents années sombres et indicibles pour que la nouvelle technique culturelle de l'abstraction puisse enfin s'imposer en Europe. Qu'est-ce qui faisait obstacle à l'essor de la pensée ? Le combat acharné d'une secte influente (l'Église catholique) qui craignait comme le diable ce chiffre inouï, hérétique et qu'elle n'avait encore jamais pensé : le zéro.

0 **La symbolisation du néant.**

Dans la vitre du train se reflète le passé.

Coïncidence. Cela s'est produit le jour funeste de ma naissance, le Crâne – dans la nuit du 17 octobre 1961, pendant le massacre de Paris, quand des dizaines de manifestants pacifiques algériens furent abattus comme du bétail et jetés dans la Seine par la police parisienne, lorsque ma mère, qui s'était échappée je ne sais comment de la place de la Concorde, me mit au monde en hurlant dans la station de métro Solférino (me jeta à l'extérieur, comme dit mon père) –, c'est ce jour-là, donc, que le météorologue Edward Lorenz, à des milliers de kilomètres de là, découvrit le chaos de l'autre côté de l'Atlantique. (Il est rassurant de se raconter une histoire à propos de soi-même, aussi absurde et mensongère soit-elle.) Ce scientifique avait en effet mis au point un modèle fortement simplifié de prévision météorologique, un système météo aux allures de jouet installé dans le cerveau d'un automate pour lequel cet homme, maître de son univers, pouvait déterminer une situation météorologique donnée et, au moyen d'un ordinateur à tube ronflant, faire calculer ces itérations permanentes pour l'avenir. Mais lorsque Lorenz, ce jour-là, revenant de sa pause-café, se pencha de nouveau sur ses bandes de papier qui se couvraient de texte et sortaient en couinant de l'imprimante, porteuses des résultats de la simulation, il eut un frisson d'effroi : il était le premier témoin du déterminisme qui se déployait sous ses yeux

chaos

Diarrhée dans les toilettes du train.
(Pas de papier.)

J'ai d'abord pensé que ça passerait. J'entends par là : la petite ivresse érotique de Jona, son jeu, son épisode idiot. Déclenché par quoi ? Par l'exaltation et l'ennui. Oui, j'en suis sûr, mon toyboy s'ennuie dans sa jeune vie profilée. Il voulait sans doute se jeter dans quelque chose de menaçant, quelque chose d'impondérable. Dans quelque chose de sale. Un petit frisson, une goutte de poison contre l'insipidité, rien de plus. Ça l'excitait, naturellement. La femme plus âgée. La solitaire. La penseuse. La sugar mama. L'insecte. Dieu sait quoi ! Il aura certainement fabulé autour de ma personne ! Je ne sais quel complexe d'Œdipe. Un abîme, une perversion quelconque. Ce qu'il y a de dévasté en moi. Est-ce cela qui l'attirait ? J'ai pensé que cela passerait. Et j'entendais aussi par là : mon tremblement, mon vertige. Comment dois-je même l'appeler ? Ce collapse. Cette incapacité à penser, à sentir encore autre chose que lui. Cette rupture avec toute évidence. Une personne idiote entre dans une vie idiote. Un être ordinaire et banal dans une vie plus banale encore. Et pourtant : l'incarnation du sacré. Perfection. Non demandée. Et notre propre vie déjà ne nous appartient plus. On est débarrassé de soi-même. D'un seul coup. Mais pas libéré, pas libéré le moins du monde. On doit plaire par soi-même, bien plus : se supporter par soi-même. **Une torture, l'Os ! Je pensais que tout cela passerait. Que nous ne franchirions jamais ce seuil, que nous n'entrerions jamais dans ce domaine abyssal, par jalousie, passion et excitation. Non, nous aiguillonnerions et fatiguerions mutuellement nos sexes pour les oublier de nouveau. Pour oublier. Mais il était trop tard depuis longtemps, les choses se sont passées tout autrement, le Crâne.**

Figure-toi ce qui suit, squelette, une belle image tranquillisante : une planète sur laquelle une tempête souffle dans l'ordinateur à tubes sous vide. Un globe et son climat qui naissent entre les circuits et les tubes d'un Royal McBee. En 1961, on programmait encore un ordinateur de ce genre avec des cartes perforées ! N'est-ce pas fou ? Il remplissait certainement la moitié du bureau d'Edward Lorenz. Et au moins une fois par semaine le cerveau de l'automate rendait l'âme. Douze équations, le météorologue n'avait pas besoin de plus à l'époque : sur la température, sur la pression atmosphérique, sur la vitesse du vent.

Une sphère parfaite. *Éclairée par un soleil abstrait perpétuel. Un monde sans nuit. Sans nuages. Sans mers. Le soir n'y est jamais tombé. Jamais d'hiver. Jamais un être humain n'y a mis le pied. On n'y a jamais aimé.*

La réalisation du rêve de Richardson.

En 1922, le météorologue britannique imagina en effet une salle gigantesque, une usine à prédiction, une représentation mathématique du monde, peuplée de 64 000 calculateurs humains dont chacun devait déterminer la météorologie d'une seule parcelle du globe terrestre en intégrant les valeurs des autres calculateurs humains et en transmettant constamment à son voisin les valeurs qu'il avait lui-même établies.

Ainsi, écrivait Richardson, *nous pourrions prévoir le temps plus vite qu'il ne surviendrait réellement.*
Nous ferions – pour être bref –
un pied de nez
au futur.

Un rêve audacieux.
(Contrecarré par le chaos.)

Dans la vitre du train se reflète le passé.

Que tu veuilles l'entendre ou non, le Crâne, peu importe. J'avais encore ma chaire. J'étais sur la pente ascendante. Tout avançait conformément à ce plan putride qu'on appelle généralement « carrière ». Au cas où tu ne le connaîtrais pas, l'Os : il s'agit de ce processus qui vous pompe jusqu'à ce que, sous les applaudissements hypocrites d'autres crâneurs poursuivant le même but, on tombe au sol comme une serpillière essorée et puante !
Le zénith de chaque vie

Avec cela, c'était donc terminé.

Tu sais, le Crâne,
d'une certaine manière, je t'aime bien.

Il y a de l'incurable dans l'amour. Le cerveau se consume. Extrait de la rubrique « faits divers » du journal dominical : « Un jardinier, quinquagénaire, aime une femme depuis sa jeunesse. Il l'adule. Plus encore : il lui a succombé corps et âme. Elle a longtemps été en prison et, désormais libérée, a besoin d'argent d'urgence pour payer l'avocat. Elle pousse donc l'homme à contracter une assurance. Mais le montant des primes plonge le jardinier anglais dans la pauvreté. Il s'allonge dans la rue et se fait écraser la jambe gauche par sa maîtresse, qui lui passe dessus avec sa voiture. À l'hôpital, ils racontent qu'une armoire lui est tombée dessus. L'assurance paie. Mais trop peu. Il s'allonge une deuxième fois dans la rue et, par amour, se fait écraser la jambe droite et le bras droit. À l'hôpital, ils racontent qu'il est tombé dans l'escalier. Et l'assurance paie. Mais, là encore, trop peu. La femme envoie l'amoureux fou dans la forêt avec un ami. Celui-ci doit lui couper la jambe avec une tronçonneuse. Mais l'ami ne comprend pas ce jeu et refuse. Le jardinier le fait donc lui-même. Cet homme exercé attaque sa cuisse et exauce le désir de sa bien-aimée. À l'hôpital, ils racontent qu'il s'agit d'un accident survenu lors de la coupe d'un arbre. Et de fait, l'assurance paie. Mais le Don Juan invalide, qui n'est plus capable de travailler, est désormais dans son lit le plus clair de son temps et consomme ainsi un argent précieux. Cela met la femme en rage. Ce jardinier égoïste la laisse en plan, dit-elle avec fureur. Et elle finit tout de même par l'épouser. À une condition. Il accepte, et ils s'unissent devant Dieu et devant la loi. L'heureux homme contracte une nouvelle assurance et dévale l'escalier, se brisant le cou. Elle vit ainsi heureuse, dans le souvenir de son mari bien-aimé. »

Les parties génitales sont le foyer de la volonté.

De la même manière que Pessoa écrivait, à propos de la journée de pluie, que l'air était un jaune voilé, comme un jaune pâle vu à travers un blanc sale. Il n'y a pratiquement pas de jaune dans le gris cendre de l'air, écrit-il, et pourtant la pâleur de ce gris cendre a quelque chose de jaune dans sa tristesse.

C'est ce genre de modèles que je cherche dans ma pensée.

Il diluvio. C'est le dessin d'une catastrophe climatique, découvert dans le fonds de Léonard de Vinci. Dans l'atmosphère, au-dessus de la colline boisée, de sombres nuages se concentrent et laissent s'échapper un flux dévastateur, des tourbillons aériens, des flots aqueux dévalent du ciel, des blocs de pierre cubiques basculent et tombent, mettent le monde en miettes, des ondes de choc parcourent le paysage et poussent jusqu'au bord de la feuille.

La tempête catastrophique compte au nombre des thèmes dominants dans les dernières années de la vie de Léonard. D'innombrables dessins, ainsi que des passages de ses écrits – ces études fondamentales destinées au traité sur la peinture qu'il n'a jamais achevé – tournent inlassablement autour du flux et de la tempête. Léonard était possédé quand il se consacrait à ce sujet, ou du moins porté par une profonde fascination pour la destruction.

Ce n'est pourtant pas la fin du monde qui est représentée ici. La double nature du dessin révèle plutôt l'intrication du chaos et de l'ordre : la structure vertébrée du vent ; le flot de l'eau qui se plisse en modèles répétitifs.

C'est aussi de cette force de mise en ordre que parle la sobre notice dissimulée entre les nuages dans la marge supérieure de la feuille :

« De la pluie. Tu présenteras les degrés de la pluie qui tombe à différentes distances et divers degrés d'obscurité, et feras en sorte que la partie la plus sombre soit la plus proche du milieu de son extension. »

Dans le train la langue allemande :
comme des ongles de fer qui grattent sur du verre

Cela m'ennuie, le Crâne, de parler de moi,
cela m'ennuie épouvantablement. Je comprends
ton regard creux. (J'aurais exactement le même.)

J'ai huit ans et je suis au zoo. À côté de moi se trouve Marguerite. Elle a neuf ans et sent la barbe à papa. Nous nous tenons devant la cage des vervets bleus et nous regardons fixement le scrotum bleu lumineux du singe qui se campe devant nous. Nous observons le membre orange, bouche bée. J'ai d'un seul coup le sentiment d'avoir déjà vécu une fois cet instant, de m'être déjà tenue à côté de Marguerite, exactement comme maintenant, d'avoir légèrement bougé la tête d'un côté et de l'autre pour étudier les parties génitales de cette sorte de cercopithèque. Ce faisant, un grand calme s'empare de moi. On dirait que cet après-midi d'été dure depuis une éternité, que je suis captive d'un moment infiniment étendu. Enfin je tourne la tête et je regarde le visage de Marguerite. Il paraît singulier. J'en prends connaissance. Il est en morceaux, déformé, comme composé de fragments à angle aigu et aux bords tranchants, une peinture cubiste. Je me dis silencieusement : Le monde tombe en miettes. Mais je reste parfaitement calme. Le visage de Marguerite, en revanche, est en proie aux plus vives turbulences. Losanges, trapèzes, triangles, polygones. Ils poussent sur une vitre comme de la gelée blanche, en accéléré, puis se décomposent. Le visage est en émoi. Il module. Je vois des formes hexagonales, puis des losanges composés en lèvres, en yeux, en joues, qui se brisent à leur tour en formes complexes. Tout paraît instable. Dans une agitation morphologique. Et pourtant je reconnais des attracteurs, des structures qui reviennent. Le champ de vision est organisé géométriquement, il reste un tout fragmenté, comme le regard à travers un kaléidoscope. Je crois que Marguerite rit ou pleure. Le visage me fait l'effet d'une carte géographique. Suivent de violents maux de tête.

Allons, j'abandonne cet effroyable pathos et je dis sans détour,
l'Os, que désormais je cesse de pérorer sur la beauté et l'amour,
et de me faire ainsi l'effet d'être une idiote marchant
sur un champ de mines un bouquet de fleurs à la main
et en tenue de clown. Amen.

Je deviens de plus en plus grotesque.

Jona est à Vienne.

Ce jour-là, l'Os, j'ai sans doute
cessé de parler à d'autres
primates de ma perception
du monde.

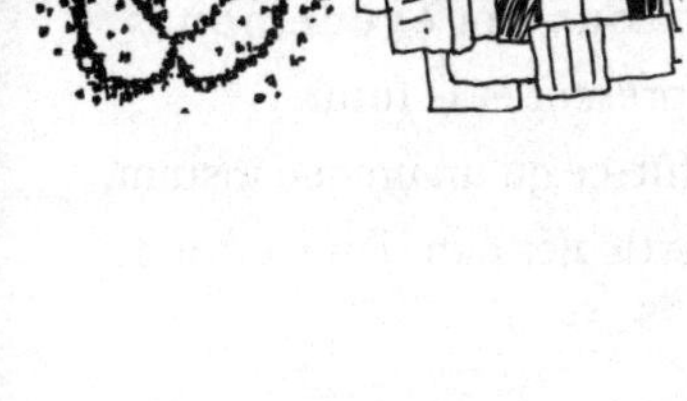

Lorsque, dans l'archéen, voilà plus de 3,5 milliards d'années, les unités de base de la vie, les premières cellules, sont apparues sous forme de bactéries archéennes primitives – des extrêmophiles pervers dans un environnement hostile, dans les cheminées sans lumière de volcans des profondeurs marines où ils se nourrissaient des gaz montants, telle la Pythie qui prononçait ses oracles à Delphes –, se produisit quelque chose de beau et singulier : de la soupe de molécules prébiotique, de cette bouillie amorphe et réactive, des agrégats de protéines d'ADN, de minuscules réseaux dynamiques, commencèrent à *former un bord.* Ils se démarquèrent du milieu extérieur, ou plus précisément : ils créèrent avant toute chose, au fil d'un processus spontané d'ordonnancement, un intérieur et un extérieur. Ils formèrent une bulle, un refuge et un lieu de référence à soi-même. Ce fut *l'invention de la peau*, mais aussi celle de l'autre et le début de la vie. La membrane, la paroi cellulaire – on pourrait dire : le début du Moi. D'abord un film aqueux mince comme un souffle, uniquement tendu par le chargement électrique, tantôt fine peau de lipides moléculaires, tantôt une membrane vivante et à moitié poreuse qui régulait le métabolisme, la conversation avec ce qui constituait désormais le monde extérieur. L'architecture de la vie est née avec l'invention de la frontière. La vie, c'est la démarcation. C'est la distance. C'est l'émancipation à l'égard de l'environnement.

Même le cerveau est une écorce.

L'univers, a écrit le chimiste Robert Boyle au XVIIe siècle, est une *gigantesque pièce d'horlogerie* : une fois mis en mouvement par Dieu il bat inexorablement la mesure et avance d'un pas immuable sur son chemin vers l'éternité.

Le démon de Laplace, la sublime fiction, développée par le marquis Pierre-Simon de Laplace en 1814 dans son *Essai philosophique sur les probabilités*, fiction d'un cerveau théorique qui, dans l'esprit de la représentation mécaniste du cosmos telle qu'elle dominait depuis les *Philosophiae Naturalis Principia Mathematica* de Newton, devrait être en mesure de calculer précisément tous les événements du monde dans le passé, le présent et le futur, pour peu qu'il connaisse, ne fût-ce qu'un unique instant, les situations de toutes les particules dans l'univers ainsi que leurs vitesses.

Trouves-tu que j'ai des yeux japonais, le Crâne ?

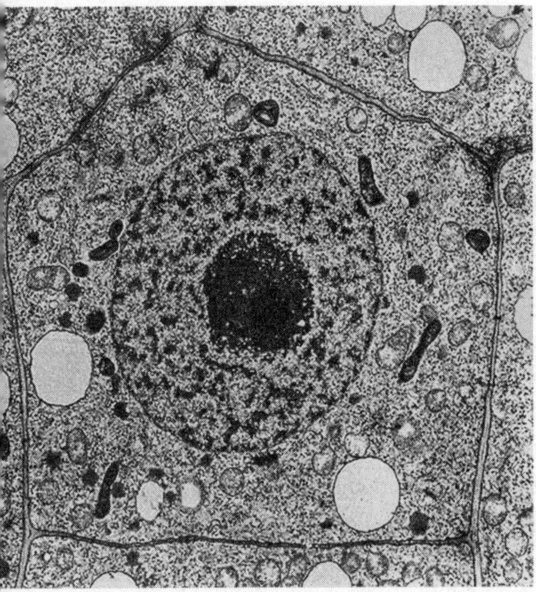

Paul Valéry : « Ce qu'il y a de plus profond dans l'homme, c'est la peau. Moelle, cerveau, tout ce qu'il faut pour sentir, pâtir, penser..., *être profond*... : ce sont *des inventions de la peau !* »

Trois événements :

le drame de ma naissance

le massacre de Paris

le collapse du monde sûr

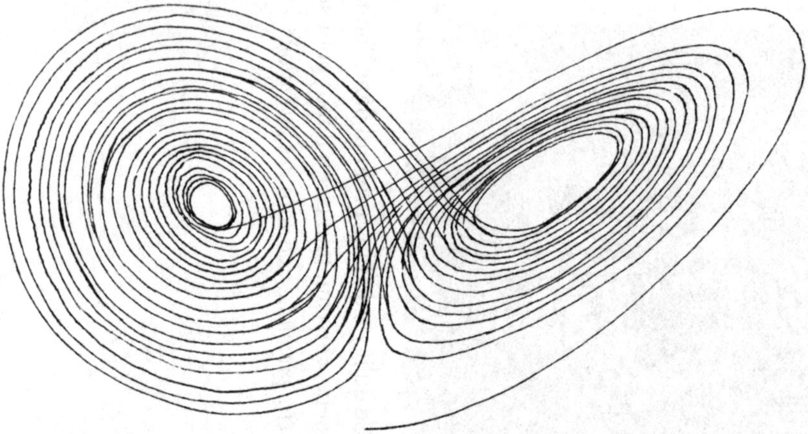

La trajectoire de l'attracteur suit, dans l'espace
de ces phases, sa course sinueuse et sans fin,
sans jamais se répéter, se toucher ou même dévoiler
quelle sera sa prochaine tournure.

Edward Lorenz était un exorciste mathématicien. Il a expulsé une fois pour toutes le démon hors de l'homme. Il se moquait de l'idée d'un monde stable et calculable. Il a mis en morceaux le mécanisme de l'univers.

Une révolution.

Que s'était-il passé ? *Un accident.* Le météorologue avait dû interrompre le cours d'une simulation et – pour raccourcir la longue procédure que suivait une machine à calculer indolente – n'avait pas, par la suite, repris toute l'expérience, mais avait redémarré à mi-course en lisant les résultats imprimés et en entrant les valeurs préalablement calculées. Et ensuite ? Contrairement à ce à quoi on aurait pu s'attendre, la simulation ne suivit absolument pas le premier cours. Elle s'en démarqua au contraire, d'abord légèrement, puis de manière drastique. *Elle emprunta de tout nouveaux chemins.* L'expérience *in silico* échappa au contrôle. Était-ce un défaut ? Un tube du calculateur avait-il par exemple éclaté une fois de plus ? Le modèle était-il mal programmé ? Les cartes perforées avaient-elles été installées de travers ? Non. C'était l'univers qui était déjointé.
Tel est le secret de la dynamique non linéaire : on n'a pas besoin d'explosion pour avoir un nouveau monde. Il suffit d'un souffle, d'une nuance, totalement insignifiante, un dix-millième de divergence dans les conditions initiales, pas plus. **0,506127 ≈ 0,506**. Les valeurs que Lorenz avait introduites dans ses équations avaient en effet été faiblement arrondies. Ce fut tout de même suffisant pour déployer le chaos.
C'est ce clinamen à propos duquel Lucrèce avait déjà écrit, cette *minuscule divergence qui interrompt la pluie d'atomes tombant dans le vide en un mouvement éternellement parallèle.*

Le battement d'ailes d'un papillon au Brésil peut-il déclencher une tornade au Texas ?

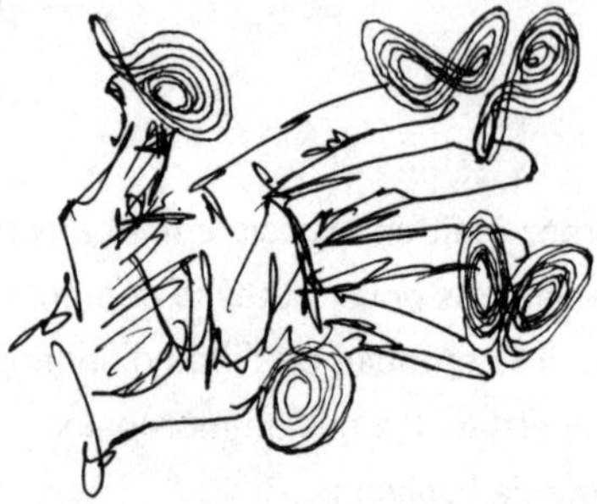

Le monde est sensible, l'Os.

(Comme moi.)

C'est le bruissement qui détermine tout.

Un seul de ses regards et je tombe.

Je tombe dans le rêve de Richardson.

Newton écrit : « Je peux mesurer le mouvement des corps célestes, mais pas la folie des hommes. »

Certains *épisodes* en cours, qui offriraient certainement un meilleur divertissement que mes réflexions ennuyeuses. Mais je suis suffisamment méchante pour ne pas t'en faire part, l'Os !

J'ai de la compassion pour les humains. J'ai de la compassion parce qu'ils en comprennent si peu. J'ai même déjà de la compassion pour moi-même parce que j'en comprends si peu. Mais tous ces gens en comprennent sans doute *encore* moins. (Je sais, on a du mal à se le figurer.) Des amas de cellules. Dérivant dans un univers à l'expansion infinie et dont ils n'ont pas la moindre idée. Construits à partir de milliards de milliards de particules dont ils n'ont pas la moindre idée. Admirables réseaux imbriqués dont ils n'ont pas la moindre idée. Regarde donc ce clochard, le Crâne. Il sirote sa petite bouteille de gnôle, et ce faisant c'est un chef-d'œuvre. Le moindre corps cradingue, ici, est d'une complexité terrassante. L'écoulement du capital, des marchandises, des ressources, des humains et des conneries, de l'information et du bruissement, de l'énergie, du pouvoir sur le globe, les points nodaux, les structures, les institutions, les niveaux, les réseaux, les innovations, tout cela est d'une insupportable banalité par rapport au cerveau humain. Au prix de quelle dépense monstrueuse la nature produit-elle la pensée ! Et quel résultat décevant ! Chaque matin, de nouveau. Je me regarde dans le miroir et je pense : Pauvre, pitoyable créature. Des os. L'homme est la caricature de l'intelligence dont il est fait.

Vienne. Je sens sa proximité.
Vois-tu comme je tremble, le Crâne ?

Toilettes de l'hôtel. Je pisse par l'intestin.

Rêve sexuel récurrent. Nous nous trouvons dans un modèle de système terrestre d'une résolution (temporelle et spatiale) à vous couper le souffle. Nos corps sont parfaitement symétriques et divisés en deux. (Plus des sphères que des corps. Tout de même.) Pendant l'acte, nous émettons du dioxyde de carbone. Je peux remarquablement bien observer ce processus. Nous nous aimons et nous transformons donc de l'énergie cinétique en chaleur. Je regarde le ciel et je vois avec ravissement des cumulus non paramétrisés. Jona me demande où nous nous trouvons. Je réponds avec arrogance : Dans une dépression de CO_2. L'orgasme est un événement météorologique. Les degrés de liberté du modèle explosent. Les cycles biogéochimiques s'arrêtent pour une unité de calcul. Au-dessus du pôle Nord, la température monte de plusieurs degrés.

Je n'ose pas allumer mon téléphone portable.

Maintenant, donc, je le couche sur le papier. Une bonne chose. Il faut que ça sorte. Dégobiller. Ensuite ça sera fait, enfin. (Je ne supporte plus ta manière de me reluquer, le Crâne. Tu as tant de mal à dissimuler le reproche dans ton regard !!) Cela remonte à plusieurs semaines. ~~Il, enfin, moi, non.~~ [redacted] *Je ne peux pas.* **Foutue merde ! Merde ! La migraine s'installe, et tout s'arrête. Mais quoi ! Tu te ridiculises ! Allez, Chantal, avale les cachets qui sont dans ton sac, d'accord ? Avale-les tous en même temps. Ça suffit ! Ça remonte, donc, à plusieurs semaines. J'étais ici. Dans la ville. Est-ce que tu m'écoutes aussi, fichu os ? Tu écoutes ? J'étais ici, donc. Mais bon, laissons tomber...**

J'ai tellement
envie
de son cul.

J'ai échoué comme l'ensemble de la nature.

C'est le contraire d'un Journal.

Il ne rassemble rien. Il ne sert pas à l'édification, à la consolation,

u n i q u e m e n t

à l a d é c o m p o s i t i o n .

Le visage de l'homme de gauche est vert.

Roland Barthes à propos de la quadruple souffrance que cause la jalousie :

- la souffrance de la jalousie proprement dite (Je souffre de ne pas être aimé.)
- la souffrance du reproche que l'on se fait à soi-même (Je souffre d'être agressif.)
- la souffrance de causer, par la souffrance, de la souffrance aux autres (Je souffre d'être fou.)
- la souffrance de l'insupportable banalité (Je souffre d'être ordinaire.)

Anesthésie par l'écriture, enfin.

La théorie physique est la quête de la beauté. La réalité entrelacée, voletante, impossible à embrasser du regard, du micro- et du macrocosme, est le résultat de lois simples et élégantes – tel est l'espoir des physiciens, ces êtres tendres et sensibles. (Il s'y cache simplement le reste de cette foi aussi archaïque que perfide selon laquelle Dieu a créé un univers lucide au plus profond de lui, le bon, le vrai et le beau devant, d'après cette croyance, être une seule et même chose. Cette quête de la formule du monde, de la théorie de toute chose ! Et donc, si nous la trouvons ? Nous n'aurons rien compris pour autant.)

Lorsque le mathématicien russe Alexander Friedmann et le physicien belge Georges Lemaître se sont préoccupés, voilà près de cent ans, des équations de champ de la théorie de la relativité générale, est apparu le résultat suivant, extrêmement irritant : un cosmos courbé, dont la nature suivrait les formules d'Einstein, ne pourrait être ni stable ni durable. Il devrait au contraire *fuir et éclater de tous les côtés, ou encore s'effondrer sur lui-même sans la moindre consistance.* Pour l'esthète qu'était Einstein, cette conclusion était un affront. Elle était à ses yeux une preuve indubitable du fait que ses formules étaient forcément *fausses.* L'univers, telle était la conviction d'Einstein, devait être statique et éternel. *La persistance du monde* était évidente. Comment, autrement, pourrait-on y vivre, le mesurer avec des instruments ou pronostiquer le cours des choses au moyen des mathématiques et de la physique ? Einstein intégra par conséquent dans ses équations un terme qui garantissait la persistance et devait faire du monde un lieu stable, éternel et donc beau : *la constante cosmologique.* La communauté scientifique en prit connaissance avec une grande satisfaction et un grand soulagement.

« La plus grande ânerie de ma vie » : c'est en ces termes qu'Einstein aurait, par la suite, commenté cette démarche, après qu'Edwin Hubble, pointant vers le ciel étoilé ce qui était à l'époque le télescope le plus puissant de la terre, eut pu démontrer cette réalité monstrueuse avec ses mesures de mouvements de galaxies : le fait que l'univers est en expansion. Il fuit dans toutes les directions. Il n'est ni statique ni durable, mais plutôt en état d'explosion cosmique gigantesque. Cette explosion dure encore aujourd'hui. Elle est le mouvement de fuite qui nous a fait naître et nous maintient.

Embarrassé, Einstein raya le terme cosmologique des équations de champ.

HÉRACLITE D'ÉPHÈSE :
« Le plus bel ordre du monde est semblable
à un tas d'immondices déversé à la va-vite. »

Via lactea. *La Voie lactée. C'est ainsi que les antiques ont désigné le ruban de lumière blême au firmament, sans se douter qu'ils voyaient leur propre galaxie d'origine, et pourtant avec une sombre intuition du drame cosmique dissimulé qui l'avait produit. On se racontait ainsi l'histoire d'Héraclès, le fils de Zeus qui, à peine né, but au sein d'Héra avec une telle impétuosité que celle-ci repoussa ce rejeton qu'elle haïssait par jalousie et qu'un rayon du lait divin gicla sur le ciel.*

Il y a 13,8 milliards d'années, le big bang transforma l'énergie en substance. Il diffusa avant tout cette énergie mystérieuse et invisible du cosmos, la matière noire, dont les minuscules fluctuations de densité grandirent par la suite, se regroupèrent, s'agglomérèrent pour engendrer les turbulences chaotiques du début des choses, entrèrent en collision et en fusion, et se condensèrent, pendant des centaines de millions d'années, pour créer de gigantesques halos, des amas sphériques de matière sombre, des espèces d'atmosphères galactiques à l'intérieur desquelles gaz d'hydrogène et d'hélium se concentrèrent et formèrent des galaxies qui donnèrent naissance à des étoiles. Notre galaxie natale est elle aussi née dans un cocon sombre de ce type, avec une extension inimaginable de centaines de kiloparsecs et une masse d'un billion de soleils. Une quantité sans cesse croissante de gaz et d'étoiles se concentra au centre de la protogalaxie qui, dans une rotation de plus en plus rapide, s'effondra au cours d'un violent collapse, pour prendre sa forme actuelle : un disque en spirale formé de centaines de milliards d'étoiles et structuré par des ondes de densité.

Notre Soleil est né à proximité du centre bouillonnant de ce tourbillon colossal. Lors de son odyssée, qui a duré 4,6 milliards d'années, il a quitté ce lieu – tournant autour du trou noir situé au centre de la Voie lactée – et s'est peu à peu éloigné vers les secteurs extérieurs de la galaxie, a traversé des bras de spirale scintillants, a dérivé dans l'obscurité de la brume interstellaire, et a été ébranlé par les scènes de mort spectaculaires de gigantesques étoiles.

Au début, il n'y avait qu'un nuage sombre de gaz et de poussière, un nuage cosmique gelé dont les températures se situaient un peu au-dessus du zéro absolu. Et on en serait certainement resté là s'il ne s'était produit une catastrophe lourde de conséquences.

Dans la turbulente chambre d'enfant stellaire de la Voie lactée, à proximité immédiate du nuage originel de notre Système solaire, explosa une étoile mourante, une bombe thermonucléaire ayant l'intensité lumineuse d'une galaxie entière. Le nuage protosolaire fut contaminé par le *fallout* radioactif, bosselé par de puissantes ondes de choc et condensé sous l'énorme pression, lançant la genèse dramatique de notre Système solaire : un carambolage de gaz et de poussière, une agglutination, un processus irréversible.

Le nuage préstellaire s'effondra sous sa propre masse. Il se mit à tournoyer sur lui-même, de plus en plus vite, un disque en rotation avec un noyau en forme de sphère, des millions de fois plus volumineux que notre astre actuel. Il aspira tout en se réduisant de plus en plus, augmenta la pression, la température, la vitesse de rotation. Une cuisine de sorcière cosmique, bouillonnante, où la température dépassait le million de degrés.

Et cela se produisit. L'alchimie fonctionna. Le noyau d'un atome lourd d'hydrogène entra en collision avec un proton. Et ils fusionnèrent pour donner de l'hélium 3. La première fusion nucléaire. Un dégagement d'énergie exorbitant. Le Soleil s'alluma. En un mot : il se mit à briller.

Et il menaça de se déchirer sous l'effet de sa propre force. Une centrifugeuse. Comme la patineuse sur glace qui ramène les bras contre son corps pendant la pirouette. Elle tourna de plus en plus rapidement. Et les forces centrifuges se firent de plus en plus importantes. Mais la balle de gaz en rotation développa une force contraire, un champ magnétique d'une puissance tellement monstrueuse que cela poussa vers les pôles les masses de gaz en cours d'effondrement et les fit jaillir, comme des *jets* striant l'espace interstellaire, de puissantes fontaines de lumière qui se dressèrent dans l'obscurité et emportèrent avec elles une partie de l'impulsion rotative. On avait détourné la désintégration. Un deuxième allumage eut lieu, encore plus complexe. Les brumes sombres qui l'environnaient s'éclaircirent. Le Soleil se mit à briller.

Nous sommes un excrément d'étoile. Du déchet cosmique. *Fallout*. Nous sommes par nature des créatures radioactives. Qu'est-ce qu'un soleil ? Une centrale nucléaire stellaire. Elle fusionne de l'hydrogène pour en faire de l'hélium. Bref : elle produit de la lumière. Elle transforme de la masse en énergie. Mais pour rayonner au firmament, elle se dévore elle-même. Elle tourne à chaud. Elle fusionne des éléments de plus en plus lourds. Elle dégage de plus en plus d'énergie. L'hélium synthétisé dans la fournaise, l'étoile le transforme en carbone et en oxygène. À partir de ces éléments, elle fusionne du magnésium, du natrium, du néon. De plus en plus lourd, de plus en plus brûlant. Et par la suite : du silicium et du soufre. Et par la suite encore : en dernier lieu, du fer. Quand une étoile se met à fusionner du fer, elle est perdue et irrécupérable. Dès sa première heure, elle lutte contre l'effondrement. Le dégagement d'énergie menace de la déchirer. Seule la gravitation de sa masse s'y oppose. Or la fusion du fer ne dégage plus d'énergie, au contraire, elle en absorbe. Les strates extérieures du Soleil sont dans un processus de collapse permanent vers l'intérieur, et se fracassent finalement au cours d'une gigantesque explosion. De la mort de l'étoile naît la vie. Les éléments lourds de notre corps – le carbone de nos cellules, le calcium de nos os, l'oxygène que nous respirons, le fer de notre sang – ont été synthétisés dans des étoiles pendant des réactions nucléaires, puis projetés dans le cosmos obscur.

Nuit profonde. Pluie.

J'ai peur, le Crâne.

Il est en plein délire. Il commence à entrer en liaison avec les morts. Il parle avec Flaubert et avec son frère. Il écrit au pape Léon XIII et lui propose la construction de tombeaux de luxe entre lesquels doit passer un cours d'eau tantôt chaud, tantôt froid, qui lave les corps et les conserve. On l'entend s'exclamer : « Dieu, Tu es le plus cruel des dieux, je T'interdis de parler ! Tu n'es qu'un imbécile ! Seuls les diables sont éternels. » À un ami, il donne cet avertissement : « Va-t'en vite, dans un instant je ne serai plus là. » Le 18 février, Maupassant annonce solennellement : « Maupassant est mort. »

Enfin du sommeil.

Vienne. *Fonds Siebold. Jour 1, musée des Arts et Traditions populaires.* La collection – une donation faite par Heinrich von Siebold au Musée royal et impérial d'histoire naturelle de la Cour en avril 1889 – regroupe 5 197 pièces numérotées. Dont des ustensiles en bronze de Chine, des objets aïnous d'Hokkaidō ; des objets des îles Ryūkyū (115 pièces) ; des objets préhistoriques ; des armes et des armures japonaises ; des vêtements et des bijoux (soie) ; de l'artisanat d'art ; des outils ; des peintures ; des objets de culte ; des œuvres imprimées reliées à la japonaise.

Aucune trace de toi, le Crâne !

Heinrich von Siebold. Cette photographie idiote en tenue de samouraï ; sans aucun doute ma plus belle trouvaille. (Elle est plus tardive que la collection.) Apparemment, le « Chevalier Henry » a vécu toute sa vie à l'ombre de son célèbre père. (Cela m'émeut presque.) Il n'a pas dépassé la position d'employé du consulat austro-hongrois à Tokyo (secrétaire de chancellerie de 1re classe). Il ne tenait pas en place. Entre Vienne et Tokyo. (Avait-il encore un lien avec sa terre natale, la Rhénanie-Palatinat ?) Plus tard également Shanghai, en dernier lieu Bolzano, province du Tyrol du Sud où il fit l'acquisition d'un château (Freudenstein), excusez du peu, s'entoura de ses abondantes collections, échoua à rédiger une autobiographie et vécut les dernières années de sa vie avec une veuve anglaise (Euphemia Carpenter). (Il s'agissait de sa seconde épouse. Au Japon, il épousa en 1873 la fille d'un antiquaire japonais ; ce fut à l'époque un gigantesque scandale.) Le comte von Coudenhove-Kalergi à propos de son ami Siebold : « C'est un marchand de curiosités, un collectionneur enragé qui, de manière peu avisée, est incapable de brider son indomptable besoin de servir de guide et de cicérone et la passion qu'il met à se montrer serviable et complaisant envers chacun. »

C'est censé être un découvreur, ça, le Crâne ? Est-ce le héros que nous cherchons ? Question quiz : qu'est-ce que peuvent bien être les « køkkenmøddinger » ? Le sais-tu, l'Os ? Peut-être en as-tu toi-même fait un jadis. À moins que tu n'aies fini dans quelque chose de ce genre ? Ce sont des amas de coquillages. Ou, mieux : des décharges d'ordures préhistoriques. Des tas de fumier laissés par les colons de l'âge de pierre vivant sur les rivages. C'est ce genre de choses que Siebold a fouillé. C'est pour cela qu'on le connaît et qu'on l'estime : en tant qu'archéologue du tas d'ordures. Toi, en revanche, le Crâne, on ne te mentionne nulle part. De toi, aucune trace. Pas une seule mention de ta beauté. Comment est-ce possible ? Était-il naïf ? Aveugle ? Ou bien avait-il peur ? De la réussite ? De la gloire ? De l'importance ? De quoi ?

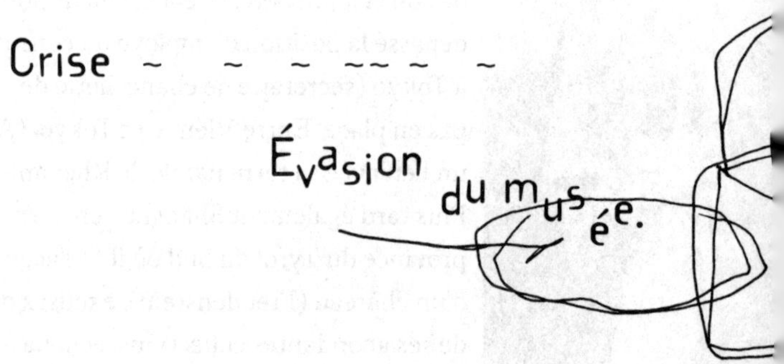

Comme la structure à bout de souffle de la vieille maison de Leopoldstadt, comme ses fondations dévorées par la pluie, comme ses poutres rongées, sans doute depuis des décennies, par les vrillettes – une morsure de ver en trop, **et mon refuge s'effondra** sur lui-même, ou bien moi-même dans la douche rouillée de Jona, quand la vis minuscule qui, l'instant d'avant encore – et certainement depuis des années –, maintenait bravement la paroi coulissante, **se détacha d'un coup,** si bien que le verre bascula et me tomba dessus, explosa dans un grand fracas en milliers de fragments et que Jona, justement occupé à manier son appareil photo, ne trouva rien de mieux que d'appuyer sur le déclencheur, **telle que je suis là, dans cette mer d'éclats de verre, nue, dégoulinante, les yeux écarquillés –** une image de fragilité et de vulnérabilité qui, depuis, ne m'abandonne plus.

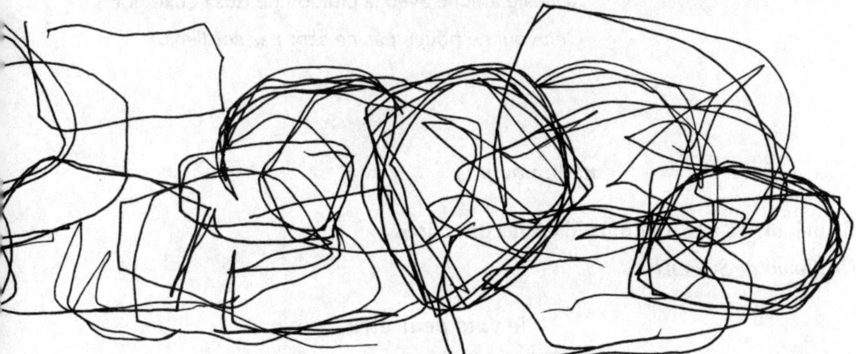

Est-ce l'amour qui m'a bousillée ainsi ?

Cela remonte donc à plusieurs semaines. Je roulais vers Vienne, je voulais faire une surprise à Jona pour son vernissage. Je me tenais là avec mon bouquet, perdue, comme une tante cancéreuse. Il ne m'a pas remarquée. Et la jeune femme a passé le bras autour de sa taille, lui a donné un baiser. Il paraissait détendu. Son regard, sur elle. Sans la peur qu'on discerne toujours dans ses yeux quand il me regarde.

À ce moment-là, j'ai fichu le camp.

Je me tiens devant chez Jona.

Est-il en ville ? Va-t-il revenir chez lui ?

Regarde-t-il par la fenêtre ? La jeune femme est-elle auprès de lui ?

Que puis-je savoir ? Que dois-je faire ?

Que suis-je en droit d'espérer ? Qu'est-ce que l'être humain ?

Non, je ne sonnerai pas. À moins que.

Je vais attendre ici.

Je vais regarder fixement ce mur, sa patine,
sa peinture verte qui s'écaille. Les stores baissés,
la vieille affiche avec la citation de Rosa Luxemburg :
Celui qui ne bouge pas ne sent pas ses liens.

Je ne bouge pas.

Ici, un jour, il a jeté un Proust dans ma direction.
(Un amour de Swann)

Je vais peut-être sonner.

Les découvertes des sciences neurologiques montrent
que les processus de décision ont lieu dans les ganglions
de la base, c'est-à-dire dans cette partie archaïque du cerveau
dont les commutations *échappent totalement* à la conscience.
Ce que nous prenons pour notre volonté est une histoire que
nous nous racontons *après coup* sur nos motivations.

Il n'y a pas de Moi qui décide.

Je ne sonnerai pas.

Une fois ici j'ai été pieds nus dans la neige.

J'ai froid.

Jona n'arrive pas. (Depuis des heures.)

J'attends.

J'attends.

J'attends.

Un chien langoureux se frotte à mon genou.

Tout cela est grotesque.

Cela m'attriste, le Crâne, qu'en dépit des siècles d'efforts produits par les cerveaux les plus intelligents il n'existe pas encore de théorie physique de la conscience, pas d'explication au fait que ce qui n'a pas d'esprit dans la matière, dans l'énergie ou dans les champs peut constituer ou provoquer une expérience consciente.

QU'EST-CE QUE C'EST : RESSENTIR ?

Je n'ai pas sonné.

Vienne. *Fonds Siebold. Jour 2, musée des Arts appliqués.* Siebold était correspondant ici (à l'époque : musée de l'Art et de l'Industrie). La collection regroupe 1 077 pièces, dont une collection de monnaies japonaises classées par ordre chronologique depuis le VIIIe siècle, des pièces écrites, des outils en pierre, des photos et des dessins de fouilles préhistoriques, toute sorte d'artisanat japonais. Et là encore, pas la moindre trace de toi, l'Os. Tout de même :
une mention de l'aïeule. Dans une lettre adressée à un ami à Vienne (hôtel « Impératrice Élisabeth ») le 27 mai 1874.
On y parle d'une « Française pâle et poitrinaire ».
Siebold l'appelle une fois « Madame Blanchard »,
une fois « la malheureuse Ōtomo ».

Kobutzu-Kai. C'était la très vieille archiviste, squelette.
(Elle ne travaille plus que les mardis après-midi, pour ne pas rouiller, comme elle dit. C'est donc un hasard que je l'aie rencontrée ici.)
Elle est tellement fanée, elle me rappelle Lonesome George.
(Peut-être s'accoupleraient-ils.) J'ai même supporté son bavardage.
Jadis, cela doit remonter à un siècle, c'est elle qui a catalogué le fonds Siebold. Je t'ai donc mentionné, enfant de Gyokusendo, et rien n'a plus retenu la vieille dame. « Ah, le Heinrich, il est mal étudié !
Sur le père, on sait bien quels sous-vêtements il portait, sur son frère on connaît les détails piquants de ses liaisons. Mais le Heinrich ! »
(Elle étira à l'infini la première syllabe.) « Lui, c'est pratiquement une page blanche ! » Elle me parla alors d'une *Kobutzu-Kai*, une *Société des choses anciennes* qui se trouve à Tokyo et dont Siebold a fait partie. Cela te dit-il quelque chose, le Crâne ? Es-tu par hasard caché là-bas, dans les archives, à prendre la poussière ?
« Que sait-on, chère madame ? Que sait-on ? »

Je pars donc pour le JAPON, l'Os. Quoi d'autre ?

Bien sûr que c'est absurde.

Billets de train et de ferry :
Vienne – Moscou – Vladivostok – Sakaiminato

Loi de Murphy :
Tout ce qui peut aller de travers *ira effectivement de travers.*

3

À quel point est-il ténu, le fil auquel est suspendue notre Terre ?

Lorsque, le 7 décembre 1972, l'astronaute américain Harrison Hagan Schmitt activa le déclencheur de son appareil photo à bord de la fusée Apollo-17, à 45 000 kilomètres d'altitude, se produisit une inversion brutale et insoupçonnée. La vision humaine, rodée au fil de millions d'années et orientée de la Terre vers le ciel, s'inversa avec ce déclic mécanique du déclencheur. Ce fut une révolution copernicienne du regard. Pour la première fois, l'humanité contemplait, du cosmos, la globalité de sa sphère de vie. L'image qui s'offrait à elle était d'une force symbolique et produisit un effet sublime sur l'économie des sentiments des habitants de la Terre. La planète se présentait comme un véhicule planant qui était à la fois d'une beauté achevée et d'une fragilité angoissante. « La Terre, relatèrent les astronautes par la suite, s'était étalée en dessous de nous. Mais comme elle avait l'air vulnérable ! »

Sur l'image, le triomphe extrême de la technologie entrait en contact avec la conscience de sa base écologique fragile. Le miracle du vol spatial, le rêve originel de la transgression et la célébration positiviste persistante de la photographie furent masqués par le bruit de fond d'une mise en danger totale. C'est sans doute cette même tension extrême entre sublime et vulnérabilité qui a transformé cette image, sous le nom de *Blue Marble*, en une icône du XXe siècle.

Il est en tout cas caractéristique que la photo ait été truquée. Dans le tirage d'origine en effet, la Terre – conformément à la perspective des astronautes – était en quelque sorte inversée : avec la corne de l'Afrique et le pôle Sud au bord supérieur de l'image. La crainte qu'une planète ainsi renversée cul par-dessus tête puisse déployer un effet trop dévastateur dans l'espace de représentation de l'humanité a certainement incité les rédacteurs compétents, des dégonflés, à suivre les habitudes de la vision terrestre, à dompter la photo et à lui faire subir une rotation de cent quatre-vingts degrés. Au monde, cela n'a servi à rien.

Une décennie plus tôt, environ, la NASA s'était donné pour objectif de dépister l'énigme du *silentium universi*, c'est-à-dire de ce cosmos silencieux qui, en dépit de longues années d'une coûteuse recherche, ne semblait donner aucun signe de vie extraterrestre. (Isaac Asimov a écrit un jour, dans un accès de rouerie paranoïaque, qu'il existait deux possibilités : ou bien nous sommes seuls dans le cosmos infini, il n'existe par conséquent *personne* pour nous observer, ou bien il y a *quelqu'un*. Quelle possibilité serait la plus effroyable ?) Il fallait lancer à grands frais une mission à fort impact médiatique sur le sol de Mars pour trouver des formes de vie. Pour ce faire, on rassembla des scientifiques de premier plan travaillant dans différentes disciplines qui discutèrent, dans un premier temps, de propositions sur la manière dont on devait prouver l'éventuelle existence ou l'absence d'organismes sur cette planète rouge rouille couverte de poussière d'oxyde de fer. Parmi eux se trouvait un géochimiste qui, les bras sur les hanches et les yeux étincelants, se montra tout sauf enthousiasmé par les idées que présentaient les autres. (Au grand agacement de son inventeur, il ne faisait par exemple pas grand cas de ce piège à puces construit avec amour et minutie que l'on comptait déposer sur le sol désertique de Mars.) Non sans une certaine acrimonie, la NASA invita le sceptique à faire une proposition plus convaincante. Les réflexions développées dans la foulée par Lovelock allaient transformer fondamentalement notre représentation de la Terre et de ses mécanismes.

Quel est le mécanisme le plus incontournable de toute vie ? demanda Lovelock avant de répondre : le métabolisme. Chaque créature vivante interagit avec son environnement, elle est en échange permanent avec lui, et la fin de celui-ci est la mort. L'atmosphère sert au vivant de source de matière et d'énergie autant que de latrine où il laisse ses excrétions. Ainsi, l'homme absorbe à chaque inspiration de l'oxygène riche en énergie, émet à chaque expiration du dioxyde de carbone, l'expectoration de la respiration cellulaire. Un échange incessant de substances chimiques.

L'insolent géochimiste Lovelock étudia donc depuis la Terre, au moyen de l'analyse spectrale – et sans avoir besoin d'engloutir des milliards dans une mission spatiale – la composition de l'atmosphère martienne. Le résultat : elle était en équilibre. En d'autres termes : dans une perspective chimique, elle était morte. Rien n'y réagissait. Aucune énergie n'était en circulation. Lovelock en conclut qu'aucune vie ne pouvait exister sur cette planète. (La NASA, visiblement mécontente, décida d'ignorer purement et simplement l'analyse de Lovelock. On avait déjà associé trop d'argent, trop de prestige à cette mission désormais obsolète pour pouvoir se permettre de ne pas la mener tout de même à son terme, au service de l'humanité.) Qu'en est-il à présent de l'atmosphère de la Terre ? Au contraire de celle de Mars, c'est ce qu'a compris Lovelock, celle-ci se trouve dans une situation éloignée de l'équilibre chimique. Tout y est en transformation et en mouvement incessants. Des réactions chimiques ont lieu en permanence. Il existe des gaz oxydants et réducteurs en mélange hautement réactif. Bref : l'atmosphère terrestre est particulièrement singulière. Sa composition extrêmement invraisemblable demeure – malgré les bouleversements réactifs réguliers – presque constante. Une situation frappante. C'est certainement un curieux processus qui recrée, comme par magie, les gaz réagissant dans la même proportion où ils disparaissent. Il s'agit, en un mot, de la vie.

La continuité de l'*etz chayim,* de l'arbre de vie terrestre, ne fut pas interrompue une seule milliseconde au cours des près de quatre milliards d'années écoulées. S'il en avait été autrement, aucun organisme vivant n'existerait plus sur Terre. Comment est-il possible, demanda Lovelock, que l'improbabilité sans précédent d'une Terre habitable, dévouée à la vie, ait pu se maintenir sur d'aussi gigantesques périodes géologiques? Pourquoi, par exemple, la teneur de l'oxygène s'est-elle, depuis des éons, maintenue dans les limites étroites qui, seules, sont compatibles avec la vie? Quelques pour cent de moins et les créatures vivantes qui respirent l'air ne pourraient plus survivre; quelques pour cent de plus et les écosystèmes terrestres deviendraient combustibles plus que de raison et seraient bientôt anéantis par des incendies. Pourquoi, demande encore Lovelock, la température est-elle restée constante dans ce cadre si étroit et favorable à la vie? Comment se peut-il par exemple, c'est l'interrogation d'une célèbre énigme paléoclimatologique, qu'au stade précoce de la Terre, où le rayonnement calorifique du Soleil était dramatiquement plus faible qu'il ne l'est aujourd'hui, celle-ci n'ait pas totalement gelé? Pourquoi l'eau n'est-elle pas restée à l'état de glace pendant des milliards d'années? Comment a-t-elle pu demeurer liquide, et par conséquent permettre la naissance de la vie en général et, par la suite, maintenir celle-ci constante? Pourquoi sommes-nous donc là? La Terre aurait dû être une immense boule de neige, une boule blanche et gelée dans un univers qui l'était encore plus. Et pourtant, dans l'archéen, cela ne s'est pas produit. Pourquoi? C'est l'une des plus belles questions de la climatologie. Ce n'est pas un hasard si elle a un nom évocateur : *le paradoxe du jeune soleil faible*. Et une autre question, pas moins inquiétante, s'est imposée dans ce contexte : si la Terre, en dépit du faible rayonnement solaire, était déjà suffisamment chaude pour liquéfier l'eau et permettre la vie, comment a-t-elle pu, en dépit de la croissance constante de l'énergie solaire, maintenir sa température au fil des milliards d'années? Pourquoi la planète n'a-t-elle pas grillé, ne s'est-elle pas desséchée depuis longtemps dans cette fournaise incompatible avec la vie? Pourquoi la Terre n'est-elle pas un vaste désert éternel?

La théorie de Lovelock a été célébrée comme l'une des plus innovatrices du XXe siècle. Elle a été nommée d'après la déesse grecque de la Terre, celle qui passe pour la mère nourricière de toute vie : Gaïa. L'idée était à la fois élégante et incendiaire. La croûte terrestre et l'atmosphère, que nous avions jusqu'ici seulement considérée comme un extérieur géologique passif, que nous ne pouvions penser autrement que comme un *environnement* dont les forces définissaient en permanence tous les processus intervenant sur la planète et dont les hasards invraisemblables avaient fourni les conditions qui, tout au début, ont permis l'évolution de la vie, un environnement qui, pensait-on, opprimerait la vie et la contraindrait en permanence à s'adapter à ces mêmes conditions – ce milieu indiscipliné et dominant, donc, devait selon cette idée révolutionnaire devenir une partie du processus vital proprement dit. La Terre comme tout, comme somme de ces couplages rétrogrades complexes entre éléments vivants et non vivants, était en quelque sorte, telle était l'hypothèse de Lovelock, une sorte de superorganisme, une créature vivante qui pouvait se réguler elle-même et maintenir les conditions de sa pérennité. Si la Terre, en revanche, était sans vie, tous les éléments de l'atmosphère réagiraient les uns par rapport aux autres jusqu'à ce qu'un état d'équilibre chimique s'installe. La Terre serait brûlante, sèche et hostile à la vie – comme Mars.

On peut tout à fait qualifier cela de révolution dans les idées. Il s'agissait de faire ses adieux à l'idée de cette grande séparation efficiente entre nature animée et inanimée, entre vie et matière morte, qui avait jusqu'alors traversé l'histoire de l'Occident. La sphère bleue, déformée, vacillant autour du Soleil, est plutôt un système très étroitement imbriqué dans lequel plantes, micro-organismes, atmosphère, minéraux et océans interagissent de manière couplée, et dans lequel non seulement la vie s'adapte à l'environnement, mais l'environnement s'adapte à la vie.

La Terre mère Gaïa, grand organisme se maintenant lui-même ? Cela n'avait-il pas un goût trop puissant de spiritisme stupide, de création de sens douteuse, de force vitaliste ou de machination d'un dieu dépassé ? L'hypothèse provoqua les moqueries du monde des spécialistes. L'*establishment* scientifique lui opposa une résistance globale.

La réponse de Lovelock fut une fois de plus effrontée et élégante. Il mit en place une simple simulation informatique. Son nom : *le modèle Daisyworld* (« le monde des pâquerettes »). Celle-ci devait anéantir, par démonstration cybernétique, toute ombre de ce vitalisme dont on le suspectait. La planète modèle mathématique était une version fortement simplifiée de Gaïa. Une ravissante petite poupée de Gaïa. Sur Daisyworld, il n'existait que deux formes de vie : des pâquerettes blanches et des noires, dont les semences virtuelles étaient régulièrement dispersées sur la planète. Comme leurs modèles, les pâquerettes ne prospéraient que dans certaines conditions climatiques : à savoir dans le cadre étroit d'un spectre de températures favorisant la vie. Comme la Terre, Daisyworld était réchauffé par un soleil dont l'intensité du rayonnement était en augmentation continuelle. Et l'évolution fut elle aussi – sous une forme très simplifiée – intégrée au modèle. Les pâquerettes noires absorbaient la lumière du soleil, les blanches en revanche la réfléchissaient. Avec un tel couple minimal de deux espèces, la sélection naturelle pouvait déjà produire un effet dans le modèle.

La température sur Daisyworld allait-elle se stabiliser malgré la hausse de l'intensité solaire ? C'est la question que posa Lovelock. Le résultat fut spectaculaire. Dans un premier temps, la température de la planète modèle augmenta de manière drastique. Mais dès que fut atteinte la valeur seuil qui permettait le développement des premières populations de pâquerettes, le climat se stabilisa. Était-ce de la magie ? S'agissait-il d'un trucage ? D'abord apparut autour de l'Équateur un anneau de pâquerettes noires, qui absorbaient la chaleur et étaient ainsi mieux adaptées au climat froid. Lorsque les températures augmentèrent un peu, les populations de pâquerettes noires commencèrent à migrer en direction des calottes polaires tandis que des pâquerettes blanches, dont la réfraction avait un effet refroidissant, dominèrent désormais les régions équatoriales. Plus le rayonnement solaire devenait intensif sur Daisyworld, au fil des éons virtuels, plus les pâquerettes blanches se propageaient de manière efficace, rafraîchissant de plus en plus la planète. C'est seulement dans une dernière phase de rayonnement solaire trop intense que le climat, jusqu'alors stabilisé au cours de toutes les phases, bascula. Devenu vieux, le monde des pâquerettes se réchauffa et la vie disparut. (« Dis-moi où sont les fleurs », entendait-on mugir au cours de ces années-là dans les transistors.) La critique contre la théorie de Gaïa se tut.

Sur la base des lois les plus simples, le système avait réussi à se réguler spontanément par des rétrocouplage complexes. Sans aucun plan supérieur, sans centre, sans principe divin ou vitaliste. Sur le seul fondement des admirables mathématiques pures.

On pouvait, désormais, regarder sous un nouvel angle *le paradoxe du jeune soleil faible*. Dans la fièvre qui s'éveillait autour de Gaïa, les chercheurs traquaient les indices, les démonstrations et les règles circulaires. On émit des hypothèses. On développa des modèles. Une entreprise criminologique. Aucun assassinat ne s'était produit. De la vie était née.

Que s'était-il donc passé sur la jeune Terre ? La réponse la plus plausible que nous puissions donner aujourd'hui – résultat de décennies de recherche intensive – est l'histoire palpitante qui suit : au début de l'archéen, il y a environ quatre milliards d'années, c'est un gaz à effet de serre très efficace, le dioxyde de carbone, qui maintint la chaleur de la Terre et la liquidité de l'eau. Mais ensuite se produisit quelque chose de singulier. Ce fut bouleversant, inattendu, et cela aurait difficilement pu être plus complexe : la vie. Lorsque, sur la planète, les premières bactéries achéennes se développèrent, la composition de l'atmosphère se transforma. Ces créatures originelles consommaient en effet du gaz d'hydrogène et, mais oui, du dioxyde de carbone dont la concentration diminua alors dans des proportions considérables. Qu'on y songe : ces petites créatures rabougries, qui mesuraient à peine un millième de millimètre, purent faire basculer l'atmosphère d'une planète minérale de plus de 12 700 kilomètres de diamètre. La Terre se refroidit-elle donc ? Gela-t-elle ? Aucunement. Cela tint à ce que l'on appelait les méthanogènes, de nouveaux venus sur la planète, des ambitieux opportunistes qui se montrèrent aussitôt terriblement utiles. C'étaient des microbes unicellulaires qui peuplaient les océans et émettaient du méthane, c'est-à-dire un gaz à effet de serre très efficace. Les organismes producteurs de méthane survivent exclusivement dans un cadre sans oxygène. Aujourd'hui, nous n'en trouvons que très rarement, par exemple dans le ventre des vaches, dans les régions les plus sombres de la mer Noire ou dissimulés dans le limon de champs de riz inondés. Pendant l'achéen, une période de grande activité volcanique et d'atmosphère sans oxygène, ces organismes ont trouvé leur paradis. Les expectorations de ces microbes ont fait perdurer la vie. Ce sont leurs excréments qui ont gardé la Terre chaude.

Les méthanogènes aiment les fortes chaleurs. Avec la montée des températures, l'excitation les a poussés à se multiplier. Les humains vivent peut-être la même chose au printemps. L'augmentation de la population des microbes mena par conséquent à une hausse de la concentration de méthane et ainsi à un encouragement de l'effet de serre. Bref : la fournaise augmenta ! Les méthanogènes apprécièrent et se multiplièrent encore plus vite. Un couplage rétrograde brûlant. Il fit de plus en plus chaud. Le méthane atteignit une concentration six cents fois supérieure à celle qu'elle connaît aujourd'hui. Et une fois de plus, la vie fut menacée. Elle était prête à dévaler la pente et à se vaporiser dans le four incandescent. Mais le système Terre, qui ne manque pas de répartie, avait une réponse. Elle était de nature chimique. À partir d'une certaine concentration atmosphérique, le méthane change en effet de manière considérable son comportement à l'égard de la lumière solaire. Une transition de phases. De longues chaînes d'hydrocarbures commencèrent à se former. Celles-ci condensèrent des particules de poussière à haute altitude et formèrent ainsi une brume organique. Désormais la Terre n'était plus la même. Ce n'était plus une planète bleue. Elle était au contraire entourée d'un voile beige-orange, comme Titan, la lune de Saturne. Gaïa, entichée d'elle-même, fut poussée dans la rougeur pudique de l'atmosphère.

La vapeur fit alors l'effet d'un véritable bouclier, capta la lumière du Soleil et la refléta vers le cosmos. Une fois de plus, la Terre forma donc une boucle. Plus il y avait de méthane réchauffant, plus il y avait de vapeur rafraîchissante ! En conséquence, la température descendit de nouveau. La population des méthanogènes se raréfia et avec eux leur saint excrément, le méthane. Le brouillard rose-rouge d'hydrocarbures disparut. La Terre était redevenue bleue, prête pour une nouvelle fournaise et de nouvelles aventures en rose. Ainsi le pendule alla-t-il rapidement dans une direction, puis dans l'autre. Mais comme nous l'apprend la physique, les systèmes s'efforcent d'obtenir des états d'équilibre. Et cette première mise à l'épreuve de la vie s'acheva aussi dans un équilibre précaire. Le climat se stabilisa – entre l'enfer incandescent et les glaces éternelles.

Sentez-vous donc tranquillisés. Sentez-vous nourris et portés par la Terre mère. Sentez-vous liés au réseau de la vie, soudés à la grande unité de Gaïa. Non, je vous le demande, ne faites pas cela. Je vous déconseille instamment ce genre d'idées démentielles. Je vous ai peut-être bercés de l'illusion d'une fausse sécurité. Je vous demande mille fois pardon.

Respirez profondément. Cela vous fera du bien.

L'oxygène – c'est l'impression qu'on en a aujourd'hui –, c'est la vie. Chaque animal, et même chaque plante sur notre planète, a besoin de ce gaz réactif pour arracher de l'énergie à son environnement. Sans cet élixir efficace, la vie serait un phénomène inerte et insupportablement flegmatique, trop mou pour quelque structure complexe que ce soit, trop dépourvu de forces pour être tout fait actif. La vie resterait le processus stupide d'unicellulaires qui se divisent, sans conscience et sans motivation. Il est d'autant plus fascinant de constater que dans la première atmosphère de l'archéen, dans ce monde, donc, où est née la vie, un élément faisait considérablement défaut : l'oxygène. L'atmosphère primitive, qui avait en quelque sorte été exsudée de la croûte terrestre par les pores formés par de puissants volcans, était sans oxygène, elle était formée de vapeur d'eau, de dioxyde de carbone, d'azote, d'hydrogène, de méthane et d'ammoniaque. Un cocktail infernal ! Selon nos critères actuels, la première atmosphère était fortement hostile à la vie. Dans la bulle où naquirent, il y a quatre milliards d'années, les activités consistant à bouffer, à chier et à se reproduire, les organismes actuels ne survivraient pas une minute.

La vie, c'est ce que montre avec une clarté impressionnante l'histoire de la Terre, n'est en aucun cas un jeu de pâquerettes paisible et harmonieux, veillant toujours à son équilibre intérieur. Elle est au contraire cruelle et dépourvue de toute notion de ce qu'est la cruauté. Elle est une série de cataclysmes dévastateurs. C'est comme à la roulette, un champ expérimental de l'évolution, à côté duquel le plus barbare des laboratoires d'expérimentation animale paraît être un lieu de bienveillance. La vie a une tendance inhérente à s'anéantir elle-même. 99 % des espèces qui ont jamais existé ont été emportées, avant tout dans des catastrophes globales dont les coups sardoniques ont imprimé de nouveaux virages à l'évolution de la vie. Sans ces meurtres écologiques de masse, nous n'existerions pas. Création et destruction se donnent la main.

Outre Gaïa, il existe encore une autre théorie sur la nature du vivant. Elle est au moins aussi épique, et chargée d'un sens infiniment supérieur de la chute dramatique. On l'appelle l'*hypothèse de Médée*, d'après l'épouse de Jason, l'argonaute. Médée a assassiné ses enfants.

L'oxygène de notre atmosphère actuelle est un produit de la vie elle-même. C'était une mutation insignifiante. Un accident grotesque. Qui méritait à peine qu'on en parle. Cela s'est passé dans un quelconque recoin reculé des vastes océans, dans un quelconque millimètre carré insignifiant d'écume rappelant les soupes originelles. Une fausse couche. Un microbe téméraire s'est divisé et a ainsi mis au monde un monstre malformé. La première cyanobactérie. Ce monstre avait une qualité cachée et révolutionnaire. L'intervention du rayonnement solaire lui permit de détacher des ions d'hydrogène de l'océan qui l'entourait, ce qui lui donnait de l'énergie, des quantités d'énergie insoupçonnées et jamais atteintes auparavant. Le déchet produit par ce métabolisme était – vous le devinez – l'oxygène libre. La vie avait inventé la photosynthèse oxygénique. Une grossière plaisanterie de la nature. Une rupture qui ne laissa plus rien en l'état. À partir de ce moment-là, on mit en effet le Soleil en perce, comme une source d'énergie purement et simplement infinie. Et cette substance hautement réactive qu'était l'oxygène se révéla être un mal dévastateur pour le reste de la vie sur la planète : un gaz toxique cruel et désagrégeant. On appelle cela la grande catastrophe de l'oxygène, cet événement cataclysmique qui commença voilà 2,4 milliards d'années et provoqua une extinction de masse aux dimensions tellement monstrueuses que presque toute vie disparut sur Terre, une mort atroce due à l'excrément toxique d'un microbe rebelle. C'est ça, Médée ! La tueuse d'enfants ! La contemptrice des pâquerettes ! Seul un minuscule groupe d'organismes factieux survécut à cet exode de la vie. Seuls continuèrent à vivre ceux dont le hasard voulut qu'ils soient adaptés aux nouvelles conditions. L'ancien régime métabolique avait été aboli et détruit pour tous les temps.

Mais cela ne suffisait pas. Médée avait pris goût au sang. Comme s'il n'y avait pas encore eu suffisamment de dégâts, l'oxygène de l'atmosphère réagit avec le gaz à effet de serre qu'était le méthane, lequel, nous l'avons déjà noté, avait gardé la mer au chaud pendant un milliard d'années, en débit de la faiblesse du jeune soleil. C'est alors qu'eut lieu la chute. Gaïa connut un piteux échec. Le méthane s'oxyda pour former du dioxyde de carbone et de l'eau. Les températures tombèrent brutalement. Les océans gelèrent. La glaciation huronienne se déclencha et toute la planète fut bientôt dissimulée sous une couche de glace d'un kilomètre d'épaisseur. Ce fut l'époque de la *Terre boule de neige*. Car c'est sous la forme d'un agrégat gelé que la planète glissa désormais dans le cosmos. Elle n'était plus qu'un vaste organisme mutant, un monstre qui avait réussi, et tout l'écosystème de la Terre s'était effondré, le jeu de la vie avait subi une apoplexie. Ce fut la première catastrophe climatique que déclencha Médée dans l'histoire de la Terre. Elle dura des centaines de millions d'années. Refoulée dans de sombres niches inhospitalières, dans l'eau des fonds marins auxquels la chaleur terrestre avait permis de rester liquide, la vie échappa de peu à son éradication.

Respirez profondément ! Prenez une grande bouffée de ce bon oxygène. Ça va vous faire du bien !

C'est le cycle du carbone qui finit par libérer de son ère glaciaire cette boule de glace à la dérive. Le vulcanisme cracha du dioxyde de carbone dans l'atmosphère et relança l'effet de serre. La glace fondit. Gaïa soit louée ! La Terre mère se transforma-t-elle donc pour finir en ce paradis terrestre qu'elle n'avait jamais été ? Le triomphe de la vie s'ensuivit-il enfin ? Vous le devinez. Ce qui suivit fut le sombre Moyen Âge des planètes, une période de stases qui dura pendant près d'un quart de l'histoire qu'avait déjà vécue la Terre. Gaïa se trouvait, il faut en attester sèchement, dans une longue et affligeante dépression. L'oxygène de l'atmosphère préparait encore un nouveau malheur. Il mit en route sur les continents des processus d'intempéries qui nourrirent à leur tout une joyeuse légion de bactéries, lesquelles emplirent les océans de leurs crottes répugnantes et les firent basculer. On ne peut pas enjoliver : pendant un milliard d'années dans l'histoire de la Terre, les océans ne furent que des bouillons toxiques et puants coincés dans leur misérable stase anoxique.

Cet environnement a donc été la couveuse de la vie complexe. C'est de ce marécage puant que nous sommes sortis. C'est en lui que se sont formées les premières mitochondries, ces centrales nucléaires des cellules eucaryotes complexes. C'est à ces eaux putrides qu'est due la splendeur de la nature. En elles se sont formés des organismes pluricellulaires. Plus encore : la soupe empoisonnée a produit des créatures vivantes qui sont parvenues à respirer le gaz toxique des ères anciennes, l'oxygène, donnant ainsi à leur métabolisme une impulsion sans précédent. Une percée de l'évolution ! Un bond sans lequel la vie n'aurait jamais quitté le stade passif et inerte, sans lequel des formes complexes ne seraient jamais nées. Une poussée d'énergie. La victoire des métabolismes supérieurs. La fosse commune pour les autres.

La stase anoxique de la Terre avait donc été dépassée. Il y avait de bonnes raisons de faire la fête. À ce moment – enfin, enfin ! aimerait-on s'exclamer – la vie commença sans doute à fleurir et à se déployer dans toute sa splendeur. Fut-ce le cas ? Est-ce ainsi que cela s'est passé ? Au contraire. Une fois de plus, Médée l'infanticide s'est interposée et s'est de nouveau jetée dans sa bataille biogéochimique. Mais où était donc Gaïa, la mère aimante ? Elle avait tout de même créé la vie dans une intention bienveillante, non ? Avec la naissance de plantes pluricellulaires, voilà environ sept cents millions d'années, la teneur en oxygène de l'atmosphère a d'abord été multipliée. Ce gaz aux deux visages y a déployé, cette fois, son effet protecteur. Sous forme d'ozone, dans la troposphère, il protège aujourd'hui encore contre le rayonnement ultraviolet, mortel pour toute vie, et permet aux organismes vivant sur la planète de s'exposer à la lumière directe du soleil. Sur la plage, l'été, nous ne percevons plus que les restes maigrichons de ce rayonnement destructeur, à travers nos coups de soleil cancérogènes. Si l'oxygène n'existait pas, la Terre serait une planète hostile à la vie, comme Mars.

Mais au lieu de tomber dans une fournaise martienne, la Terre s'est retrouvée dans une nouvelle période d'inertie glacée. La photosynthèse – qui se nourrit, on le sait, du dioxyde de carbone –, la naissance des plantes terrestres, le verdissement des continents, bref : la vie qui sourit froidement ôta à l'atmosphère le gaz à effet de serre qui la réchauffait. Honteuse Gaïa. Son échec est criant. Il me met l'écume à la bouche. Les températures s'effondrèrent. Le climat bascula. Pour cent millions d'années. La Terre était devenue un bloc de glace dérivant sourdement. La vie s'était en bonne partie éteinte d'elle-même. Elle avait pitoyablement gelé.

Exister. Pourquoi ?

Me voilà donc bel est bien dans le train.
À destination de Varsovie ? de Minsk ? de Moscou ?

Il pleut.

Lentement / tandis que le train poursuit sa route / lentement / J'ai le sentiment / tandis que le train poursuit sa route / j'ai le sentiment / d'arriver / nulle part / et *c'est un plaisir.*

« Il sait prédire le temps. Le temps continuera à être mauvais, dit-il. Il y aura encore des calamités, encore de la mort, encore du désespoir. Pas la plus légère indication de changement nulle part.
Le cancer du temps nous dévore. Nos héros se sont tués, ou se tuent. Le héros, alors, n'est pas le Temps, mais l'Éternité. Nous devons nous mettre au pas, un pas d'hommes entravés, et marcher vers la prison de la mort. Pas d'évasion possible.
Le temps est invariable. »

Je récite ces lignes de Henry Miller comme une prière du soir.
Alors même ma pieuse voisine de voyage, qui porte le Messie mort autour du cou, hoche la tête avec reconnaissance à mon intention.

Je viens à toi, enfant de Gyokusendo.

C'est tout de même une consolation de savoir qu'il existe de la matière qui, à un moment, s'est mise à s'assembler en structures complexes qui parviennent, au bout du compte, à réfléchir à elles-mêmes et à comprendre qu'elles sont mortelles.

J'ai toujours eu une affinité particulière avec la pluie. Non seulement à cause des nuages énigmatiques qui me fascinent depuis toujours. Mais aussi et plus encore de l'effet produit sur la structure complexe par la pluie qui tombe, aussi bien la structure de l'âme humaine que celle des pierres. Aimer le soleil est banal. Il est clair, il est chaud. La pluie, en revanche, a le visage de Janus. Elle tombe du ciel et produit un effet de désagrégation, elle met en marche le travail embrouillé du souvenir et suscite ainsi des situations plus que tendues et confuses. Avec la pluie, le cycle du carbone s'associe au cycle de l'eau, et au cycle des sensations, etc.

J'ai pris les photos avec le vieil appareil Polaroïd que tu m'as offert un jour, Jona, à Lisbonne,

Tu t'en souviens encore ?

Nous avions un appartement avec vue
sur le Tejo, et l'escalier en colimaçon menait
sous le toit, tout droit vers notre nid d'amour,
celui où le coucou dépose ses œufs.

Lorsque, voilà quatre millions d'années, un groupe de primates commença à se redresser dans la savane d'Afrique orientale, eut lieu une évolution fatale : une coévolution du cul et du cerveau. Oui, l'un ne pouvait pas **franchir le seuil** sans l'autre. Une double promesse (et mon naufrage !). Les fesses sont un abîme, un secret qui depuis toujours aiguillonne l'esprit. Qu'est-ce qui peut bien se cacher derrière le tremblement et le balancement de cette échancrure qui fend les platitudes du corps ? Le sillon profond, *crena ani*, est un précipice. Le commencement de l'imagination. Seul l'*Homo sapiens* possède un séant aussi fanfaron (Qu'est-ce que l'homme ? L'animal à cul !), deux hémisphères, la courbure parfaite du corps désormais nu et sensible, un appât, un piège. Même si les femelles singes poilues attirent déjà l'œil, quand elles sont en chaleur, avec leur postérieur rouge et enflé et la promesse du coït qui, chez tous les primates hormis l'homme, n'a lieu que par-derrière. Jona, *Adonis kallipygos*, dieu au beau cul, avec tes fesses pâles et rebondies et leur duvet clair. Le baiser, le jeu des langues, vient de l'anulingus, le léchage de l'anus. Un avant-goût du paradis.

Bouches primitives et bouches modernes.
Dans la systématique des animaux, l'homme
compte au nombre de ces créatures
anales perverses qui, dans l'évolution
embryonnaire, après l'invagination initiale
de la surface corporelle encore à l'état
de bulle, forment en premier non pas
la bouche, par exemple, mais l'anus.
L'homme commence par le derrière.

Darwin était confronté au problème suivant : quelle que fût la manière dont il tournait et retournait la chose, il y avait certaines qualités anatomiques qui ne présentaient aucune espèce d'utilité dans la lutte pour la survie. Pourquoi, dès lors, étaient-elles là ? La sélection naturelle n'était-elle pas une vaste machinerie de l'utilité ? Pas seulement. Les organismes qui ont le plus de succès dans leur reproduction sont certes ceux qui sont le plus performants, mais tout autant ceux qui sont les plus beaux ! La réponse à l'énigme de Darwin était la réussite sexuelle. La sélection naturelle, c'est une reproduction réussie. *Survival of the fittest* ET *survival of the sexiest* !

Pas de valium.
Pas de bêtabloquants.
Pas d'antidépresseurs.
Je suis perdue !

Françoise (c'est une lacanienne) m'écrit que ma conception de l'amour en simple transfiguration imaginaire du sexuel est d'une banalité consternante. (Elle se moque constamment de moi. Et malgré tout je l'aime bien.) Le sexuel, écrit Françoise, ne relie pas, il sépare. Le fait de frotter ses parties génitales les unes contre les autres est un acte narcissique. Le sexe, écrit Françoise, « c'est d e l a m a s t u r b a t i o n à d e u x ».

Lacan, dit-elle, a souligné qu'il n'existe pas de *rapport sexuel.* (Un oxymore, comme du lait noir.) Elle m'explique que contrairement à ce que j'affirmais en faisant un raccourci, le rapport sexuel ne se camoufle justement pas en amour. L'amour est au contraire ce qui s'installe à cet emplacement vide qu'est le sexe : une chute.

Je pleure dans les toilettes du train.
Tout est ballotté. Quelqu'un frappe, frappe.
À un moment cela s'arrête – – –

Quo vadis, Chantal ?

Ce récit d'Edgar Allan Poe m'est revenu à l'esprit. *Une descente dans le Maelström.* Existe-t-il aussi quelque chose de ce genre devant la côte d'Okinawa, l'Os ? Le puissant courant des marées en Norvège – un système de non-équilibre ouvert et dynamique, une structure dissipative. Avec l'attraction de la Lune, le mouvement laminaire se transforme en mouvement turbulent. Nous assistons à la naissance de l'ordre spontané :

« Pendant que le vieux homme parlait, j'eus la perception d'un bruit très-fort et qui allait croissant, comme le mugissement d'un immense troupeau de buffles dans une prairie d'Amérique ; et, au moment même, je vis ce que les marins appellent le caractère clapoteux de la mer se changer rapidement en un courant qui se faisait vers l'est. Pendant que je regardais, ce courant prit une prodigieuse rapidité. Chaque instant ajoutait à sa vitesse, – à son impétuosité déréglée. En cinq minutes, toute la mer, jusqu'à Vurrgh, fut fouettée par une indomptable furie ; mais c'était entre Moskoe et la côte que dominait principalement le vacarme. Là, le vaste lit des eaux, sillonné et couturé par mille courants contraires, éclatait soudainement en convulsions frénétiques, – haletant, bouillonnant, sifflant, pirouettant en gigantesques et innombrables tourbillons, et tournoyant et se ruant tout entier vers l'est avec une rapidité qui ne se manifeste que dans des chutes d'eau précipitées.

Au bout de quelques minutes, le tableau subit un autre changement radical. La surface générale devint un peu plus unie, et les tourbillons disparurent un à un, pendant que de prodigieuses bandes d'écume apparurent là où je n'en avais vu aucune jusqu'alors. Ces bandes, à la longue, s'étendirent à une grande distance, et, se combinant entre elles, elles adoptèrent le mouvement giratoire des tourbillons apaisés et semblèrent former le germe d'un vortex plus vaste. Soudainement, très-soudainement, celui-ci apparut et prit une existence distincte et définie, dans un cercle de plus d'un mille de diamètre. Le bord du tourbillon était marqué par une large ceinture d'écume lumineuse ; mais pas une parcelle ne glissait dans la gueule du terrible entonnoir, dont l'intérieur, aussi loin que l'œil pouvait y plonger, était fait d'un mur liquide, poli, brillant et d'un noir de jais, faisant avec l'horizon un angle de 45 degrés environ, tournant sur lui-même sous l'influence d'un mouvement étourdissant, et projetant dans les airs une voix effrayante, moitié cri, moitié rugissement, telle que la puissante cataracte du Niagara elle-même, dans ses convulsions, n'en a jamais envoyé de pareille vers le ciel. »

Dans la nouvelle de Poe, le narrateur tombe avec son navire dans le puissant tourbillon (comme moi dans l'amour). Voué à une mort certaine, et pourtant d'un seul coup l'âme tranquille, il ressent « le désir d'explorer ses profondeurs ».

Quelles structures le tourbillon emporte-t-il dans l'abîme ?

Quelles structures volent (dansent) autour de lui ?

Qu'est-ce, donc, qui est voué à disparaître ?

Qu'est-ce qui survit à la turbulence ?

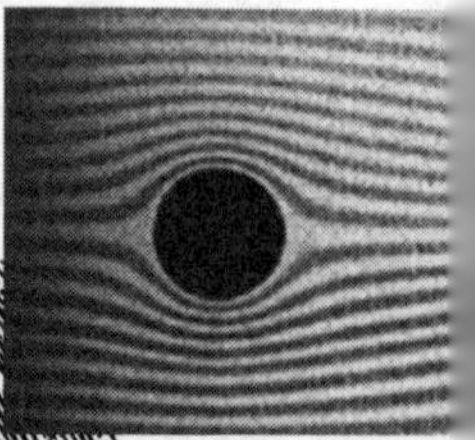

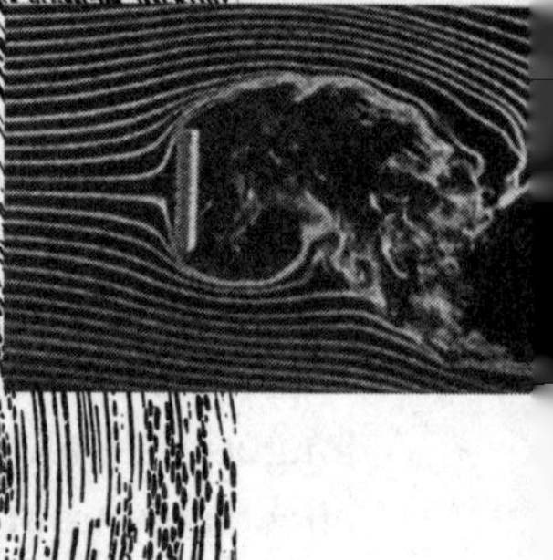

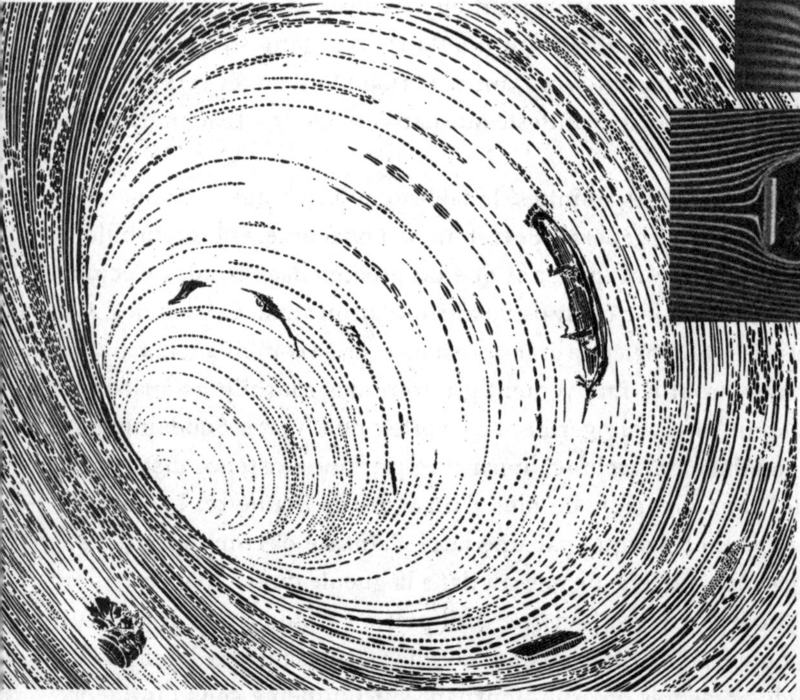

Accroché à un fût (un corps cylindrique), le narrateur saute témérairement du bord. Et tandis que le navire – et, sur celui-ci, son frère, emporté par la puissance de l'aspiration – tombe dans les profondeurs et s'écrase sur le fond de la mer, le marin, au contraire, agrippé à sa planche de salut, dérive en cercle sur la sombre paroi aqueuse comme dans une descente aux enfers infinie, jusqu'à ce que le tourbillon destructeur s'arrête.

Que va-t-il m'arriver, l'Os ?

Tu me manques, Jona. Voilà, c'est posé là désormais. Une phrase ridicule. Indubitablement. Une phrase de merde. Une citation. Mais tout de même. Je l'ai lue une fois dans un vieux livre et j'ai trouvé qu'il y avait de quoi rire. J'ai juste changé le nom. Tu m'en veux ? **Jo-na. Jo-na.** Les deux syllabes que je préfère. De toute façon tu ne la liras jamais, cette phrase. Ce n'est pas une lettre. Ce n'est qu'un barbouillage dans un cahier de brouillon. Il faut que tu le saches : je travaille de nouveau à un manuscrit. J'appelle cela un pamphlet, mais ça ne mérite pas qu'on en parle, c'est un petit règlement de comptes avec l'univers, une calomnie, une mauvaise blague. Pourquoi est-ce que j'écris, au juste ? À qui ? Rendant un hommage critique aux lois de la symétrie, je suis forcée de dire que je suis entourée d'imbéciles sphériques. Car, quel que soit l'angle sous lequel on les regarde, ils sont et demeurent des imbéciles. Le chef de train vient de passer devant moi. Un imbécile symétrique. À côté de moi est assis un monsieur phtisique qui lorgne mes notes. Un parfait idiot. J'espère qu'il lit ce que j'écris. Oui, c'est de vous que je parle, vous exactement. Merci de ne pas me reluquer comme ça ! On peut voir, ici, à quel point ma pensée se désagrège. Aujourd'hui, dans le compartiment, on m'a raconté ce qui suit : des gens partiraient en voyage pour trouver leur for intérieur, qui autrement leur resterait caché. La bonne blague ! Je n'ai jamais pu croire à l'existence d'un intérieur de ce genre. Et quand je regarde autour de moi, force m'est de constater que j'ai eu raison. Ces idiots ont l'air aussi effrayés que s'ils avaient enfin regardé au plus profond d'eux-mêmes et n'y avaient découvert que le voile utilisé pour masquer ce vide répugnant. À moins que ce soit mon regard qui les ait horrifiés à ce point ? Oui, ils me regardaient. Une femme en manque de sexe, frustrée, laide ! Je suis fatiguée, Jona. C'est tout de même fou. Je cours pour échapper à un homme qui m'aime. Qui m'aime. Ou du moins qui le croit. Nous n'aimons personne, jamais. Nous aimons seulement la représentation que nous avons de quelqu'un. C'est notre propre idée – c'est-à-dire nous-mêmes – que nous aimons, écrit Pessoa. Te rappelles-tu nos nuits à Lisbonne ? **Quand ai-je commencé à me haïr moi-même ?** Quand ai-je préféré ne plus rien sentir et ne plus faire que penser ? Est-ce que je pense ? Une mauvaise blague ! T'ai-je jamais parlé de la mort de ma mère ? Elle est restée une semaine, en rigidité cadavérique, sur la chaise de la cuisine avant que je ne la trouve. (Plus tard on l'a emportée avec la chaise.) Je me suis assise auprès d'elle. Et nous nous sommes tues ensemble. Un moment d'harmonie. Dehors, derrière la vitre du train, un lapin court dans le champ en friche. Il est couvert d'une légère couche de neige. Et le vent qui souffle fait tournoyer le blanc. Crochet à gauche, crochet à droite, le voilà dans les broussailles ! J'aimerais bien raconter une plaisanterie pour détendre un petit peu tout le monde, mais aucune ne me vient à l'esprit, bon sang ! Ah, mais si, tiens ! Ou non. On ne peut rien forcer. La mort a forcé ma mère. Non : accéléré. Vie foirée. Je l'ai toujours admirée. Encore plus maintenant. Elle s'était solidement attachée à la chaise de cuisine. Et elle avait disposé des couches, par souci de dignité, sous sa robe d'été. Je le raconte comme si cela s'était passé hier, alors que ça remonte sûrement à cinq ans. Ou trois. Ou sept. Connais-tu l'histoire de Duncan MacDougall ? Tu sais bien, ce charlatan qui, au début du xxe siècle, posait ses patients mourants sur une balance et annonçait que les corps s'allégeraient de quarante-deux grammes au moment de la mort ? Voilà donc combien pesait encore l'âme il y a cent ans. (Et ce n'était déjà pas lourd.) L'expérience n'a jamais pu être confirmée. Il n'y a pas un atome de moins, pas un atome de plus dans le sac mort qui nous a servi de peau. Seul un mystérieux réagencement s'y opère. Et les atomes ainsi remis en ordre **ne produisent plus une personne**. Pas de pensée obsessionnelle, pas de sensation paradoxale. Pas d'odeur des petits sacs de lavande utilisés contre les mites, ne plus jamais entendre les voisins copuler. Pas de Moi. J'ai trouvé du whisky dans le vieux bahut, sous les chaussettes rapiécées. La vieille cachette. Elle m'en avait laissé une gorgée. Comme c'est gentil. Il y avait encore un verre devant elle, j'ai donc trinqué avec ma mère. Je viens d'avaler deux godets de vodka à la voiture-restaurant. De là l'excuse sentimentale. Tu demandes pourquoi je fiche le camp ? Je n'ai jamais fait que ficher le camp. Pendant toute ma vie de merde. Devant tout et devant chacun. (Je ne suis restée assise que devant ma mère morte.) Tu vois, il m'arrive aussi, parfois, de penser avec les jambes. Un instinct vital. Qui était la femme, Jona ? Qui était la femme qui passait la main autour de ta taille ?

De quoi est composé le corps humain ?
À 99 %, d'air et d'eau, de charbon et de craie.
Quelques gouttelettes de chlore, du phosphore,
du soufre. Coût total : trois euros.

Un étudiant du MIT et une diplômée de Harvard vont se promener main dans la main sur la rive de Charles River. L'étudiant du MIT se tourne vers la diplômée de Harvard et chuchote :

Dis-moi donc, ma chérie, pourquoi le soleil brille
Pourquoi le soir le ciel peint et repeint des stries
Dis-moi pourquoi le lierre se noue en tiges blêmes
Et puis oui, je l'avoue, dis-moi pourquoi je t'aime !

La diplômée de Harvard, les genoux tremblants, réfléchit un bref instant et finit par répondre :

La fusion nucléaire fait que le soleil brille
Et l'effet de Rayleigh fait qu'il y a des stries
Des tropismes y font pousser les tiges blêmes
Et l'hormone de tes couilles fait que tu m'aimes.

Comment l'instabilité naît-elle dans un monde instable ?

Par circularité. Qu'on prenne, par exemple, un chiffre au hasard. Qu'on en extraie la racine. Qu'on prenne ce résultat comme point de départ de la même opération. Qu'on extraie de nouveau la racine. Et ainsi de suite. Une boucle fermée et salvatrice.

$$lim_{n \to inf} a^{1/2n} = 1$$

Le processus circulaire se stabilise, comme par magie, à la valeur de 1.

Смоленск, Smolensk. Me voilà donc en Russie. Plus que quelques heures jusqu'à Moscou. Le train s'arrête pour de petites minutes. Suffisamment pour aller prendre quelques bouffées d'air froid. Sur le quai, devant le bâtiment vert toxique de la gare, enveloppé dans un manteau d'officier beaucoup trop grand, un enfant roule sur sa bicyclette. Il s'en sort extrêmement mal. Il vacille et titube. Le père, de lourdes valises dans les deux mains, l'encourage en poussant des cris. Joues cramoisies, regard acharné. Un peu plus vite, juste un peu plus vite et cette oscillation chaotique prendrait fin. Tu aurais échappé à la tentation de tomber. Le bicycle repose sur deux points étroits et constamment le caoutchouc s'envole, constamment un autre morceau de pneu effleure l'asphalte. Un peu plus vite encore, et les forces circulaires te maintiendraient à l'équilibre, appuyer un peu plus fort et le seuil critique serait atteint. Un équilibre dynamique. Tu pourrais fermer les yeux, étendre les bras vers le ciel. Ta mission serait désormais modeste : il s'agirait seulement de ne pas perturber les forces de précession efficientes de la roue. Mais non. Tu trembles. Un triomphe de la pesanteur. Et une fois de plus tu tombes sur le museau !

Prendre le train au XIXe siècle : l'ivresse de la vitesse.
Prendre le train au XXIe siècle : la découverte de la lenteur.

Les gens sont bavards, l'Os !
On ne peut pas réfléchir comme ça !

Donc, **Москвá** (Moscou).

N'était-ce pas Soljenitsyne qui, pendant ses décennies d'exil, entonnait le *« À Moscou ! À Moscou ! »* de Tchekhov pour constater finalement, après être secrètement revenu, qu'on pouvait survivre à n'importe quelle catastrophe, sauf intellectuelle ?

Circularité au bar de l'hôtel : boire, attendre, écrire, boire.

J'ai froid dans ma nuit moscovite.

Neige sur la place Rouge.

J'ai été dans une *tochka*, une sorte de bordel. J'ai dû chercher, mais après avoir demandé à droite et à gauche j'ai fini par trouver un *hour boy*. Il était très mignon avec son pénis de porno, mais rien ne s'émouvait en moi. Mon sexe, un désert. Comme s'il me regardait, incrédule, et demandait : À quoi bon ?!

Mon regard est si sombre ce soir, l'Os, mes grimaces tellement dépourvues d'ambiguïté, on se tient loin de moi comme si je puais autant qu'un océan d'hydrogène sulfuré.

(Mes métaphores deviennent de plus en plus grotesques.)

Bonjour Madame Blanchard !

Je m'appelle Lilou Djoudi, je suis étudiante à l'Institut d'archéologie au Panthéon-Sorbonne. Votre père a eu l'amabilité de me donner votre e-mail. (Apparemment votre numéro de téléphone ne fonctionne pas ? Êtes-vous toujours *offline* ??? *Nice !*) Je voulais aussi commander votre dernier recueil d'essais (*Le Pingouin frigide et les œufs d'or*), mais les éditions Colique m'ont répondu que les stocks avaient été pilonnés. *Wowowow !* Tôt ou tard, le destin de tous les imprimés. Pas un *epic fail*. (Vos articles scientifiques ne sont cependant pas non plus tout à fait mon *fall*. LOL), Mais hey, pourquoi est-ce que je m'adresse à vous : je voudrais écrire mon mémoire de master sur votre ancêtre. *Paulette Blanchard. L'archéologie des glaciers aux temps de la grande fonte.* (Ou quelque chose comme ça.) Il s'agira aussi de la perspective post-féministe, c'est clair. Mon prof, Madame Minot, a déjà défriché le terrain. Votre père est lui aussi tout excité et m'a promis son aide. La saison ne permet malheureusement pas de visiter le lieu où elle a été trouvée. (Je suis aussi, il faut que vous le sachiez, une alpiniste douée.) Mais j'ai pu déjà documenter le corps (*OMG !*) et qui sait, peut-être la possibilité se présentera-t-elle encore de l'utiliser pour d'autres examens pathologiques avant qu'elle ne finisse sous terre. (Quelque chose plaide-t-il contre cette idée ?) Mes condisciples de la faculté de médecine auraient en tout cas grand plaisir à prélever des petits morceaux de la princesse des glaces et à la faire glisser dans différents appareils ! ;) J'ai depuis retourné le grenier et la cave dans la maison de votre père. (Ce qui m'a valu de devenir copine avec Red, la chauve-souris.) Et Monsieur Blanchard m'a servi du vin plus âgé que moi. Sainte fripouille ! Le butin : maigre. J'ai cependant trouvé un livre sur Henriette d'Angeville, la « fiancée du Montblanc » (elle a été la deuxième femme à monter jusqu'au sommet après Marie Paradis), ainsi qu'un portrait de celle-ci, les deux objets pourvus de commentaires, sans doute de la plume de Paulette. (*Spooky fun fact* : sur la dernière page du recueil se trouve, soulignée deux fois et en grands chiffres, une date : le 2 août 1878. Le jour de la mort de Paulette Blanchard !) Votre père a dit que vous aviez déjà fouillé le grenier et que vous vous étiez librement servie. Il vous prie, au nom de la science, de me renvoyer tous les objets détournés. Dès que possible. Dans les archives de la gendarmerie nationale, j'ai trouvé un procès-verbal et quelques autres documents concernant cette affaire. Scans en *attachment*. Donnez des nouvelles je vous prie. Rapidement ! Pour l'heure je suis occupée à décrocher la lune. Cdlt, Lilou

Ce sale débauché a donc attiré une femelle à la maison ! Qu'est-ce que tu en dis, l'Os ?

Procès-verbal du groupement de gendarmerie de Chamonix : Paulette Blanchard a entrepris le 31 juillet 1878, en compagnie d'Heinrich von Siebold, marié, employé du consulat d'Autriche-Hongrie à Tokyo, Japon, une randonnée montagnarde dans le massif du mont Blanc. Selon les indications fournies par Siebold – lui-même membre inscrit de l'Union alpine allemande et autrichienne –, on renonça à faire appel aux services d'un guide local, une expérience suffisante des Alpes faisant paraître inutile ce type d'escorte. Compte tenu du fait que l'accidentée ne pouvait se targuer d'aucune expérience de ce type, et en considération de l'équipement qu'il convenait de porter, cette déclaration est forcément sujette à caution. La partie a quitté Chamonix le jour dit à l'aube et a monté jusqu'à Montenvers, où elle a entrepris une traversée de la mer de Glace et a continué ensuite son ascension sur le flanc gauche du glacier. Les conditions étaient, selon les dires de Siebold, favorables, la situation météorologique stable et la glace déneigée. À la fin de l'après-midi, les deux compagnons étaient épuisés et ont décidé de bivouaquer sur le glacier. La tempête qui s'est levée pendant la nuit s'était apaisée le matin. Les randonneurs ont donc repris leur marche le lendemain, 1er août, ont amorcé l'ascension de la langue du glacier et ont traversé la grande zone de fracture sur laquelle la mer de Glace s'alimente à la confluence du glacier de Leschaux et du glacier du Tacul. La partie a franchi les passages dangereux encordée en passant par des champs de névés au bord. La suite de l'ascension, qui s'est alors faite sur le glacier du Tacul, a valu de grandes difficultés à la cordée. Il a fallu franchir des séracs et une importante coulée de glace, l'alternance permanente entre roche, névé et glace ne permettait qu'une très lente progression, si bien que les randonneurs, à bout de forces, ont fini par dresser leur campement sur un emplacement plat, au pied de la Vallée blanche, à environ 3 200 mètres au-dessus du niveau de la mer. La nuit amena un temps menaçant, tempête

et chute de neige firent rage pendant des heures au-dessus du bivouac. L'appauvrissement de l'air dû à l'altitude et le manque d'oxygène ont affecté les nerfs, en particulier ceux de la jeune compagne plus sensible. Le lendemain matin, dans la brume et avec seulement quelques mètres de visibilité, Siebold, selon ses propres dires, a insisté pour que l'on fasse demi-tour. Mlle Blanchard avait toutefois la ferme volonté d'atteindre avant la fin de la journée le sommet du mont Blanc du Tacul, but choisi pour cette randonnée, et ce quelles que soient les circonstances. Une dispute a éclaté et cette femme irréfléchie – faisant une allusion grossière au chien «Tschingel», membre d'honneur du Club alpin anglais, premier quadrupède à avoir escaladé le mont Blanc, voilà quelques années – s'est éloignée de son compagnon et dirigée vers la zone des crevasses marginales. Plusieurs heures de recherches menées par l'homme resté sur place, qui s'était mis en marche après avoir démonté le campement de nuit, n'ont donné aucun résultat. M. Siebold n'a pas entrepris la «montée sans cordée» – car il pensait que la jeune femme était en marche vers le sommet –, montée qui lui paraissait «téméraire». «Craignant pour sa propre vie», il a été contraint de faire demi-tour.
Il reste à noter que dans la première déposition de Siebold, recueillie dès son retour, les événements autour de la disparition de Paulette Blanchard font l'objet d'une description divergente. Dans le procès-verbal du 3 août 1878, on dit avoir démonté ensemble le campement et avoir décidé de faire demi-tour avant qu'à quelques mètres seulement de la descente la compagne de voyage, soudain prise de folie, se détache de la corde et s'éloigne dans la brume. L'interrogé veut voir cette divergence attribuée à la confusion et à l'ébranlement où l'ont mis ces événements.

Le tribunal de première instance de Chamonix promulgue, dans l'affaire Blanchard Paulette, de son métier professeur de piano à Yerres, la délibération suivante pour déclaration de décès :

I. Blanchard Paulette, née le 17 mai 1853 à Paris, célibataire, dernier domicile connu à Yerres, est déclarée décédée.

II. La date de décès est fixée au 2 août 1878, minuit.

III. Tous les frais liés à la procédure, y compris les frais nécessaires du demandeur, seront prélevés sur l'héritage de la déclarée décédée.

Pourquoi Siebold ?
Qu'est-ce qui l'a poussé vers Paulette ?
Tout cela a-t-il quelque chose à voir avec toi, le Crâne ?

Tu te tais de nouveau. Sais-tu seulement comment on parle ? Peux-tu former des mots, os inerte ? As-tu jamais été impliqué dans les ruses et les pièges des catégories ? Ton cerveau grand comme un haricot en a-t-il jamais été capable ?

À moins que tu ne penses, comme moi, en symboles et en images ?

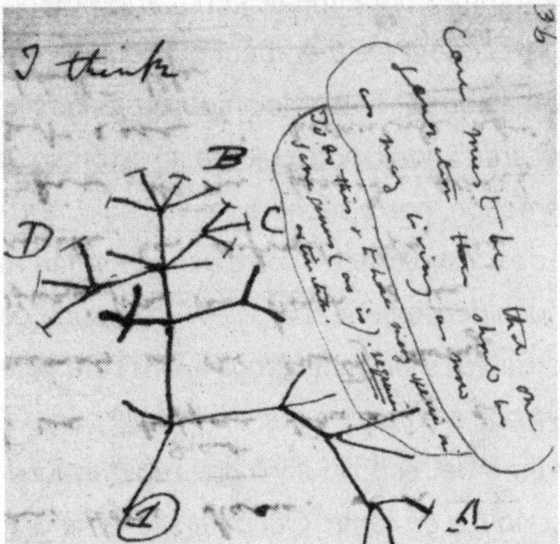

(Au *I think* de Darwin succède dans les blocs-notes la première illustration de la théorie de la descendance, l'arbre phylogénétique de la vie.)

Le chemin de fer transsibérien

Je monte dans mon compartiment, où je vais passer la semaine
prochaine comme le célèbre Jean de la Balue qui, dans sa cage,
ne pouvait ni se mettre debout ni s'étendre de tout son long.
Dix mille kilomètres jusqu'au bout du monde. Et le lit est trop court !

Le Crâne, tu dors dans la valise.

Pour Noël, Jona m'a offert un gode-ceinture. Nous avons donc échangé les genres. Il s'est agenouillé et je l'ai baisé par le cul. Pendant quelques semaines, ça m'a plu. (Lui, en permanence.) Comme si, à peine la ceinture passée, un autre script dirigeait mon esprit. Jona faisait une belle femme. Il m'a paru encore plus vulnérable que d'habitude, ce qui m'a donné le vertige. Ce qui m'a donné le vertige. Ce qui m'a donné le vertige – – –

Un jour je suis allée chez un thérapeute. Tu t'étonnes ? On m'y a envoyée à coups de fouet. Quoi d'autre ? Ça n'a servi à personne. (Le pauvre thérapeute a sombré dans la dépression. Moi, je suis restée la même folle.) Tu en connais comme ceux-là, l'Os ? Des récupérateurs de dettes de la conscience. Des vendeurs d'indulgences de l'ère postfreudienne. Nous sommes nous-mêmes coupables de notre misère, c'est ce que nous expliquent les thérapeutes. Nous sommes coupables de la vallée de larmes qu'est notre vie amoureuse. Nos nuits sans sommeil, nos autoscarifications, notre ulcère à l'estomac, notre burn-out, nos troubles de l'érection, notre sécheresse vaginale, notre boulot de merde, tout cela, c'est notre faute. Notre échec est fait maison. Ça en fait un paquet ! Le Moi hideusement éparpillé n'est qu'une conséquence de notre inexcusable négligence. Nous avons raté la toilette de notre âme ! Mal balayé notre enfance ! Aïe, aïe ! Mère père Œdipe ! Sordidœdipe ! Mais il y a de l'espoir ! Il y a une rédemption ! Mortier à joints et aide à l'économie de l'âme. Qui peut sauver le Soi ? Qui ? Exact ! Soi-même ! Alors, secoue-toi, l'Os ! Mords, sue, halète, asservis-toi ! Deviens ton propre esclavagiste. Allez, vas-y ! Un peu d'ardeur, il ne faut rien de plus. Il se trémousse déjà, le bonheur, là-bas, oui, là-bas ! Plus qu'un achat encore, un régime, plus qu'un séminaire, un nouveau projet personnel, et tu l'auras en main ! Un petit commerce dérivé. Un petit investissement dans le Moi. Un week-end à prix cassé. Avec chambre double et buffet végane. Un rallye à cochon truffier. En quête du capital symbolique. J'ai été une fois chez un thérapeute de ce genre. Il m'a bel et bien sorti cette phrase. Il m'a dit que je ne devais pas réfléchir autant. Nom d'un petit bonhomme ! Ne pas réfléchir autant ! Ne pas réfléchir autant ! As-tu jamais entendu une chose pareille, le Crâne ? Je lui ai répondu que j'y réfléchirais. Mes aïeux, ça ne l'a même pas fait rire.

Chantal, ô l'être le plus chéri dans ce monde.

Nous nous sommes languis de romans à quatre sous. Nous avons cherché des pêches dans les nuits romaines. Nous avons porté des larmes à la mer et nous nous sommes tricoté des vêtements avec des capsules de bière. Au cinéma nous avons pleuré en regardant des films de vampire. Nous avons fait tomber de la glace à la menthe sur le trottoir et cela nous a chagrinés. Nous nous sommes plaints des routines. Nous nous sommes arraché les cheveux l'un à l'autre, et pas un par un. Nous avons vomi dans le taxi. Nous avons nagé nus et mangé des fruits de mer. Nous nous sommes bien entendu précipités dans les vertiges de l'amour. Nous nous sommes réveillés l'un l'autre beaucoup trop tôt. Nous avons baisé dans un compartiment de train, à côté de Chinois. Sous la pluie, nous nous sommes égarés, trempés jusqu'à l'os, dans un champ de pavots. Nous nous sommes longtemps regardés et nous avons oublié de respirer. Nous sommes partis en courant. Mais nous avons aussi couru après les choses. Nous nous sommes chuchoté des noms d'animaux secrets. Au téléphone nous nous sommes tus trop longtemps. Nous nous sommes enthousiasmés pour l'art et ennuyés avec l'art. Nous ne pouvions plus nous supporter ni nous lâcher l'un l'autre. Nous nous sommes tenus debout comme des flamants dans le cabinet des miroirs et nous avons ri.

Ton Jona

4

Les guêpes émeraude sont des créatures filigranes d'un bleu scintillant. Elles ne sont pas seulement d'une beauté extraordinaire, elles s'y connaissent aussi dans l'art des rituels hors pair. Une seule fois dans sa vie, peu après sa naissance, la guêpe émeraude pratique le coït. Par la suite, le mâle bluffé se retrouve abandonné. Car la guêpe femelle change de partenaire, cherche un insecte beaucoup plus grand et puissant pour élever les larves : le cafard. Il est élu pour servir de nourrisseur à la descendance. Pas besoin pour cela d'un long travail de persuasion. La guêpe mord fermement la carapace du cou du cancrelat et injecte d'un coup un poison sédatif dans le nœud nerveux de sa poitrine. La dose administrée a un effet paralysant, si bien que la guêpe peut parachever son œuvre de détournement en faisant une deuxième piqûre à travers la carapace de chitine et injecter directement son poison dans le cerveau. Là, dans le ganglion subœsophagien, il déploie son action séductrice, inhibe les cellules nerveuses qui émettent l'octopamine, un transmetteur qui régule le comportement complexe, comme la fuite ou le combat. Bref, le cafard est devenu esclave de la guêpe. Un changement irréversible du comportement intervient. Comme s'il était appelé à des missions supérieures, ou comme s'il avait muté en zombie, le cancrelat commence à faire méticuleusement sa toilette. Il se consacre à son entretien corporel, en toute quiétude et sans le moindre pressentiment de ce qui va suivre. L'insecte docile laisse ensuite sa domina le promener par les antennes comme au bout d'une laisse. Une fois le but atteint, la guêpe lui coupe les antennes. L'esclave de l'amour perd tout sens de l'orientation tandis que la femelle guêpe boit avidement le sang vert qui coule, le goutte-à-goutte d'hémolymphe. Elle conduit la créature engourdie dans une grotte, lui pond un œuf dans le bas-ventre et se met finalement à l'emmurer avec des cailloux : un nid et une tombe. Désormais, le cafard sert de source de nourriture fraîche et copieuse. Au bout de quelques jours la larve sort de son œuf, se nourrit des sucs corporels de cette créature qui gigote paresseusement, se creuse pour finir un accès dans la cavité abdominale et dévore de l'intérieur l'insecte qui continue à tressaillir – les organes vitaux sont ceux qu'elle dévore en dernier. Une fois la carapace excavée, la larve se transforme en chrysalide et, plusieurs semaines plus tard, se faufile hors du cadavre du cancrelat qui a été engourdi, asservi, enlevé, mutilé et tué au terme de plusieurs journées de torture.

L'histoire de la mante religieuse n'est pas moins excitante. La créature élégante exerce, on le sait, une pratique sexuelle extravagante : le cannibalisme coïtal. La mante religieuse fait à son partenaire une proposition indécente : Tu restes dîner ? Pendant la copulation passionnée, elle dévore la tête nutritive de son amant, pour lequel la perte de cette partie de son anatomie ne constitue nullement une raison d'interrompre l'acte enfin entamé. Les muscles de l'arrière-train continuent à travailler imperturbablement. La semence et la vie sont données en même temps.

Quelles leçons pouvons-nous en tirer ? La réponse est simple : Aucune. Absolument aucune. La nature en effet n'existe pas pour qu'on en tire des conclusions anthropomorphiques. La nature n'est pas un grand établissement éducatif et pédagogique destiné à l'édification du genre humain. Malheureusement, non. La nature, qui n'est de toute façon pas une invention, ne connaît pas de morale. La vie est une fin en soi. Elle est la volonté pour soi. Elle veut se maintenir et se reproduire elle-même. La vie veut *survivre*.

Le théoricien de l'évolution Richard Dawkins a développé dans les années 1970 une théorie remarquable. Les organismes, a-t-il raconté, ne sont rien d'autre que des *machines à survivre*, de simples vases passifs qui existent uniquement pour servir de conteneurs à des *gènes égoïstes* en compétition. Nous, humains, nous avons pris pendant cent ans les espèces pour les acteurs de l'évolution et nous-mêmes, depuis toujours, pour les sujets de nos actes. Nous avons été victimes d'une illusion. Pour Dawkins, les véritables acteurs – quoique dépourvus de conscience et de volonté –, ce sont les gènes. Pour assurer leur survie, ils ont conçu des machines dans lesquelles ils pourraient perdurer. Ce sont des enveloppes complexes et protectrices. On les appelle communément les plantes et les animaux. Nous, créatures, sommes selon Dawkins des robots pilotés par des molécules d'ADN, des robots parfois gigantesques et lourdauds, et en même temps des champs de bataille dans le combat des gènes, qui se sont inlassablement efforcés de se copier eux-mêmes avec succès.

La nature est une guerre sans fin et absurde. Mais tel n'a pas toujours été le cas.

Les organismes unicellulaires sont potentiellement immortels. Ils ne connaissent ni l'âge ni la mort. Ils se reproduisent en se divisant. Pendant des milliards d'années, c'est-à-dire pendant la plus longue époque de l'histoire de la Terre, les unicellulaires pratiquement immortels ont été dans les océans l'unique forme de vie de la planète. Seule une période de bouleversements climatiques destructeurs a mis un terme à leur activité monopolistique. Après que, dans le précambrien tardif, la Terre eut gelé plusieurs fois pour se transformer en boule de neige, après être en dernier lieu passée d'une température moyenne calamiteuse de – 50 °C à une température encore plus catastrophique de + 50 °C, elle connut un tournant fatal, un lapsus lourd de conséquences du programme génétique : l'invention du sexe et de la mort.

(C'est une chance pour la littérature. La sotte amibe ne saurait rien chanter. Ne s'occupant ni d'amour ni du caractère mortel de la vie, elle n'a besoin ni d'art, ni de religion, ni de science.)

On appelle cela l'explosion cambrienne, ce tournant brutal dans l'histoire de la vie, le déploiement kaléidoscopique soudain des machines à survivre en direction de structures, ce phénomène qui a succédé à la période de la boule de neige et qui a délivré les organismes du stade du mucus primitif. Sans la période glaciaire dévastatrice, nous n'existerions pas. La création, on le voit, a besoin de la destruction et de la détente du système qui lui succède toujours. Ce que nous nommons des catastrophes, ce sont des laboratoires de l'évolution.

Mais qu'est-ce qui a provoqué le bond dans l'évolution ?

Le sexe, la mort et l'oxygène. Car telles furent les conséquences de la Terre boule de neige : pendant la grande fonte, en même temps que les roches broyées par les rochers, des quantités monstrueuses de phosphore nutritif tombèrent dans les mers. Cela engendra une floraison d'algues et donna le jour à une puissante usine de photosynthèse. La teneur de l'atmosphère en oxygène fit un bond énorme. Elle fut multipliée par vingt. La vie, après avoir échappé à l'extinction, commença à mélanger ses gènes et à se déployer.

Les apologistes sans esprit du néolibéralisme prendraient bien du plaisir à entendre cette histoire. Ce fut la révolution industrielle de la cellule. À la base de tout cela se trouvait en effet une *nouvelle ressource énergétique*. Elle détruisit le *jardin paradisiaque de l'édiacarien.* (La mort y existait déjà, c'était le prix de la pluricellularité. Mais il n'y avait ni voleurs ni butin, il n'y avait pas de gueules, pas de serres, pas de cuirasses protectrices. Personne ne dévorait quoi que ce soit, il n'y avait pas d'intestins. Il n'y avait pas d'yeux pour chasser ou pour fuir les chasseurs. Il n'y avait qu'une activité passive, une persistance immobile de créatures énigmatiques et d'une singulière beauté.) Avec l'oxygène libre, la vie fut catapultée hors de sa passivité. Ainsi se produisit l'évolution du gosier et des dents, l'évolution du chasseur, la guerre des créatures, la course à l'armement des corps, une explosion sans précédent des formes, l'optimisation dans le combat pour la survie, un système totalitaire des corps qui se vouaient à un utilitarisme perfide. Bref : un combat de tous contre tous. Rien n'engendra plus de créativité que la cruauté.

Quelque chose ne colle pas, ce ne sont pas seulement les

la proximité collante des autres voyageurs, pas non plus

Fondamentalement, quelque chose ne va pas dans l'ordre

Russe a une partie du visage qui manque. L'œil gauche.

physiquement. La décomposition se poursuit. Le visage

du compartiment. Le monde derrière la vitre n'existe plus.

ne va pas, mais pas avec mon cerveau, pas avec mon

Un doute absurde me submerge. J'ai oublié à quoi

Il arrive quelque chose à ma pensée. Il ne me semble pas

plutôt rongée par le sombre soupçon que d'une

eu quelque chose. Il y a un trou. Dans mon entendement,

mon Moi. Non, le trou bée dans le cosmos, et

Je m'écoule lentement. Ce n'est pas un trou. Et

Comment définit-on un trou ? Uniquement par ses bords. Où

que mon corps, que **les corps** sont instables, qu'ils peuvent

le cerveau. Comment un cerveau peut-il tomber du corps ?

exhalaisons et les bruits des corps. Ce n'est pas seulement
leur bavardage, que de toute façon je ne comprends pas.
du monde. Je lève les yeux et je remarque que la jeune
Peut-être l'oreille, peut-être la joue. Je sens un frisson,
de la Russe a disparu, ses cheveux blonds, la moitié
Je ne peux plus bouger, juste regarder. Non, quelque chose
champ de vision. Il arrive quelque chose d'inouï **au monde**.
ressemble un visage, un compartiment de train, un paysage.
que quelque chose ait disparu, je suis
manière générale il n'y a jamais

dans mon souvenir, dans
ce au milieu du compartiment.
pourtant il y a là un trou.
sont les bords ? Tout cela me trouble et j'ai le sentiment
se décomposer, perdre des éléments – un œil, des membres,
Le Crâne ? Non, rien ne tombe. Le monde n'existe pas.

Glace, neige, la fenêtre givrée. On ne voit rien qu'un gris

Un enfant pose ses petites mains sur le verre gelé jusqu'à ce que le voile se déchire et qu'un petit œilleton s'ouvre vers l'extérieur.

vec de longs barreaux la glace aux fenêtres.

J'ai la migraine.

mme un blanc dans l'obscurité

sur lequel tressaillent parfois des ombres.

Dans les gares des passagers gratter

Pour se tranquilliser lorsqu'il voyait à sa gauche une cavité ou un trou béant, Blaise Pascal, victime d'illusions périodiques au caractère effrayant, déplaçait de ses mains un meuble à l'endroit concerné, sur quoi le trou disparaissait. Ses contemporains appelèrent ce phénomène « l' a b î m e p a s c a l i e n ».

Lorsque, le 15 janvier 1885, Wilson Bentley,
dans une ferme du Vermont, a produit
avec son hybride de daguerréotype
et de microscope, construit spécialement,
la première photographie de cristaux de neige
dans l'histoire de l'humanité, il tomba
à genoux, ému aux larmes, devant cet appareil
qui lui permettait d'observer la beauté
et la complexité de la nature.

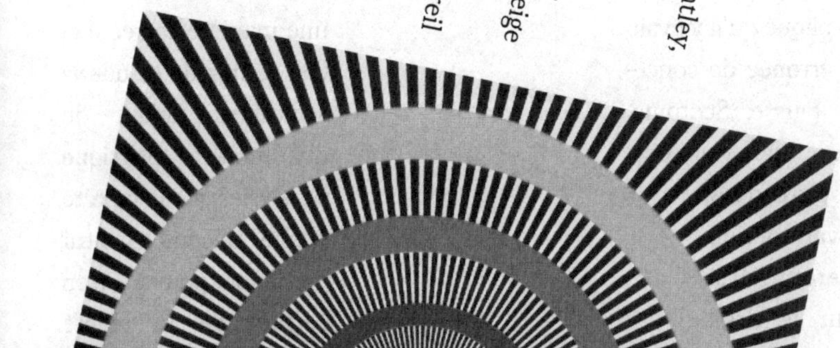

Tout est éloigné.

Le Crâne ?

Tous les hommes sont petits.

Ma réalité ne s'en est pas mieux sortie que les films Super-8 de ma mère qui, avec des interférences, du bruit d'image et des déformations, défilaient sur le mur de notre séjour, là où d'ordinaire était accroché l'épouvantable tableau de cygne et où le tapis était un peu plus clair. Je me rappelle la peur que j'ai ressentie le jour où ma mère m'a filmée regardant fixement mon image projetée, et au vertige né de l'idée que j'allais me retrouver imbriquée dans une boucle infinie, comme entre deux miroirs. Comme si j'avais toujours entendu dans ma tête le ronronnement mécanique du projecteur. M. Liebkind, le médecin, a dit que c'était une maladie anodine et lui a donné un nom : migraine classique. (Ma mère était soulagée.) Il m'a expliqué qu'il y avait une manière correcte et une manière erronée de concevoir le monde et que la mienne était fausse. Scotome scintillant, défaut du champ visuel, déformations du modèle physique, illusions de mosaïques, paralysies, maux de tête. À l'époque j'avais tout de même la sombre intuition que ma perception si peu fiable pouvait m'en apprendre sur le tissu perfide de la réalité. C'est singulier, le Crâne. Comme si le monde était une grande salle de cinéma, comme si toutes les créatures étaient assises, captivées et immobiles, imbriquées dans cette splendide fiction qui se déroule sous leurs yeux. Comme si j'étais la seule à avoir perdu toute capacité à reconnaître ma réalité dans les séquences d'images. Je vois la mouche sur l'écran, je vois la déchirure, je vois les lampes des issues de secours, je me retourne et je vois tous les visages qui, plongés dans leur rêve, regardent fixement le film. C'est exactement comme cela que je vis. J'ai oublié comment on existe. Tout ce que je perçois, c'est que quelque chose (quelque chose de chétif) perçoit. (Et me voilà de nouveau entre deux miroirs.) Je ne peux plus penser, ressentir, agir. Je ressens et je ne pense plus que ceci : quelque chose pense, ressent, agit, écrit ici.

PESSOA : « Je n'ai jamais rien fait que rêver. Cela, et cela seulement, a toujours été le sens de ma vie. Je n'ai jamais eu d'autre souci véritable que celui de ma vie intérieure. Les plus grands chagrins de mon existence se sont estompés dès lors que j'ai pu, ouvrant la fenêtre qui donne sur moi-même, m'oublier en contemplant son perpétuel mouvement. Je n'ai jamais voulu être rien d'autre qu'un rêveur. Si l'on me parlait de vivre, j'écoutais à peine. J'ai toujours appartenu à ce qui n'est pas là où je me trouve, et à ce que je n'ai jamais pu être. Tout ce qui n'est pas moi – si vil que cela puisse être – a toujours eu de la poésie à mes yeux. Je n'ai jamais voulu être rien d'autre qu'un rêveur. Je n'ai jamais souhaité que ce que je ne pouvais pas même imaginer. »

Cela ne fait aucun doute : ce Moi est devenu un gigantesque problème pour ma vie sexuelle !

Un rêve-seconde : quelqu'un remarque qu'il existe plusieurs manques dans le texte, des fentes, des fissures à travers lesquelles on pourrait tomber. Je m'imagine que mon doigt tombe dans une fente. Nous rions tous bruyamment. (Il y a beaucoup de fissures.)

Un vieillard me sourit, il a une coiffe en laine
sur les deux oreilles et des dents en plastique
beaucoup trop grandes pour sa vieille bouche.

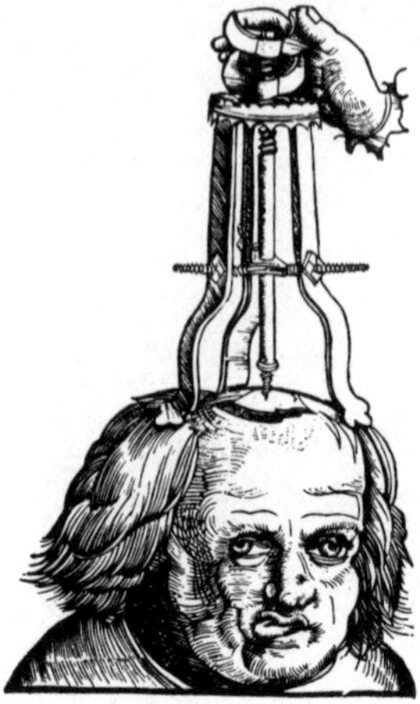

Je me rappelle la terreur
que j'ai ressentie
la première fois que j'ai
compris qu'il n'y a pas
de couleurs dans le monde

POURQUOI JE N'EXISTE PAS.
TENTATIVE NUMÉRO UN.

Rien n'a jamais eu de couleur. Ce que nous appelons couleurs n'est pas une qualité des choses. Les couleurs naissent au contraire d'une interaction : interaction entre le Soleil, l'atmosphère et les cerveaux de quelques espèces moins complexes. La majeure partie, et de loin, des ondes électromagnétiques qu'émet le Soleil est absorbée par les gaz de l'atmosphère. Sans ces filtres, il faut le dire, toute vie sur cette planète serait détruite par le rayonnement UV. Le reste minuscule qui franchit encore la fenêtre de l'atmosphère est la lumière visible, un faisceau d'ondes électromagnétiques que l'évolution a utilisée pendant des centaines de millions d'années. L'herbe n'est pas verte. Elle est tout *sauf verte.* Parce qu'elle reflète cette partie du spectre lumineux que ma conscience, d'une manière tellement énigmatique, ressent comme du vert. L'herbe repousse le vert. L'herbe refuse le vert, si bien que, pourrais-je dire, seule m'apparaît la négation de l'herbe. Ce sont donc des ondes électromagnétiques qui atteignent ma rétine. Et quelque chose d'inouï se produit. Une rupture fondamentale. L'excitation du monde extérieur trouve *sa fin* dans mon œil. Elle n'avance absolument pas plus loin dans le cerveau. L'excitation est au contraire transposée en langage des neurones, la *lingua franca* de l'esprit, en impulsions électriques et en transmetteurs chimiques qui ne sont plus porteurs que de deux informations : la longueur d'onde et l'intensité lumineuse d'un point. Sur la rétine, il n'y a ni couleur, ni forme, ni espace, ni mouvement, ni profondeur et encore moins de signification. Tout comme il n'existe pas de son dans l'oreille ni de goût sur la langue. Rien ne pénètre jusqu'à la masse bizarre qui loge dans ma tête. Le cerveau vit séparément dans la capsule crânienne où seules tressaillent les synapses. Ce que j'entends, hume, goûte, vois, ce que je pense et ressens, tout cela, ce sont des *effets* de mon cerveau. C'est un grand spectacle, une simulation efficace, un jeu magique auquel se livre le *genus malignus*, le démon de Descartes, qui me fait croire à l'existence d'un monde extérieur auquel je n'ai aucun accès direct. Cela n'a pas grand-chose à voir avec la réalité. Ce n'est qu'un modèle miteux, la copie d'un monde physique incomparablement plus riche dont le cerveau n'élabore qu'une fraction minuscule. Mais c'est seulement là-bas, dans ce monde apparent de ma conscience, dans cette geôle et en ce lieu exclusivement, que je fais l'expérience énigmatique du vert. Ce n'est pas une propriété du monde, mais un puissant effet neuronal. Comme si le cerveau avait, à un moment donné de son évolution, décidé de mettre en fiche et de fixer arbitrairement le spectre de la lumière, auquel l'atmosphère terrestre impose des conditions tellement spécifiques : une extrémité apparaît en rouge, l'autre en violet, la somme de toutes les ondes apparaît en blanc. (Ce qu'est une couleur demeure un mystère.) Et l'organe tourne ainsi sur lui-même. Comme une gigantesque hallucination. Ce que je vis là ne repose pratiquement pas sur la stimulation sensorielle. Les neurologues l'ont constaté : à une unique excitation qui provient de l'extérieur succèdent *cent mille* autres à l'intérieur du cerveau. Le stimulus est suivi d'un feu d'artifice tourné vers l'intérieur. La pensée se découple. Ce que je crois voir est emprunté à la mémoire, le principal organe sensoriel. Elle héberge de gigantesques archives. Des alignements de rangées d'images, de modèles et de pochoirs. *Je marche donc sur un champ.* L'image des nuages de pluie, l'herbe dans le vent et le visage de Jona, les yeux, l'image des yeux gris-bleu, les cheveux trempés qui collent aux joues blêmes, la peau. Jona. Fantômes. Tout cela est produit d'un seul coup et sort de la mémoire sous forme d'attente et de projet, on ne fait plus que le comparer à des excitations clés. Et la construction de l'image se produit si vite, elle fait de moi une réaliste naïve. Elle me livre. Elle me tient dans ses serres. Je ne peux rien faire d'autre que prendre ce que je vois pour la réalité. Je ne peux rien faire d'autre que *croire en moi-même*, à ce Moi qui se tient sans doute quelque part dans cette caisse corporelle, tout en haut, dans la sombre calotte crânienne, et qui fait l'expérience de tout cela.

Je ne vois que du blanc.

Forêts pétrifiées par le gel.

Champs de neige qui défilent.

Mon cerveau m'a incitée
à croire en *quelque chose*.

Dans le modèle standard de la physique des particules, les plus petits éléments, la substance originelle des présocratiques, sont normalement décrits comme des particules, mais lorsqu'on examine réellement à quoi ressemblent les équations, on en arrive à la conclusion que les éléments fondamentaux de l'univers ne sont pas des particules, mais plutôt des champs, des entités qui emplissent tout l'espace et créent de la matière autant qu'ils en détruisent. Les particules sont des turbulences, des perturbations dans ces champs. C'est ce que nous racontent les équations : que les champs sont la réalité primaire ; que nous sommes de l'espace. Il n'y a que de l'espace. (Ce n'est jamais plus plausible que dans les effroyables étendues de ce paysage.) Ce que nous voyons, ce que nous considérons quotidiennement comme la réalité, ce sont des épiphénomènes, les frisottements d'une réalité beaucoup plus dynamique que nous ne percevons pas directement, mais que les équations nous relatent. « Si les portes de la perception étaient nettoyées, a écrit William Blake, chaque chose nous apparaîtrait telle qu'elle est, infinie. » Ce que nous voyons, entendons, sentons, ressentons, tout cela n'appréhende pas le moins du monde ce que nous sommes et ce qui nous entoure. Mais nous avons notre entendement. Nous avons notre capacité de représentation. Pour lever les barrières. Et tenter d'attraper l'infinité de Blake.

Le givre sur la vitre du train se transforme en cartes géographiques qui se muent en paysages, en géographies imaginaires d'une grande complexité et d'une grande beauté que, oui, produit le cerveau excité.

Le chef de bord sait faire
des affaires avec mon désespoir !
Compartiment particulier, première classe :
Supplément 70 000 roubles !

À LA RECHERCHE DU SILENCE PERDU.
En 1978, John Cage prépara un train comme s'il s'agissait d'un piano. Il installa à l'intérieur et à l'extérieur des micros dont il transféra le signal à des haut-parleurs, tout comme les sons enregistrés dans les gares et les secteurs avoisinants.
Le train devint ainsi un instrument, le paysage lui-même un auditeur. Les passagers étaient invités à consulter les horaires comme un catalogue de disques.

Ces soucis idiots : je ne pouvais pas dormir. J'étais toujours couchée et éveillée. Surtout en voyage. Maintenant c'est différent. J'ai du mal à *me réveiller*. Comme si un commutateur s'était inversé dans ce corps dévasté, comme si désormais je ne pouvais plus rien faire que dormir, toujours, où que ce soit. Je rêve. D'accidents de train et de collisions dans les régions éternellement sombres de l'Oural, du couinement des rails, de wagons en chute libre. Ce sont des rêves d'une étrange tranquillité. Des terreurs d'une époque révolue. Ils ne me font pas peur. Mais à peine réveillée, je sens la nausée. Je me nourris de cachets. Et je fais des bêtises. Par exemple, je déverrouille mon compartiment et me mets en quête de la voiture-restaurant. Il faut bien s'alimenter de temps en temps. C'est une question de métabolisme. Je passe plusieurs minutes sur le seuil de la plateforme ouverte qui sépare les voitures avant que mes doigts bleuissent de froid et que mes oreilles bourdonnent. Le passage est un abîme qui me fait frissonner d'effroi. On y a mis un cochon mort à refroidir. Dans la voiture-restaurant, je mange de la soupe au lard. Quelqu'un me demande s'il peut s'asseoir à ma table. Je suis trop faible pour refuser. C'est un étudiant russe à la cage thoracique creuse. Il rentre chez lui, dans un village situé au nord de Sverdlovsk. Sa mère est malade. Lui aussi souffre de nouveau d'asthme, depuis les sévères incendies des mois de juillet et d'août. Tout Moscou a été enveloppé dans la fumée pendant des semaines, me dit-il. Et même dans l'Oural, sa patrie, le feu a fait rage. La température moyenne est montée au-delà de quarante degrés à Moscou en juillet, un niveau qu'on n'avait encore jamais atteint. Il m'explique : Pour la Russie, le réchauffement climatique est une bonne chose. On pourra bientôt cultiver en Sibérie des céréales, du maïs, des courges et même des pêches et de la vigne. La soupe au lard me donne des renvois acides. Si la glace de l'Arctique fond enfin, dit l'étudiant, les entreprises russes pourront embarquer directement leur gaz liquide de la péninsule de Yamal vers l'Europe, et pour l'armée de Poutine aussi, la voie maritime ouverte, au nord, est avantageuse. Il me demande où me mène mon voyage. Plus tard je vomis dans les toilettes du train.

– Cigarettes

– Papier-toilette !

Sous mes yeux scintillent
Des losanges, des trapèzes, des polygones,
Des fortifications, des mosaïques !
Tout est flou et chatoyant, le Crâne !

Neige. Les cristaux en filigrane se forment dans les nuages gelés, à des températures bien inférieures à zéro degré. Ce sont des sphères de coexistence. Ici, l'eau à l'état liquide, la vapeur et des cristaux de glace se côtoient, par manque de germes auxquels la vapeur d'eau pourrait se tenir, se condenser et donc geler. Mais que survienne une petite perturbation et l'état métastable se décompose, il se produit un changement de phase, une cristallisation spontanée. La métamorphose de la forme donne un corps, un minuscule prisme hexagonal. C'est, pour cette grille en cristal dont la symétrie est à la fois en miroir et circulaire, l'état de la plus basse énergie. (Parce que six est le véritable nombre de l'eau, les fleurs en lesquelles se change l'eau quand elle gèle ont forcément six pointes, écrivait déjà le savant chinois T'ang Chin voilà plus de deux mille ans. Et, de fait, la forme hexagonale du cristal de glace tient aux propriétés atomiques de la molécule d'eau.)

C'est désormais le prisme qui sert de germe auquel s'agglomèrent d'autres molécules. La petite plaque cristalline tournoie et s'envole au vent. Des molécules toujours plus nombreuses s'accrochent aux six coins exposés, formant des branches, et la figure symétrique ne cesse ainsi de se renforcer jusqu'à ce que, finalement – selon le degré d'humidité et la température –, les pointes se ramifient artistiquement et s'assemblent en ornementations fractales. Et l'œuvre d'art continue à tournoyer jusqu'à ce que, à un moment donné, surchargée de formes, elle devienne trop lourde et soit précipitée sur la terre.

J'ai perdu toute sensation du temps. De Moscou à Vladivostok, l'espace s'étend sur près de dix mille kilomètres et j'ai le vertige quand je songe que le diamètre de notre planète a des dimensions analogues. On peut voir défiler les fuseaux horaires par la fenêtre. Pour les voyageurs du temps qui se trouvent dans le train, en revanche, les heures et les jours se recroquevillent. À l'instar des passagers sous leurs couvertures de laine. Dans les voitures et sur les gares de la ligne, les horloges sont en effet toutes à l'heure de Moscou. Comme si une capsule temporelle gelée s'étendait de l'Europe à la mer du Japon. C'est ainsi que le soleil se couche vers midi. Et l'on a les pires difficultés à ne pas l'interpréter comme un mauvais présage. Les voyageurs se mettent visiblement à douter du concept même de temps. Plus le voyage est long, plus les regards deviennent confus. Et je me demande si le fait que la compréhension de la relativité par Einstein ait eu lieu à la même époque que les premiers voyages en train à travers la Sibérie est vraiment un hasard.

DISPARAÎTRE. Continuer, donc, à penser et, en pensant, à me désagréger jusqu'à ce que j'aie disparu, jusqu'à ce qu'il ne reste que la pensée. Rendre l'insupportable supportable en comprenant que ce à quoi je m'accroche tellement, à savoir mon Moi, n'a jamais eu d'existence véritable.

Mais laissez-moi donc chier en paix !

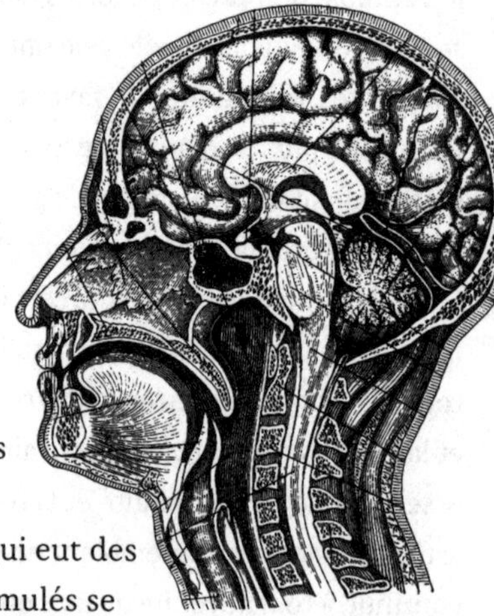

POURQUOI JE N'EXISTE PAS.
TENTATIVE NUMÉRO DEUX.

Vers le milieu du siècle dernier, des chercheurs comportementalistes sadiques menèrent une série d'expérimentations raffinées. On planta dans des cerveaux animaux des électrodes fines comme des cheveux auxquelles on imprima des impulsions électriques – ce qui eut des résultats étonnants. Les animaux ainsi stimulés se transformèrent en machines biologiques téléguidées. Ainsi, au grand ravissement des chercheurs, les chats dont on stimulait l'amygdale, dans le cerveau central, s'attaquaient toutes griffes dehors, pelage hérissé et pupilles écarquillées. Mais ceux sur lesquels les électrodes étaient déplacées ne serait-ce que de fractions de millimètres se blottissaient les uns contre les autres et se léchaient en se cajolant. Une impulsion déclenchait le réflexe d'agression, une autre un sommeil tranquille. Sur une pression de bouton, une poule était affligée d'une telle soif qu'elle assumait n'importe quelle dépense d'énergie dans l'unique but d'accéder à la gamelle pleine d'eau. Et des rats soumis à une perfide double stimulation chimique se mettaient à porter leurs petits dans leur gueule tout en se livrant à des copulations orgiastiques. Quand on augmentait les impulsions stimulatrices, un coq commençait par regarder au loin par souci de sécurité, puis, bientôt, le sol à côté de lui et finissait par esquisser un saut d'esquive en caquetant et en battant des ailes avant, l'instant suivant, d'attaquer à coups de bec et d'ergot un ennemi qui, bien entendu, n'existait pas. Mais si l'impulsion électrique cessait, le coq se retournait brutalement d'un côté et de l'autre, visiblement perturbé, finissait par tendre le cou et pousser un cri de triomphe ! L'ennemi était vaincu et battait en retraite. (À l'instant, dans une gare, j'ai observé un comportement analogue chez deux primates en doudoune.) Par ailleurs, des rats qui pouvaient se mettre eux-mêmes, par le biais d'un déclencheur installé dans leur cage, dans un état d'extase sexuelle faisaient de ce précieux petit bouton à plaisir un usage tellement excessif qu'ils en oubliaient de manger et périssaient dans la volupté. Tu vois où je veux en venir, *horny bone* ? Sur quoi, par exemple, repose le sadisme perfide des chercheurs ? Quel attrait déclenche la volonté de savoir ? la volonté de puissance ? Un acte est-il donc un acte conscient ou une catastrophe naturelle ? En d'autres termes : à quoi tient mon réflexe de fuite primitif et idiot, le Crâne ? Qu'est-ce que je fais dans cet horrible train ? Pourquoi est-ce que je me laisse quotidiennement draguer par dix idiots ? Qu'est-ce qui m'anime ? *C'est le système limbique, Chantal. Une partie archaïque du cerveau à laquelle ta conscience n'a pas accès. Le siège du sentiment. Tu le suis comme l'âne suit la carotte qui se balance devant lui.* Seigneur, si je ne méprisais pas encore plus la raison, cette nouvelle me rendrait folle ! Notre digne et noble conscience – cet effet du cortex cérébral, toute cette fierté de l'humanité, centre de la réflexion rationnelle, garant du progrès éternel, triomphateur des vilenies de la nature animale – n'est que la marge la plus extrême d'un jeu épouvantable, beaucoup plus violent. Nous sentons d'abord, de manière totalement dissimulée et sans comprendre. Puis, oui, à cet instant seulement, nous réfléchissons, mais la réflexion est en soi dépourvue de toute force, c'est une chose molle. Alors nous recommençons à sentir les choses, sans réflexion, et au bout du compte, nous agissons, sans le moindre motif. Telle est l'architecture de notre folie quotidienne. Un neurotransmetteur, la dopamine, a plus de pouvoir sur moi que n'importe quelle pensée ! N'est-ce pas admirable ? Je peux certes faire ce que je veux, écrit Schopenhauer, mais je ne peux pas vouloir ce que je veux. Pitoyable Moi. Il s'attribue tous les désirs qui proviennent du sentiment hébété, tous les projets d'action qui reposent sur le même sentiment hébété. Il se prend pour une reine, alors que c'est un bouffon du roi, un badaud, un beau parleur qui ne fait rien !

Ma pensée doit devenir un événement, l'Os !
Pas un événement qui me crée. Un événement qui m'anéantit !

La pensée est un dialogue.
(avec SOI-MÊME !)

Et si je me transformais ?
Et si je pouvais, pour toi, Jona,
devenir une autre ?

J'aime la Sibérie, mais je peux aimer la Sibérie autant que je veux, si personne n'en prend connaissance, si personne ne sait que j'aime la Sibérie, alors je n'aime pas la Sibérie, bien que j'aime la Sibérie.

Ne te ridiculise pas, Chantal !

Enfin tolérer l'effondrement.

Le sentiment de l'épuisement. *Toute cette quête grotesque, cette volonté de s'adonner à cette illusion*

que l'on pourrait atteindre quelque chose

et que cela signifierait quoi que ce soit. Juste pour une fois ***se livrer à***

cette création dans laquelle on se trouve en réalité. Ne plus essayer,

chaque jour toutes les résistances, ne pas maintenir, ne plus surmonter,

ne plus tout garder en marche, le préserver de l'effondrement

auquel il aspire.

Mais enfin, pour une fois,

enfin tolérer

l'effondrement.

Enfin tomber.

Nous nous arrêtons. Je me tiens à côté du samovar, à l'extrémité de la voiture, et je regarde par la fenêtre. Ma langue est presque anesthésiée par le thé brûlant. J'ai beau touiller, cela n'y change rien. Pendant les arrêts les toilettes restent fermées. Je glisse donc mon porte-monnaie dans ma poche et je descends. Où je me trouve, je l'ignore. Quelque part entre Novossibirsk et Irkoutsk. Il y a longtemps que j'ai perdu le sens de l'orientation. Le quai est recouvert d'une couche de glace. Le thermomètre indique moins vingt-sept degrés. Je me soulage dans les sordides toilettes de la gare. J'ai encore le temps d'acheter à une babouchka des pirojki fourrés à la viande hachée. Le temps semble avoir été arrêté par le gel. Je m'assois sur un banc, à côté de soldats russes, et j'écoute l'estropié qui joue de l'accordéon avec les doigts qui lui restent. Lorsque je reviens sur le quai, le train est parti. Le train est parti. Il est parti. Il a quitté la gare sans donner de signal. Je ne peux que douter du fait qu'il y ait même jamais eu un train. Je crois entendre au loin la musique de John Cage. Et me voilà plantée là, sans papiers, sans bagages, sans veste, sans livres. Les choses continuent leur voyage sans moi. Je suis enfin en droit de me sentir perdue. Sur le parvis de la gare, j'échange mon appareil photo contre un manteau de fourrure. Pour quelque cent ridicules roubles, j'achète des bottes et une chapka, et je me mets à marcher. De larges rues, des clôtures de bois déformées par le vent, çà et là de misérables cabanes. Je trouve dans une petite boutique de la vodka et des conserves. Je ne tarde pas à être dans la forêt. Dans les forêts infinies de la Sibérie, celles où aucun chemin ne ramène au point de départ. L'air est tellement cristallin que le monde me donne l'impression d'être transparent. J'ai le sentiment d'être éveillée pour la première fois depuis des années. La réalité brille. Et avec tout cela, je sens mon corps : les pas qui crissent sur la couverture de neige ; la chaleur ardente en moi ; le souffle lourd qui, chargé de vapeur, monte devant mes lèvres ; la gorge brûlée par la vodka. Le genre humain commence avec les pieds, dit Leroi-Gourhan. C'est une expérience archaïque, la marche debout, l'avancée. Il y a plus de trente mille années les ancêtres pérégrinaient déjà dans ces régions, de l'Asie centrale à l'Arctique, au détroit de Béring, au sud jusqu'au lac Baïkal, ils exploraient la solitude de la toundra, protégeaient avec détermination leurs inventions contre l'inhospitalité de la nature. Jusqu'à ce que le gigantesque bouclier de glace circumpolaire se retire de la Russie arctique, jusqu'à ce que les fleuves retenus depuis des millénaires par d'immenses digues de glace se fraient de nouveau un chemin et que des inondations cataclysmiques submergent les plaines, jusqu'à ce que la fin du dernier âge glaciaire, donc, les emporte. Je marche. Un pas, encore un pas. Je suis une perdue. Je marche sur la terre des damnés, me dis-je. Ce silence porte les chants du goulag. Cette terre recèle les corps des millions de bannis que les siècles lui ont apportés. Quelque chose bouge. Derrière un arbre. Je le prends pour un animal, un renard, un petit ours, peut-être une zibeline. La créature fiche le camp, je lui cours après. Elle a de courtes pattes. Je ne tarde donc pas à la rattraper. D'un bond de brochet, je l'attrape, je la tiens par la nuque, la bête ! Tu ne m'échapperas pas ! Une peur cruelle se lit dans ses yeux. Elle me plante fermement les crocs dans le bras. Alors seulement je reconnais ce qui gratte, feule, mord et se tortille. De quoi il s'agit.

Je te lâche, effrayée. Toi, l'enfant de Gyokusendo. Tu te campes devant moi et tu me regardes longuement. Ton souffle passe, frénétique, et passe, sur ta poitrine poilue. Tu fais la même taille que moi assise. Je doute de mon entendement. Je jette la première bouteille de vodka, qui décrit un long arc de cercle avant de tomber. Tu passes devant. Avec tes grands pieds protégés par leur fourrure. La forêt se fait plus clairsemée et nous entrons dans un blanc sans fin. Marches-tu avec moi dans la mort, enfant de Gyokusendo ? M'accompagnes-tu ? Tu ne dis pas un mot.

Près d'un rocher, tu trouves un petit abri. J'ai froid. Ton corps exhale une chaleur singulière. Tu n'as pas besoin de vodka. Je me tiens fermement contre toi et je raconte pour oublier le froid. Ton odeur n'est pas désagréable. Elle paraît familière. Je ne sens plus mes doigts. Je raconte et tu me regardes comme si ton esprit n'était pas sourd, comme si tu comprenais. Il était une fois, il y a 252 millions d'années. Un diapir de roche brûlante émergea à travers le manteau terreux de la Sibérie. La Terre ouvrit son gosier et pendant des centaines de milliers d'années ses entrailles crachèrent de la lave fluide en incandescence et des gaz. Un puissant flot de basalte se déposa sur toute une région du monde – les trapps de Sibérie. La Terre plongea dans un hiver volcanique. Mais bientôt le gaz qui s'échappait commença à réchauffer la planète, d'abord d'un degré, et bientôt de deux, trois, quatre, puis cinq. Des déserts s'étendirent. Les grands tapis roulants des océans, qui faisaient circuler l'eau et la chaleur tout autour de la planète, se bloquèrent et s'arrêtèrent. Les océans se transformèrent en bouillons anoxiques. Cela valut la mort à une grande partie de la vie terrestre. Mais on avait atteint un autre point de bascule, on avait déclenché un processus qui éteignit presque toutes les espèces restantes et produisit la plus grande extinction de masse de l'histoire terrestre. Les billions de tonnes de méthane stockées au fond de la mer, cet excrément microbien, se déstabilisèrent et montèrent dans l'atmosphère sous forme de bulles gigantesques. La planète se réchauffa encore plus, si bien que la quantité de méthane dégagé ne cessa d'augmenter et, avec elle, les températures. La chaîne alimentaire s'effondra. Presque toute la vie disparut de la Terre. Tu dors, enfant de Gyokusendo, tu dors profondément et à poings fermés. J'ai faim et j'assomme un lièvre arctique avec une branche lourde. Le sang m'écœure et je laisse l'animal au sol, à côté de toi. Puis je m'enfonce dans le blanc chatoyant.

« Un missionnaire naïf du Moyen Âge nous raconte même que lors de l'une de ses pérégrinations en quête du paradis terrestre, il a atteint l'horizon, là où le ciel et la terre se touchent, et trouvé un certain point où ils n'étaient pas hermétiquement soudés, à travers lequel il pouvait passer en penchant les épaules sous la voûte céleste. »

Vladivostok, effroyables maux de tête. Tu me manques, le Crâne.

Un ferry me fait traverser la mer du Japon.

5 **Voulez-vous un homme sain, le voulez-vous réglé & en ferme & sûre posture, affublez-le de ténèbres, d'oisiveté & de pesanteur.**

Montaigne

Si, voilà environ cinq milliards d'années, à l'intérieur de la Voie lactée, dans sa zone dense et turbulente proche du centre galactique, une étoile monstrueuse n'avait pas explosé, cette bombe thermonucléaire cosmique dégageant la lumière de 20 000 soleils n'aurait pas, grâce à ses ondes de choc, condensé un nuage de gaz en rotation ni provoqué des retombées radioactives, si, là-dessus, le nuage ne s'était pas effondré sous sa propre masse, il n'aurait pas, en conséquence de tout cela, une fois devenu le Soleil, dérivé en parcourant un trajet absurde vers l'extérieur, il n'aurait pas ainsi traversé les puissants bras en spirale de la galaxie, il ne se serait pas retrouvé, pour finir, dans leur zone marginale inhabituellement vide, la Bulle locale, dans laquelle il se trouve encore aujourd'hui, si, à l'intérieur du Système solaire, les éléments lourds de la poussière d'étoiles ne s'étaient pas agglomérés pour former des planètes, si, voilà quatre milliards d'années, le planétoïde Théia, de la taille de Mars, n'était pas entré en collision avec la prototerre, si ce violent carambolage n'avait pas fait fondre la Terre et disloqué ses éléments, si la Terre n'avait pas, ce faisant, incorporé le noyau de fer de Théia, si l'intérieur de la planète n'était pas, pour cette raison même, liquide et ardent depuis des milliards d'années, si aucun continent n'avait par la suite dérivé sur son écorce, s'il n'y avait pas eu de Lune née de cette collision, si les marées conditionnées par cette Lune n'avaient pas, au fil des éons, freiné l'absurde rotation de la Terre, s'il n'y avait par conséquent pas eu de vie naissante, si cette vie, pendant le cambrien, n'avait pas produit le sexe et la mort ainsi que la guerre de tous contre tous, si, bien plus tard, le sous-continent indien, dont la dérive était animée par la fournaise de la naissance de la Terre, n'était pas entré en collision avec la plaque eurasienne, si l'Himalaya et le haut pays tibétain ne s'étaient pas dressés à des milliers de mètres dans le ciel, si un changement climatique lourd de conséquences n'avait pas eu lieu du même coup, si le niveau de la mer n'avait pas baissé de deux cents mètres, si la Méditerranée ne s'était pas desséchée, devenant un bassin de lacs salés blancs, si la forêt humide d'Afrique orientale n'avait pas peu à peu reculé, si les primates africains n'avaient pas été soumis à un stress d'évolution massif et si l'environnement capricieux du laboratoire de la Grande Fosse de l'Est africain n'avait pas sélectionné un monstre prometteur, l'être humain, alors cette trop longue phrase n'aurait jamais été écrite et vous ne l'auriez jamais lue.

C'est donc un monstre qui parle ici et qui dit : « Il aurait mieux valu que ça se passe autrement. »

Le malheur a sans doute commencé de bonne heure – avec l'évolution de la membrane cellulaire, c'est-à-dire avec la délimitation du monde intérieur et du monde extérieur. Car les premiers unicellulaires, dans les océans précambriens, étaient en mesure de réagir à des stimulations par le biais de récepteurs situés dans la paroi cellulaire et capables de faire la différence entre ce qui faisait du bien et ce qui faisait du mal, entre nourriture et danger. C'était une première forme de protoconscience réflexe primitive depuis laquelle un sentier évolutionnaire sinueux et sans but mène au Moi humain – ce néoplasme à la marge extérieure. Ce qui suivit, ce fut la course aux armements des créatures, l'évolution des yeux, des gueules, des griffes et des carapaces en chitine, du manger et être mangé, la mutation, la variation, l'expansion et la mort – dans le combat pour les ressources, l'habitat et les partenaires sexuels –, ce jeu fatidique et paradoxal de forces, dans lequel chaque créature ne peut se maintenir que par l'élimination durable d'une autre, si bien que la volonté de vivre, écrit Schopenhauer, se nourrit en permanence d'elle-même et devient, sous différentes formes, sa propre nourriture.

Dans l'univers que nous connaissons et qui se trouve sous nos yeux, la conscience est un phénomène récent. Sur la base de notre savoir actuel, on peut formuler l'hypothèse suivante : la naissance de l'univers, la formation des galaxies, des étoiles, des planètes, la majeure partie de l'histoire de la Terre, la naissance de la vie et les milliards d'années de l'évolution – tout cela s'est produit sans conscience. Personne n'a *perçu* ce processus. Personne ne l'a *vécu* ou *observé*. Il s'est déroulé sans regard, sans savoir, sans idées, pratiquement dans une obscurité permanente. Il s'est accompli à partir de lui-même, dans le sobre accomplissement des lois de la nature. La conscience, l'expérience du phénomène, c'est-à-dire *l'apparition du monde*, est un événement marginal, récent et fortuit, un accident, un produit secondaire de l'évolution du système nerveux des animaux supérieurs. La nature ouvre les yeux en l'être humain et remarque sa propre présence. Par la conscience, la nature obtient une scène sur laquelle elle peut apparaître. Elle se dévisage elle-même et elle est mortellement effrayée. Comment pourrait-il en être autrement ?

Lorsque, à la fin du drame de Sophocle, Œdipe, roi de Thèbes, comprend la vérité – l'inceste et le parricide –, lorsqu'il *voit* pour finir dans quelle situation il se trouve, il s'arrache les yeux, les organes de la connaissance. Il se vole à lui-même la lumière. Ce qui est insupportable, ce n'est pas *ce qu'il voit*. Ce qui est insupportable, c'est la vision elle-même.

> « Arrachant les agrafes d'or qui servaient à draper ses vêtements sur elle, il les lève en l'air et il se met à en frapper ses deux yeux dans leur orbite. "Ainsi ne verront-ils plus, dit-il, ni le mal que j'ai subi, ni celui que j'ai causé ; ainsi les ténèbres leur défendront-elles de voir désormais ceux que je n'eusse pas dû voir, et de manquer de reconnaître ceux que, malgré tout, j'eusse voulu connaître !" Et tout en clamant ces mots, sans répit, les bras levés, il se frappait

les yeux, et leurs globes en sang coulaient sur sa barbe, ce n'était pas un suintement de gouttes rouges, mais une noire averse de grêle et de sang, inondant son visage ! »

Comment a-t-il pu se produire qu'un animal invente la connaissance ?

Ou, en d'autres termes : si, il y a environ soixante-six millions d'années, au passage de l'âge des calcaires au Tertiaire, l'astéroïde d'environ trois billions et demi de tonnes était passé à côté de la Terre, quels dinosaures brouteraient aujourd'hui, heureux et insouciants, sur le territoire de la ville de Tokyo ?

L'astéroïde explosa dans la mer tropicale à faible profondeur située au nord de la péninsule du Yucatán. En l'espace de quelques minutes, toute vie, dans un rayon de mille kilomètres, fut anéantie par la fournaise ainsi libérée, l'onde de choc et le tsunami qui s'ensuivit peu après. Des fragments de roche ardents furent catapultés dans l'espace en dépit de la pesanteur ou s'abattirent les jours suivants sur différentes parties de la Terre, déclenchant des incendies dont les flammes montaient jusqu'au ciel. Des volcans entrèrent en éruption et les mers devinrent des bouillons sulfureux. Saturée de poussière et de gaz qui la rendaient impénétrable pour les rayons du Soleil, l'atmosphère s'était assombrie. La Terre entra dans un hiver ténébreux. Les conséquences furent fatales à une grande partie de la vie terrestre et marine. Une extinction de masse débuta. Seuls survécurent les animaux plus petits qu'un petit chien de compagnie actuel. Pendant deux cents millions d'années, les dinosaures avaient dominé la vie sur la planète. Lourds, pour certains d'entre eux, de plusieurs tonnes, longs de plusieurs dizaines de mètres, ils avaient parcouru de leur pas pesant des supercontinents en dérive ; ils avaient survolé les mers avec leurs ailes allant jusqu'à douze mètres d'envergure. Tous furent victimes de la catastrophe et du changement climatique qui lui succéda. Seuls survécurent quelques petits sauriens prédateurs du groupe Maniraptora. Leurs descendants existent encore aujourd'hui : ce sont nos oiseaux. Ils descendent de ces reptiles qui vivaient dans des arbres et qui, à un moment donné, ont évolué pour devenir des sauteurs entre les arbres, c'est-à-dire que leurs pattes se sont transformées en ailes, pour former et perfectionner au fil des millions d'années leur art de la glissade et du vol.

L'extinction des dinosaures ouvrit une faille dans la biosphère de la planète. Là où, jadis, était la vie, régnaient désormais la mort et le vide. Un espace s'ouvrit ainsi à la nouveauté. Vint alors la grande heure d'un phénomène marginal et jusqu'alors négligeable de la vie terrestre : les mammifères. Parmi les minuscules représentants de ce genre se trouvait une créature que ses descendants doués de langage baptiseraient un jour *Purgatorius*, non pas d'après les flammes de l'au-delà chrétien, mais d'après le lieu de découverte d'un fossile, le Purgatory Hill, dans l'État du Montana, aux États-Unis. Cette créature insectivore, de la taille d'une souris, était un précurseur des primates. Elle avait effectivement échappé aux flammes géologiques. De cet habitant des arbres naîtrait entre autres, bien des millions d'années plus tard, un singe marchant debout, parlant et apte à pratiquer l'assassinat de masse, qui s'attellerait à la tâche consistant à transformer la planète.

L'expérience du *gigantisme*, de la transgression physique qui cherche dans la pure grandeur la recette de la survie, avait fait ses preuves pendant des centaines de millions d'années sous la forme des dinosaures et avait pourtant connu une fin brutale. Peut-être le temps était-il venu d'une nouvelle expérience de la nature : le *gigantisme de l'esprit*.

L'histoire de l'évolution des primates se déploie dans le contexte d'un monde de plus en plus froid et toujours plus inhospitalier. À quelques passages près, on peut dire que notre planète se refroidit depuis cinquante-cinq millions d'années. Ce sont les longs adieux au Moyen Âge de la Terre, un âge sans glace, humide et chaud. Dans les hautes latitudes où, jadis, vivaient encore des crocodiles et des lémuriens volants, le gel s'installa. La forêt humide modérée de l'Antarctique laissa place à un gigantesque bouclier de glace.

Les forêts humides tropicales se retirèrent dans les régions équatoriales. Les espaces de vie se réduisirent. Les espèces mouraient par blocs entiers. Que s'était-il passé ?

Ce sont des processus géologiques déployés sur des millions d'années qui apportèrent la glace à la Terre. La plaque indienne qui, à la fin du Trias, s'était séparée de l'ancien supercontinent entra en collision, il y a environ cinquante millions d'années, avec la plaque eurasienne. Ce fut une collision tellement violente qu'en l'espace de dizaines de millions d'années la croûte terrestre, semblable à un accordéon, se déploya jusqu'à près de 9 000 mètres dans l'atmosphère. L'Himalaya, le Karakoram, l'Hindou Kouch, le Pamir et le haut plateau tibétain apparurent. La collision dure encore aujourd'hui. Quelque chose de similaire s'est produit à la même époque à la suite de la subduction du Pacifique sous la plaque nord-américaine et de la plaque de Nazca sous l'Amérique du Sud. Les Rocky Mountains et les Andes se cabrèrent. Le choc de l'Afrique et de l'Eurasie donna naissance aux Alpes. Les circulations atmosphériques et océaniques furent ensuite massivement transformées, les *jet-streams* déviés, la mousson lancée et les gigantesques mouvements de bouleversements des océans durent se frayer de nouvelles voies.

La roche est prise dans une mutation sans fin. En s'adossant à la fameuse sentence d'Héraclite, on pourrait dire qu'il est impossible d'escalader deux fois la même montagne. Chaque fois ce sera une autre. On donne le nom d'érosion à l'un des plus importants processus de métamorphose minérale. C'est le grand cycle du carbone : la pluie s'attache le CO_2 dans l'atmosphère, réagit avec la roche de la croûte terrestre, la désagrège, déverse dans les mers le dioxyde de carbone que cette rencontre a agrégé, où des organismes en font leur habitat de calcaire qui, après leur mort, plonge dans les eaux profondes, avant que les mouvements tectoniques l'enfoncent à l'intérieur de la Terre où la chaleur et la pression libèrent le gaz, lequel s'échappe à nouveau dans l'atmosphère, avec la lave, au-dessus des cratères des volcans. Un cycle qui dure des millions d'années.

Alors, que s'était-il passé ? Avec le déploiement des montagnes, d'immenses surfaces de roche furent livrées à l'érosion. Les chutes de pluie de la mousson, désormais déclenchée, sur les flancs de l'Himalaya multiplièrent son effet de désagrégation. Une machinerie englobant le monde entier avait été mise en marche pour lier le gaz atmosphérique à effet de serre. Les températures tombèrent.

Il y a quarante millions d'années, le continent antarctique dériva vers le pôle Sud. Ce fut un événement lourd de conséquences pour le climat global. Car seul ce glissement fortuit, étalé sur des millions d'années, d'une masse de terre dans la région polaire permit la formation d'un bouclier glaciaire solide. Le courant circumpolaire antarctique se forma, ce tourbillon de vent et d'eau entourant le pôle Sud qui isolait l'Antarctique du point de vue thermique et refroidissait la Terre. On avait ainsi mis en marche un effet rétroactif qui s'amplifiait lui-même. Car la glace, selon la loi de l'albédo, engendre encore plus de glace. Le blanc éclatant de la surface reflète le rayonnement réchauffant du Soleil vers le cosmos. Vous le devinez, le climat devint plus sec et plus froid.

Au sein d'un monde bon et sûr dans lequel une génération trouve à son arrivée la même chose que celle qui lui succède, dans lequel le climat demeure stable et prévisible et où les conditions environnementales ne se transforment pas, les populations ont un comportement inerte et conservateur. On préserve ce qui a fait ses preuves. En revanche, si des bouleversements brutaux se produisent, le monde de la vie se transforme sur un laps de temps trop court. Que vienne à disparaître une trop grande partie des habitats dans lesquels une espèce est capable de survivre, celle-ci s'éteindra – comme les dinosaures. Mais si la mutation est moins fulgurante ou moins globale, si des pans d'une espèce demeurent dans de petits lieux variables, alors quelques rares mutants dont le hasard veut qu'ils soient mieux adaptés aux nouvelles conditions évoluent sous de nouvelles formes. C'est de tels mutants que nous sommes issus.

Pris en tenailles entre deux processus animés par le hasard – le climat en cours de changement et la mutation génétique –, le mal suivit donc son cours. Sans but, sans direction, notons-le bien ! car il n'existe absolument aucune quête du plus complexe qui soit inhérente à l'évolution. Il n'existe pas de formes de vie supérieures ou inférieures. Il existe plutôt des organismes qui réussissent, par exemple les bactéries, qui existent presque sans modification pour des milliards d'années, et des feux follets vacillants comme l'être humain. Ce n'est pas le mouvement vers le supérieur qui a fait naître les créatures complexes sur la planète : c'est exclusivement le mouvement d'*expansion*. Car une fois que toutes les niches écologiques sont occupées, la vie pénètre dans ces secteurs périlleux et embrouillés au cœur desquels seul un appareil psychique plus complexe accroît la probabilité de la persistance.

Parmi les primates éreintés, au nombre fortement réduit, qui ne survécurent à ces évolutions risquées qu'à proximité de l'Équateur, se trouvaient aussi et déjà, voilà vingt-trois millions d'années, ces singes sans queue que l'on classe dans la famille des hominidés, des anthropoïdes. Deux conquêtes essentielles les ont portés dans leur avenir imprévisible : la capacité à voir les couleurs, c'est-à-dire une *perception différenciée*, et des *articulations flexibles*, une innovation encore inédite de l'évolution, qui permit non seulement aux singes d'élargir la gamme de leurs mouvements et, désormais, de se suspendre, de sauter, de grimper et d'attraper à leur gré, mais aussi et surtout d'offrir à leurs descendants, de nombreux millions d'années plus tard, la possibilité de développer une nouvelle relation au monde, de com-*prendre* les choses et de se transformer en un animal capable de fabriquer des outils et des armes.

Ce sont les passe-frontières qui créent du neuf. Les populations centrales qui logent au paradis des fruits, celles qui règnent sur les meilleures cimes des arbres et se remplissent le ventre jour après jour, vivent dans le confort, sont heureuses et imperfectibles. Les innovateurs, au contraire, sont les crève-la-faim, les exclus et les faibles, ceux qui vivent à la marge, là où l'existence devient un combat perpétuel. C'est seulement dans ce territoire seuil, alors que la disparition les guette, que les mutations ont lieu et que le neuf peut naître pour faciliter la survie. C'est en cela que réside la justice poétique des bouleversements climatiques : ce sont les anciens va-nu-pieds et autres crève-la-faim qui, lorsque les conditions environnementales se dégradent, transforment le désavantage en réussite. Ce sont eux, alors, qui continuent à exister tandis que la population meurt de faim sans rien pouvoir faire dans l'ancien paradis des fruits. J'appelle ce principe *Survival of the weakest.*

Ce sont donc par exemple les passe-frontières qui, il y a 16,5 millions d'années, aux lisières extérieures des zones d'habitat, se sont procuré dans leur grande détresse un immense avantage en développant un émail dentaire épais qui leur permettait de se nourrir désormais de feuilles et de noix plutôt que de simples fruits mûrs. C'étaient ces artistes de la survie qui, dans la phase de chaleur provisoire du miocène, déclenchée par l'activité volcanique, se répandirent sur le monde, du Kenya à la Namibie, de la péninsule Ibérique jusqu'en Chine et qui, par la suite, se différencièrent pour exploiter divers segments des nouveaux espaces de vie. Orangs-outangs, gibbons, gorilles, chimpanzés et humains sont les uniques survivants de cet âge d'or des singes au miocène moyen.

Car la litanie se répète. Le climat devint plus froid. Il devint plus sec. Les zones d'habitat régressèrent. Des espèces s'éteignirent. Quelques populations simiesques réduites survécurent en Afrique tropicale et en Asie du Sud-Est.

C'est le cycle de vie singulier du myxomycète unicellulaire *Dictyostelium discoideum.* L'espèce est d'abord composée d'amibes unicellulaires individuelles, de solitaires qui habitent les milieux humides où ils passent leur temps à croître, à se diviser et à se nourrir de bactéries et de végétation en putréfaction sans penser à rien. Cet état paradisiaque de l'amibe myxomicétique, cette vie en solitaire dure tant que les conditions environnementales se dégradent. Que vienne la sécheresse, que l'offre en bactéries diminue, et voilà les amibes qui commencent à émettre un signal de stress chimique. Le renoncement de la molécule débouche sur un étrange phénomène. Certaines amibes remontent à l'origine du signal de détresse chimique et commencent elles aussi à en sécréter un. Le résultat est grotesque. Les individus se regroupent en une union cellulaire poisseuse, une grande amibe sociale dont le nombre d'individus peut atteindre les 100 000. Dans ce qu'on appelle le stade de la limace, l'agrégat social commence à errer sur une couche de mucus, en quête d'un morceau de sol à exploiter. Quand il en a enfin trouvé un, le monstre s'installe, sort un doigt et se transforme en un fruit, composé d'une tige et d'un chapeau constitué de spores. À ce stade, insensible à la chaleur et à la sécheresse, la colonie de cellules s'immobilise et métabolise d'autres sources de nourriture pour ne pas mourir de faim. On attend des temps meilleurs. Si des conditions humides finissent par revenir, les spores germent, libèrent des milliers d'amibes unicellulaires qui essaiment aussitôt pour passer leur vie en solitaires dévorant des bactéries, jusqu'à la sécheresse suivante.

L'homme est le myxomycète parmi les singes. Nos ancêtres, eux aussi, se sont regroupés pour résister à un environnement hostile. Eux aussi ont développé des capacités extrêmement complexes pour perdurer dans des conditions inconstantes. L'homme est une créature sans qualités. C'est un généraliste. Il n'est adapté ni à la glace comme le pingouin de l'Antarctique, ni à la forêt humide comme l'oiseau de paradis, ni au désert comme le chameau, ni aux arbres, ni à des cavernes, ni à des côtes, ni à des régions alpines. L'homme n'est adapté à rien mieux qu'au changement lui-même.

C'est en janvier 1974, sur les rives du lac Tanganyika, en Tanzanie, dans l'est de l'Afrique, que les Kasalekas se mirent à tuer systématiquement les Kahamas. Les groupes hostiles avaient jadis formé une communauté. Ils avaient grandi ensemble, avaient partagé leur nourriture et joué aux mêmes jeux. Et voilà qu'ils commençaient à s'entretuer. Une troupe de mâles kasalekas du Sud entra en formation serrée, les uns pressés contre les autres, sur le territoire de leurs voisins, guettant le passage de chaque mâle kahama pour le tuer d'une manière atroce. La guerre de conquête et d'extermination qui se déchaîna par la suite dura quatre ans et s'acheva sur l'extinction complète des Kahamas. Dans un premier temps, les mâles furent systématiquement isolés et mis à mort, puis ce furent les petits, et en dernier lieu les femelles, qui furent enlevées et violées.

« J'ai dû lutter pendant des années pour me faire à cette découverte », écrit Jane Goodall, qui a étudié les chimpanzés durant des décennies. « Souvent, quand je me réveillais en pleine nuit, des images défilaient dans ma tête sans prévenir – Satan qui pose ses mains en forme de coupe sous le menton de Kinn afin de boire de son sang qui coule d'une grande plaie sur son visage ; le vieux Rodolf, si bienveillant d'habitude, qui se dresse pour lancer une pierre de deux kilos en direction du corps étendu de Godi ; Jomeo qui arrache un morceau de peau sur la cuisse de Dés ; Figan qui, sans cesse, reprend son élan pour frapper le corps blessé et tremblant de Goliath, l'un des héros de son enfance... »

Nos plus proches parents, les chimpanzés, avec lesquels nous partageons 98,5 % de notre patrimoine génétique, sont capables d'avoir un comportement stratégique empreint de cruauté que l'on ne prête d'habitude qu'à l'être humain : la guerre.

S'agit-il alors d'un comportement territorial au service de la préservation de l'espèce qui se manifeste dans l'assassinat stratégique collectif ? Est-ce l'évolution qui nous a pourvus d'un programme héréditaire nous poussant à la cruauté ? Sont-ce les sursauts de machines génétiques de survie en lutte pour les ressources et les partenaires sexuels qui animent l'histoire humaine ?

Voilà 2,7 millions d'années, la collision des plaques pacifique et caraïbéenne a provoqué la fermeture du détroit de Panama. L'eau chaude de l'Atlantique poussée par l'alizé ne pouvait plus s'écouler dans le Pacifique, s'est accumulée dans les Caraïbes puis réchauffée dans le golfe du Mexique et, à partir de cette date, s'est épanchée vers le nord sous la forme du Gulf Stream, où celui-ci a provoqué une hausse de l'évaporation et des précipitations, hausse qui a pour sa part encouragé la formation de gigantesques boucliers de glace en Alaska, au Groenland et dans le nord de l'Europe, et a finalement entraîné la constitution de la banquise dans la mer du pôle Nord : le monde avait basculé dans l'ère glaciaire du Quaternaire. Les deux millions d'années qui ont suivi, jusqu'à notre époque, ont été caractérisées par un climat instable et fluctuant dans lequel alternaient époques glaciaires et époques interglaciaires, plus chaudes.

Dans les forêts humides tropicales d'Afrique, la patrie de nos ancêtres, les arbres perdaient leur cime au fur et à mesure que la sécheresse augmentait, laissant plus de place pour les végétations au sol. Les savanes se propagèrent. Seules trois espèces de singes survécurent à ces caprices climatiques : tandis que gorilles et chimpanzés limitaient définitivement leur espace vital en développant la marche sur les mains et les pieds, l'homme renonçait à sa vie en haut des arbres et s'installait dans la savane. Un tournant fatidique.

Peut-être l'avez-vous déjà remarqué : certaines nuits, il me semble sentir clairement, et cela me met d'humeur mélancolique, que la Terre se gondole. Elle serpente sur son orbite. Son axe, qui a une tendance à l'elliptique, tourne sur lui-même en respectant un cycle régulier d'environ 26 000 ans. On donne à ce type de période de précession le nom d'année-monde. (Imaginez une toupie qui tourne rapidement autour de son axe tout en tombant en vrille.) Il se trouve que le vertige de la Terre provoque des variations saisonnières et géographiques du rayonnement solaire. Cela le rend coresponsable non seulement de l'alternance des périodes de froid et de chaleur des derniers millions d'années, mais aussi du décalage sensible des modèles globaux de précipitation. C'est ainsi qu'il est arrivé que des périodes de pluies diluviennes alternent avec des époques de sécheresse dans la fosse d'Afrique orientale – ce gosier géographique d'où nous sommes sortis. Le jardin d'Éden s'est transformé en enfer qui s'est transformé en jardin d'Éden. Dans ces plissements de la croûte terrestre d'Afrique orientale, dans cette gigantesque déchirure au sein de laquelle est né l'homme, se sont formés de puissants lacs d'eau douce qui se sont remplis sur des centaines de mètres de profondeur puis se sont évaporés, ont séché, se sont de nouveau remplis et ont disparu. Comme le montrent les études menées sur les sédiments marins, cela s'est fait dans de brefs laps de temps, au battement de la seconde géologique. Les bassins pouvaient se remplir en moins de cent ans. Les changements de climat dévastateurs qui ont poussé notre espèce à se fourvoyer se sont accomplis au rythme du temps humain.

C'est le climat, c'est l'incertitude qui ont conduit cette créature sans qualités, désormais apatride et chassée des arbres, à développer un organe qui lui permettait d'anticiper, de planifier, d'imaginer des mondes possibles, de vivre avec le risque, avec l'incertitude écologique et sociale. Le résultat est le *cerveau machiavélien.* Car, nous expliquent les chercheurs sur le cerveau, rien n'a fait autant grandir et pulluler comme un cancer notre cortex, lui qui voilà des centaines de millions d'années servait encore d'organe de l'odorat aux poissons, rien, donc, ne l'a fait croître autant que l'interaction sociale. L'homme est un *zoon politikon*, un animal grégaire qui a besoin de la collectivité parce qu'elle lui apporte une protection et assure sa survie. Mais la conséquence en est qu'il lui faut une masse cérébrale surdimensionnée pour pouvoir subsister dans le groupe des singes anthropoïdes, pour survivre aux rivalités et aux sournoiseries de la tribu, pour ne pas se contenter de penser, mais aussi réfléchir à ce que l'autre pense, pas seulement pour savoir, mais aussi pour savoir que l'autre sait et pour pressentir ce qu'il croit savoir sur moi ou quel mensonge il raconte à mon propos et en toute connaissance de cause à un tiers. C'est la naissance de l'empathie humaine, cette capacité embrouillée qui permet aussi bien le comportement altruiste que l'intrigue, le soin que la manipulation, qui nous permet de vivre dans des relations complexes les uns avec les autres, d'inventer l'amour aussi bien que d'autres formes perfides de la torture. Le fait que les aïeux se soient regroupés a provoqué une course à l'armement de l'esprit et, à sa suite, l'avènement d'une sphère protectrice, d'une couveuse de la civilisation. Il s'agissait d'un déplacement de l'abîme. Plus le monde extérieur qu'il faut maîtriser est embrouillé, plus le monde intérieur qui se donne cette mission à accomplir doit tenir du sac de nœuds.

Comment, donc, survivre dans des conditions hostiles ? En développant le pouce qui, seul, permettait un rapport complexe à l'environnement ; par la marche debout, qui permit d'accomplir de grands trajets, d'épier, de tenir un cerveau grandissant en équilibre sur la colonne vertébrale, d'attraper et de frapper avec des mains libres, de ne plus avoir à saisir, en revanche, avec la bouche, et donc de s'en servir pour parler et pour embrasser ; par la consommation de viande, seule à même de rassasier l'appétit d'énergie de ce cerveau parasitaire ; par l'abaissement du larynx, qui favorisa une modulation nuancée des sons et créa ainsi les conditions d'une invention du langage ; par l'abandon de la fourrure et le développement des glandes sudatoires qui refroidirent nos corps pendant les chasses laborieuses ; par la maîtrise du feu, pour défier le froid mais aussi le chagrin en racontant des histoires ; par l'imagination, la représentation de ce qui est simplement possible et la division des mondes intérieurs au moyen du langage et de l'art ; par l'incroyable rassemblement et la constitution de groupes ; par la transmission de cette forme entièrement nouvelle de la relation à l'information, après tous les éons de l'histoire terrestre au cours desquels seules les chaînes de molécules du génome conservaient le savoir ; par la fabrication d'outils et d'armes, qui fit de l'homme un prédateur sans griffes ni canines déchirantes. « Aucune histoire universelle ne mène du sauvage à l'humanité, écrit Adorno, mais on en trouve une, en revanche, qui va de la catapulte à la mégabombe. »

C'est une nouvelle forme de chasse que cultivaient nos ancêtres. La condition en fut une agression ciblée du groupe. Car pour accéder à la viande, cette précieuse source d'énergie qui, seule, permettait de nourrir suffisamment le métabolisme du cerveau en expansion, les ancêtres devaient prendre d'énormes risques, accepter le danger et les privations. Il s'agissait, dans cette savane où l'on était tant exposé, de guetter la proie, de la blesser et de suivre ses traces de sang, parfois pendant des jours. Il fallait un couplage neuronal pervers pour rendre ce martyre attrayant, un mécanisme de récompense pour faire oublier la soif, la faim, la peur, les douleurs et l'effort, et euphoriser au contraire l'expérience de la chasse : un cocktail biochimique de testostérone, de dopamine et d'autres transmetteurs drolatiques. La vue du sang, le combat de la proie pour la survie, la mort de la créature, le triomphe de la survie et l'expérience du groupe, tout cela s'amalgama en une perfide expérience du plaisir, en un vertige, une ivresse conditionnée par un réseau neuronal consacré à la chasse. Il trouve son compte dans les massacres et les pogromes de l'histoire de l'humanité : le goût de l'assassinat au sein du troupeau enivré et sans esprit ; la possibilité de l'impulsion irréfléchie, que tout homme a reçue en héritage et qui déconnecte en un clin d'œil l'inhibition du meurtre provoquée par le cortex frontal. L'*Homo sapiens* n'est pas seulement un descendant de chasseurs ayant connu la réussite, mais l'une de ces créatures particulièrement agressives qui se sont affirmées au moyen de confrontations violentes. Il existe toutefois un deuxième narratif de l'histoire de l'évolution qui donne peut-être matière à espérer. Dans cette version plus conciliante, il est question des bonobos, qui sont nos plus proches parents après ces chimpanzés capables de commettre des assassinats. Ces singes fascinants, organisés en matriarcat, c'est-à-dire dont les structures sociales sont dominées par des femmes, ne connaissent pratiquement pas la violence. Ils résolvent au contraire les tensions par un moyen beaucoup plus jouissif, à savoir le sexe, par des célébrations copieuses, complexes et orgiastiques du plaisir. Quand des groupes de bonobos se rencontrent, cela déclenche une copulation amicale.

Ce sont deux mythes de l'Orient antique qui définissent l'homme comme une créature hybride : pourvu du savoir des dieux, mais sans leur immortalité. Dans le mythe babylonien, c'est Adapa, le fils du dieu Ea, qui hérite certes du savoir divin de son père, mais pas de sa vie éternelle. Lorsque le vent du sud déchire le filet avec lequel il pêche, il se venge en brisant d'un puissant juron les ailes du dieu du vent. Il doit ainsi se présenter devant le trône du roi des dieux, Anu, pour se justifier. Par peur de la punition et de la mort, il refuse les mets qui lui sont proposés. Ce sont pourtant les mets de l'immortalité qu'il repousse, alors que les dieux voulaient s'en servir pour faire d'Adapa l'un des leurs. Mais en agissant ainsi, il demeure dans un état précaire qui regroupe savoir et mortalité.

Dans le mythe biblique du péché originel, Adam et Ève mangent le fruit de l'arbre de la connaissance et entrent, comme Dieu, en possession du savoir. Mais avant qu'ils ne puissent consommer le fruit de l'arbre de la vie, ils sont chassés du paradis. Les deux mythes définissent l'homme comme l'animal qui en sait trop et a trop peu de vie. La connaissance ouvre un savoir sur l'avenir, mais pas de prise sur celui-ci. Les hommes reçoivent une distinction fatale : ils ont le droit d'être des habitants du temps, c'est-à-dire des pièces uniques et historiques ayant un regard prémonitoire, mais sans survivre au temps. C'est un état intenable. « Heureux êtres célestes, qui connaissez tout dans la lumière ! » écrit Marsile Ficin. Des animaux sûrs qui vivent dans l'obscurité et n'ont pas de compréhension pour le futur ! Des êtres malheureux et emplis d'angoisse qui, d'une certaine manière, errent dans le brouillard ! C'est l'incertitude à propos de l'avenir qui maintient les hommes en mouvement comme le « balancier » d'une horloge. Saint Augustin a appelé cela l'agitation du cœur : « Notre cœur est agité jusqu'à ce qu'il repose en toi. »

Avoir goûté le fruit de l'arbre de la connaissance eut des conséquences funestes. Le savoir produisit une déchirure, une scission effroyable et béante. Il mena à une perte de la concordance avec le monde. La vie n'était désormais *plus évidente à elle-même*, comme elle l'est encore pour l'animal qui, simplement, existe. Le singe pensant devint à lui-même douteux. Il devint monstrueux. Il ne pouvait s'empêcher de poser des questions. Pourquoi ? criait-il et personne ne répondait. Ce fut le début de la chute.

L'homme agité réagit en utilisant un truc. Il inventa Dieu. Il devint un platonicien. Scindé d'avec le monde et incapable de déduire une signification à partir de lui-même, il conçut une ébauche de Ciel, un monde des idées transcendant qui, à lui seul, lui permettait de se légitimer. Comme une réplique de l'éternel. C'était une feinte compliquée qui révèle clairement le goût humain de l'illusion faite à soi-même. Pourtant, le cerveau, organe de la connaissance et de l'illusion tout à la fois, découvrit ses propres combines.

L'effroi s'exprime déjà dans les mots du penseur Jean Paul. Dans son *Discours du Christ mort depuis l'édifice du monde affirmant qu'il n'est point de Dieu*, ce sont les morts qui, dans une scène de cimetière médiévale, appellent le corps défunt du Rédempteur.

> « Le Christ ! Il n'est point de Dieu ! Il répondit : "Il n'y en a pas. J'ai parcouru les mondes, je suis monté dans le soleil et j'ai volé avec les voies lactées dans les déserts du ciel ; mais il n'est point de Dieu. Je suis descendu, aussi loin que l'Être projette son nombre, et j'ai regardé dans l'abîme et j'ai crié : Père, où es-tu ? mais je n'ai entendu que la tempête éternelle. Et lorsque j'ai levé les yeux vers le monde incommensurable pour y trouver l'œil divin, il m'a regardé avec une orbite vide et sans fond ; et l'éternité reposait sur le chaos et le rongeait et se remâchait." – Partez et criez, fausses notes, déchirez de vos cris les ombres car Il n'est pas ! »

Dans un texte de 1917 intitulé *Une difficulté de la psychanalyse*, Sigmund Freud postulait l'existence de trois vexations – ce sont plutôt des moments d'effroi – qui ont ébranlé le narcissisme du sujet des temps modernes. La première a été celle de Copernic. Elle a renvoyé l'homme, jusqu'alors cime et centre de la Création, hors du centre de l'univers et dans sa marge insignifiante. Ce fut la vexation de la marginalisation cosmologique. Le deuxième coup porté à l'hubris de l'*Homo sapiens* fut la révolution darwinienne du XIXe siècle. Désormais l'homme n'était plus une création divine spécifique, mais un haplorhinien à peu près dépourvu de poils. Tout au plus l'objet d'une genèse visqueuse et primitive. Enfin, Freud considérait qu'avec la psychanalyse, la troisième grande vexation était arrivée. Le moi n'était « pas maître chez lui », c'était un esclave de l'inconscient.

À la courte liste des moments d'effroi, j'aimerais ajouter quelques exemples : celui de la découverte du temps profond, avant même l'époque de Darwin. Au XVIIIe siècle, Georges-Louis Leclerc, comte de Buffon, élabora la théorie insensée selon laquelle la Terre, loin d'avoir été créée par Dieu il y a 6 000 ans, comme on le déduisait de la Bible, avait selon ses calculs 74 832 ans, une durée qui apparut forcément à ses contemporains d'autant plus inconcevable et gigantesque que les théologiens de la Sorbonne, écumant de rage, forcèrent Buffon à expier et à récuser ses théories qui rendaient intelligible ce « sombre abîme d'un temps monstrueux ». Qu'auraient bien pu dire les contemporains de Buffon d'un univers âgé de près de quatorze milliards d'années ? Le « substrat de moisissure » pensante de la planète – dixit Schopenhauer – frissonna devant les espaces immenses et les cycles temporels écrasants de la nature. (Et moi-même, je ne supporte pas non plus l'idée que la distance entre la Terre et notre plus proche galaxie voisine, la nébuleuse d'Andromède, s'élève à 2 500 000 années-lumière, un nombre inconcevable. Comment vous en sortez-vous avec ça, vous ?) « Le silence éternel de ces espaces infinis m'effraie », écrit Pascal.

Celle qui est peut-être la plus belle des trois vexations insolentes de l'hubris humaine a permis de comprendre au début du XXe siècle que le si fier organe de l'*Homo sapiens* – son cerveau, qui a enflé au cours de l'évolution – ne peut ni saisir ni se représenter la réalité de cet univers. La réalité physique – dans le grand domaine macroscopique du cosmos comme dans celui, microscopique, des quantums – est au contraire fort peu parlante et, semble-t-il, d'un illogisme répugnant. Einstein et Planck ont fait la honteuse découverte que l'esprit narcissique, qui s'intéresse et se limite exclusivement à la dimension humaine, est aussi peu capable de se représenter la réalité du cosmos qu'une amibe ingénue dans une flaque boueuse sibérienne est en mesure de se figurer le climat global.

Et d'autres découvertes corrosives ont suivi : par exemple la découverte systémique du fait que nous agissons en fonction des lois de l'essaim ; la découverte écologique selon laquelle nous dépendons d'un écosystème complexe ; la découverte technologique du fait que nous nous reconnaissons nous-mêmes comme des fins de série et des serviteurs de nos artéfacts ; la découverte neurobiologique selon laquelle le sublime Moi n'est rien d'autre que l'effet d'un réseau neuronal ; la découverte téléologique qui démasque comme une illusion ce que nous appelons généralement le progrès.

« Depuis Copernic, l'homme roule de plus en plus vite en s'éloignant du point central – vers où ? écrit Nietzsche, vers le néant ? Vers le sentiment térébrant de son néant ? » Le gai savoir, la connaissance qui a garanti la survie aux hommes primitifs, qui passait encore chez les Grecs antiques pour une promesse unique, un chemin vers le bonheur, ce gai savoir se révèle être un instrument nous ouvrant les yeux sur notre propre impuissance et sur notre caractère fortuit. Il devient une science désespérée. Le bien, le vrai et le beau sont en fait le mauvais et le laid. J'ai de la sympathie pour l'idée que c'est précisément le projet le plus grandiose de l'homme, à savoir le projet prométhéen de maîtrise de la nature et du progrès inépuisable de la connaissance, qui pousse l'homme vers sa propre disparition.

> Dans un quelconque recoin perdu du cosmos flamboyant dans d'innombrables systèmes solaires, il y eut un jour un astre sur lequel des animaux intelligents inventèrent la connaissance. Ce fut la minute la plus arrogante et la plus mensongère de l'histoire du monde; mais ce ne fut tout de même qu'une minute. Quelques souffles de la nature suffirent, et l'astre se figea, les animaux

> **intelligents furent voués à la mort. – Ainsi, quelqu'un pourrait inventer une fable sans avoir pourtant suffisamment illustré de quelle manière pitoyable, spectrale et fugace, inutile et arbitraire l'intellect humain se comporte au sein de la Nature. Il y a eu des éternités au cours desquelles il n'existait pas; quand c'en sera de nouveau fini de nous, rien ne se sera produit.**

Ce que Nietzsche formule ici est une idée lucide : le chemin qui mène de la pierre à la conscience est une impasse. Qu'est-ce que l'esprit humain ? C'est la conséquence d'une série de catastrophes et de hasards, le produit d'un ordre indifférent qui déploie son intelligence lucide et dont le seul véhicule est l'être humain.

Contrairement à ce que croit Goya, ce n'est pas le sommeil de la raison qui engendre les monstres, c'est la raison elle-même qui les crée ou qui, du moins, fait apparaître à celui qui pense la monstruosité de l'existence. La pensée pousse toujours vers sa propre dissolution.

Le nihilisme – une conséquence de la connaissance et donc de l'histoire de la Terre elle-même – n'est, selon Heidegger, « pas seulement un phénomène historique parmi d'autres, pas seulement un courant intellectuel qui survient à côté du christianisme, à côté de l'humanisme et à côté des Lumières au sein de la société occidentale. Pensé dans son essence, le nihilisme est plutôt le mouvement fondamental de l'histoire de l'Occident. Ce mouvement se situe à une telle profondeur que son déploiement ne peut plus avoir d'autre conséquence que des catastrophes mondiales ».

Et les catastrophes mondiales ont suivi.

Existe-t-il des vérités, existe-t-il des idées que nous ne puissions intégrer à l'image que nous avons de nous-mêmes et à notre conception de la réalité sans tomber malades ou, du moins, sans devenir des hypocrites ?

On ne peut pas produire raisonnablement d'argument fondamental contre l'assassinat. La vie, une fois qu'elle a pris conscience de son propre caractère de créature éphémère, ne peut au contraire faire face à la connaissance qu'en se défendant de la mort par le meurtre, par l'extinction de soi ou par l'oubli auquel notre présent matérialiste vulgaire s'est voué d'une manière tellement inconditionnelle. L'assassinat efficace, industrialisé, pratiqué par les nazis, l'extermination rationalisée de millions de personnes, qui produisait des cadavres comme on produit des autos ou des radios, a été la conséquence de la connaissance elle-même. Elle a été le fruit de la réévaluation nietzschéenne de toutes les valeurs et de l'alliance nouée entre le biologisme et le capital.

En l'homme, le monstrueux vient à lui-même. C'est la connaissance de soi d'un univers indifférent et, en cela, d'une nature dans laquelle la mort de l'individu profite à la conservation de l'espèce. Il n'y a pas de salut, pas d'utopie, tournée vers l'arrière ou vers l'avant, qui pourrait dépasser ce dilemme fondamental.

La connaissance est terrible.

Le 28 février 1954, des ingénieurs des États-Unis déclenchèrent pour la première fois, à titre de test, une bombe à hydrogène sur l'atoll de Bikini. Avec une puissance de quinze mégatonnes, soit mille bombes de type Hiroshima, ce qui est inconcevable, la détonation produisit un champignon nucléaire qui s'éleva à plusieurs milliers de mètres, jusque dans la tropopause. L'équipage d'un navire de pêche japonais qui évoluait très loin de là dans l'océan Pacifique, navire portant le nom d'*Heureux Dragon V*, fut gravement atteint par le rayonnement radioactif. Le radio du navire mourut quelques mois plus tard de la maladie des rayons. Six autres pêcheurs eurent un cancer. Dans le Japon de l'après-guerre, il n'y avait plus de place pour l'indignation de la population. Les relations diplomatiques avec les États-Unis étaient tendues. La guerre froide tenait déjà le monde dans ses serres.

Mais le trauma collectif réactivé d'Hiroshima et de Nagasaki allait bientôt se voir attribuer une nouvelle représentation dans l'imaginaire culturel. C'était une fantasmagorie de l'horreur, un monstre, inventé pour rendre tout de même compréhensibles les terreurs de ce que l'on ne pouvait maîtriser : *Godzilla*.

Avec un raffinement technique jusqu'alors inconnu, on créa la même année pour l'écran une créature qui devait incarner le pouvoir de l'anéantissement nucléaire lui-même. Dans le film, c'est un gigantesque dinosaure dont l'espèce a survécu aux éons dans une grotte souterraine, mais dont l'espace de vie a été détruit par les tests nucléaires de primates au comportement colonialiste. Ce lézard apatride et contaminé, chassé de son royaume au fond de la mer, pénètre dans l'espace vital de l'être humain. Ce sont de longues scènes de rage de destruction apparemment aveugle, qui tentent d'interpréter ce qui est purement et simplement grand, inconcevable et incontrôlable. Tokyo est en ruines et s'effondre dans les flammes. Catastrophe naturelle et catastrophe d'origine humaine, fiction et histoire ne font plus qu'un par le biais du cinéma. La créature archaïque du jurassique sert de métaphore. Dans *Godzilla* l'homme est confronté à lui-même sous les traits d'un monstre. Godzilla est l'incarnation de la monstruosité existentielle.

L'homme ne trouve de consolation que dans sa capacité – là encore spécifique – de renversement de la connaissance, dans l'illusion qu'il se fait à lui-même et dans l'invention de la signification : dans l'art.

Le malheur des hommes, selon Pascal,
tient à leur incapacité de rester chez eux.

Peut-être allons-nous couler. Le navire et tout le reste.
Après tout le ferry s'appelle *Eastern Dream.*

I ❤ Godzilla

Chantal, avec ton long poil blanc sur le mamelon. Avec ton vagin en
La pente descendante. Sur le chemin, le coteau raide, tu es vers le
de souffle. Avec ta foutue peur de l'amour. Avec ta haine de soi.
hématome, j'ai enterré plus profondément la foi dans l'humanité.
Et comment aurais-je pu mieux me venger qu'en pensant, en
était inférieur, voler loin, loin dans le ciel, toujours plus haut vers
enfant de Gyokusendo, la misère des dernières années, des derniers,
bas-ventre stérile. Avec ta puanteur de vodka et d'urine. Avec ton
ton travail de destruction acharné et quotidien. Tu te coules. Tu te
totale. Le Crâne, aide-moi. — L'université Pierre-et-Marie-Curie, l'Os,
ou trop tard, car Monsieur Archambeault est arrivé, la tête réduite,
Bistodeau, qui avait le cerveau d'une mouche, m'a piqué ma meilleure
malgré tout le prix de la Société française de physique, bravo,
la révélation : plus l'esprit est anodin, plus grande est l'ambition, plus
le succès est spectaculaire. Hourra ! Publie ou crève ! Trais-toi !
des *papers* ! N'aie pas de plus grande pensée, aie une grande
des carrières au pays de l'Académie. La montée, enfin, la satisfaction,
à l'esprit étriqué qui étouffe toute pensée. Qui étouffe toute joie de
décorée suivante. Là où les misogynes se regroupent, incapables
écœurée, la femme qui réfléchit afin de ne surtout pas se soumettre
ulcère de l'estomac bien nourri. Avec ton désir de jeunes garçons. Avec
Le Crâne, sais-tu ce qu'est la peur ? Sais-tu comment on échappe à

convulsion. Avec ton mépris pour tous et pour chacun. Avec ta peur.

bas. Chantal. Avec tes vêtements en loques. Avec tes bottes à bout

—— Il m'a passée à tabac, le petit homme grossier. Et avec chaque

Il frappait. Le plus souvent les jours fériés. Un homme obtus.

m'enfuyant, en perçant par la pensée, lui faire sentir à quel point il

l'extérieur, et puis baisser les yeux vers lui, le Ver. Le voilà qui arrive,

disons, cinquante ans. Tu ris. Tu ris, le Nain? —— Chantal. Avec ton

problème corps-âme. Avec ton laborieux travail de destruction, avec

détruis systématiquement. Tu t'abolis. Tu vises à la décomposition

ce fut mon triomphe, un triomphe précoce sur le père. Mais trop tôt,

Bistodeau, Lapin, le coq, Lecoq, et Hans, qui n'était pas si lumineux.

idée, l'a déformée et, alors qu'il ne la comprenait même pas, a raflé

bravo, héros de la Science. En tant que postdoc à Cambridge, enfin,

folle est la manie de se faire valoir, plus infâmes les moyens, plus

Exploite-toi! Brandis ton prix! Transforme-toi en sauvageon! Chie

gueule! Monte enfin dans le *ranking* de l'indice H, grimpe l'échelle

enfin. L'effroyable chaire de professeur à Vienne, dans cette ville idiote

la pensée. Dans laquelle chaque pensée va tout juste jusqu'à la façade

de produire une réflexion, mais parvenant tout de même à faire partir,

à elle. Comment commet-on un meurtre, l'Os? —Chantal. Avec ton

ton amour de merde inutile. Avec ton angoisse. Le Crâne, aide-moi.

soi-même? comment on se débine? une fois pour toutes?

À présent, avec la distance, toute cette merde me remonte.

Comme si une longue et douloureuse constipation se dissipait d'un seul coup.

Beau.

Alors que j'éprouve une nostalgie grotesque

J'apprécie les pensées, car elles sont des créations des humains, mais pas des humains, car elles sont tout aussi perfides, tout aussi belles, tout aussi malades, tout aussi chatoyantes, mais ne sont pas des humains.

L'activité des réflexions échappe à tout contrôle.

Réflexions et sentiments – tout est molécule.

Je suis prise de l'étrange sentiment,

Qu'est-ce que je fais ici, l'Os ? Qu'est-ce que je fais ?

Je suis restée seule trop longtemps, c'est sûr.

Je n'avance plus dans la fichue réalité,
le Crâne.

après la vie.

Je barbouille ces pages comme
un fou les murs de l'asile.

(Le texte doit sans
doute, pour moi, remplacer
ton corps nu, Jona.)

Non. Je vais t'appeler.

Non. Je vais t'écrire. Qu'est-ce que je dois
t'écrire ?

Non, je vais prendre le premier avion
et te rejoindre à tire-d'aile, Jona, advienne que pourra.

Ah quoi !

partout me **pousseraient des poils**

Le théorème du singe qui tape sans fin à la machine à écrire, qu'a formulé le biologiste Thomas Henry Huxley en 1860, affirme que si une demi-douzaine de singes immortels exclusivement animés par le hasard tapaient sur les touches de machines à écrire éternelles, ils produiraient inéluctablement, au fil de l'éternité, des sonnets de Shakespeare aussi bien que la totalité des livres du British Museum. L'idée remonte à une polémique lancée par Cicéron qui, dans son texte *De natura deorum*, nota sur un ton sarcastique que celui qui pense que notre cosmos est né de la collision fortuite de particules croit aussi nécessairement que, si l'on jetait d'innombrables lettres en or sur le sol, il en résulterait les *Annales* d'Ennius. La tragédie, écrit Aristote, est composée des mêmes éléments que la comédie, à savoir des quarante-deux lettres de l'alphabet. La combinatoire absurde des singes qui tapent, donc, l'éternelle variation sur un nombre minuscule de symboles, mène à l'utopie de la bibliothèque totale, d'une bibliothèque inhumaine aux dimensions astronomiques et qui, gouvernée par le hasard, ne pourrait que détruire toute intelligence dans la mesure où elle contiendrait tout et où, sur ses rayonnages vertigineux, on ne trouverait pas seulement, comme l'écrit Borges, une histoire détaillée de l'avenir, pas seulement le nombre exact de fois où les eaux du Gange refléteraient le vol d'un faucon ; non seulement on y donnerait avec exactitude le dernier théorème du mathématicien Fermat et les cauchemars de Borges à l'aube du 14 août 1934, mais elle serait avant tout composée d'une cacophonie sans fin, un bredouillage, un bruissement absurde et angoissant dans lesquels toute formation fortuite de signification courrait en permanence le risque d'être enseveli sous des myriades d'absurdités, comme dans le discours d'un dieu délirant.

Est-ce donc vers cela que nous allons, l'Os ?
Qu'est-ce que je fais ici ?

Je suis fermement déterminée à te trouver, enfant de Gyokusendo, tu entends ? Oui, c'est pour toi que je suis ici !

Pour quoi veux-tu que ce soit ?

Sur la face nord du mont Fuji se trouve l'*Aokigahara*, la forêt des suicidaires. On y vient pour mourir. Le lieu est couvert d'une forêt si dense, il est tellement monotone qu'on l'appelle aussi *Jukai*, la mer des arbres. Si l'on entre sans boussole, on est perdu sans espoir de retour. Aux arbres auxquels pendent les morts, on voit sporadiquement des écriteaux cloués portant les numéros d'appel des centres d'assistance spirituelle. Dans ce maquis, les cadavres sont bien cachés. La probabilité d'être trouvé un jour est faible.

Je ne suis qu'un faisceau de pensées confuses,

entouré d'une fine peau.

Et si elle casse ?

Tokyo. L'exploitation sans retenue de l'espace habitable. Je ne reconnaissais rien. (À combien de temps cela remonte-t-il ? Vingt-cinq ans ? Trente ?) Ici, les immeubles sont construits et rasés à un tel rythme que la ville se renouvelle apparemment de fond en comble tous les vingt ans. (Elle est, en cela, similaire à un organisme vivant.) Toute architecture est temporaire, relative, fugace, tout contexte est un jeu de l'instant. L'espace urbain est une création du hasard, un jeu de la nature. Le chaos urbanistique semble respecter une structure dissimulée de similitude à soi-même dans laquelle chaque fragment contient encore le tout. Ainsi, la ville se partage en dizaines de parties autonomes qui, chacune pour soi, produisent l'effroyable fouillis que constitue la totalité de la Terre, mais sont organisées, en miniature, comme de multiples villages. Chaque station de métro compose déjà un microcosme urbain, une ville dans la ville dans la ville, et même dans un unique immeuble de grande taille je trouve sous un seul toit tout l'univers d'un quartier. Chaque immeuble est envahi par une pléthore d'architectures qui se recouvrent les unes les autres, qui font disparaître les édifices derrière un palimpseste de symboles. Entre tout cela se tortille le succédané de nature formé par le lierre métallique des câbles téléphoniques et électriques non enterrés. Les habitants de Tokyo deviennent des nomades. Empêtrés dans la contradiction entre ces espaces d'habitation minuscules qui servent exclusivement à dormir et à se changer, d'une part, et d'autre part l'illusion de la métropole scintillante, ils déplacent toute la vie vers l'extérieur, habitent constamment des points de cristallisation changeants de la ville qui devient ainsi un unique espace intérieur engloutissant tout ce qui est privé.

Je pleure d'abord en écoutant Bach, puis en écoutant Radiohead. Je suis assise dans le putain de Starbucks de Roppongi et je lis tes mails, Jona.

Tu écris
que je n'ai jamais fait
que te mépriser
pour tes tentatives
de me faire du bien.
Tu as raison.

Un rêve. *Je m'allonge près de la piscine. Jona se change pour nager – je le trouve très beau. J'en perds presque conscience. Ma perception est sourde. Tout se met à tourner. À cet instant, Jona trébuche sur moi, tombe dans le bassin. J'entends de loin d'autres personnes le sortir de l'eau. La piscine est mon langage. Et je crois comprendre que l'amour est tombé par ses failles. Ils sortent Jona, qui émet des râles. Je porte un autre nom. Tout reste lointain, sa perception aussi est comme dans la ouate. Ils l'allongent auprès de moi, tout près de moi. Nous nous percevons comme deux ombres, mais nous nous tranquillisons mutuellement. Je chuchote que je suis en enfer. Il hoche la tête.*

J'ai envie d'aimer.

DES POILS ME POUSSENT PARTOUT. CELA ME FAIT PEUR. JE PASSE L'APRÈS-MIDI SOUS LA DOUCHE DE L'HÔTEL, JE ME RASE, LE CORPS ENTIER, TOUT. MOYENNANT 1 000 YENS, JE ME FAIS TONDRE LA TÊTE. ÉCŒURANTE FOURRURE. LE GARÇON STYLÉ N'ARRIVE PAS À Y CROIRE, IL ME POSE PLUSIEURS FOIS LA QUESTION. JE LUI MONTRE DES PHOTOS DE FEMMES ATTEINTES DU CANCER ET JE HOCHE LA TÊTE. HORRIFIÉ, IL LAISSE LA MACHINE ME GLISSER SUR LE CRÂNE JUSQU'À CE QUE LE SOL ENTIER SOIT COUVERT DE FILS DE CORNE ROUX. TOUT EST PARTI. TONDUE, JE COURS DANS LES RUELLES POUR REJOINDRE UN *ONSEN*, UN BAIN PUBLIC. JE ME TIENS NUE SUR UN TABOURET À CÔTÉ DE FEMMES JAPONAISES ET JE ME FROTTE LA PEAU. JE ME FROTTE PRESQUE JUSQU'AU SANG.

Enfant, j'avais des crises de suffocation. Je tentais d'inspirer et quelque chose se fermait, comme un clapet.

Musil écrit dans *L'Homme sans qualités* : « Ainsi, je me trouvais réellement dans le Saint des Saints de la bibliothèque… J'avais l'impression, je t'assure, d'être entré à l'intérieur d'un crâne. Il n'y avait autour de moi que des rayons avec leurs cellules de livres, partout des échelles pour monter, et sur les tables et les pupitres rien que des catalogues et des bibliographies, toute la quintessence du savoir, nulle part un livre sensé, lisible, rien que des livres sur des livres : ça sentait diablement la matière grise, et je ne me flatte pas en disant que j'avais l'impression d'être arrivé à quelque chose ! Mais aussi bien, naturellement, quand le type a voulu me laisser seul, je me suis senti tout drôle, pas tranquille, pour tout dire : recueilli et pas tranquille. Il grimpe comme un singe sur une échelle, donc sur un volume évidemment visé d'en bas, tombe juste dessus, le descend et dit : "J'ai là pour vous, mon général, une bibliographie des bibliographies [...] c'est-à-dire la liste alphabétique des listes alphabétiques des titres." [...] J'ai juste le temps de l'accrocher par son veston, et me cramponne à lui. "Monsieur le bibliothécaire, m'écrié-je, vous ne pouvez pas m'abandonner sans m'avoir révélé le secret grâce auquel vous arrivez à vous retrouver dans ce… (oui, j'ai employé imprudemment le mot de cabanon, parce que c'est l'impression que j'avais eue tout à coup) dans ce cabanon de livres !" »

C'est une piste, l'Os, tout de même. La première preuve du fait que je n'ai pas encore totalement perdu la raison. Je marche en rond pendant deux heures à travers Jimbō-chō, le quartier des livres, le plan de ville à bout de bras, comme une folle, toujours autour des mêmes pâtés de maisons, toujours devant les mêmes librairies, les mêmes bouquinistes, jusqu'à ce que, épuisée, dans un passage tout en recoins, je découvre un petit écriteau, ou plus exactement un morceau de tôle rouillée, portant le sigle de la Société archéologique. Je monte donc le sombre escalier. La lampe est fichue depuis longtemps. Je suis prise de vertige, l'Os, quand je frappe à la porte. Es-tu derrière la porte ? Et de fait, lorsque le vieil archiviste ouvre, un petit homme au visage semblable à un paysage aride, je crois un instant que cela pourrait être toi. Comme à l'intérieur d'un crâne, écrit Musil, qu'est-ce que tu dis de ça, l'Os ? Un appartement, bourré jusqu'au plafond de cartons jaunis et couverts de caractères japonais arrondis. Le vieux ne comprend pas un mot de français. Il me rit au nez. Il est déconcertant. Je dois me pencher, il passe la main sur mon crâne chauve. Je lui répète ton nom, le Crâne, il murmure quelque chose et grimpe, à l'intérieur d'une petite chambre, sur une échelle déglinguée. Je me demande sérieusement qui s'effondrera le premier, d'elle ou de lui. Il sort alors une boîte aux allures de cercueil d'enfant où figure l'inscription : *Siebold EN 47/6 Enfant de Gyokusendo.* Non, je ne rêve pas. En dansant, plongé dans un monologue intérieur, il porte le carton sur une vieille et longue table, souffle tendrement la poussière sur le couvercle, l'ouvre. Le carton est vide.

Où es-tu, l'Os ?

J'ai besoin de toi.

Qui t'a emporté ?
Quand ?
Pourquoi ?

De nouveau des soies me poussent
sur la peau, sur le crâne,
le Crâne —

Tout est lointain.

Je me demande si YVES-ALAIN est encore en vie.

Je me masturbe si rarement
que cela me fait peur.

Je suis allongée
dans la chambre d'hôtel
plongée dans le noir.

Le cerveau est un organe qui pense qu'il pense.

Migraine.

« Combien d'idées, écrit Lichtenberg dans ses *Südelbücher*, ne planent-elles pas dans ma tête, dispersées, dont certaines paires, si elles se rencontraient, pourraient provoquer la plus grande découverte. Mais elles sont aussi séparées que le souffre de Goslar et le salpêtre d'Inde orientale, et la poussière dans les meules de l'arrondissement d'Eichsfeld, toutes choses qui, rassemblées, produiraient de la poudre à canon. Combien de temps les ingrédients de la poudre à canon n'ont-ils pas existé avant la poudre à canon ! »

J'attends jusqu'à ce que tout finisse par exploser.

Il existe un phénomène que l'on observe parfois chez les touristes japonais qui visitent Paris pour la première fois. On l'appelle le syndrome de Paris. À peine dans la ville depuis quelques heures, les visiteurs souffrent d'hallucinations, de perte du sentiment de leur personnalité, de peur, de vertiges, de poussées de sueur et de palpitations. L'image idéale de la ville, que ces visiteurs transfigurés ont intériorisée après des années de mystification médiatique, se distingue si brutalement de la réalité crasseuse et puante qu'un court-circuit se produit dans leur tête. C'est une apoplexie, l'effondrement abrupt de l'illusion. La première réaction est l'usage hystérique des appareils photo. Prendre des photos aussi, c'est une protection. L'effrayante réalité peut être forcée à entrer dans un beau cadre et y rester bannie comme un sombre démon.

(Mon appareil photo à moi, je l'ai échangé quelque part entre Novossibirsk et Irkoutsk contre un manteau de fourrure qui sentait le renfermé et une bonne quantité de vodka. Pas mal non plus.)

Jimbō-chō. Je fouille dans les étals des bouquinistes.

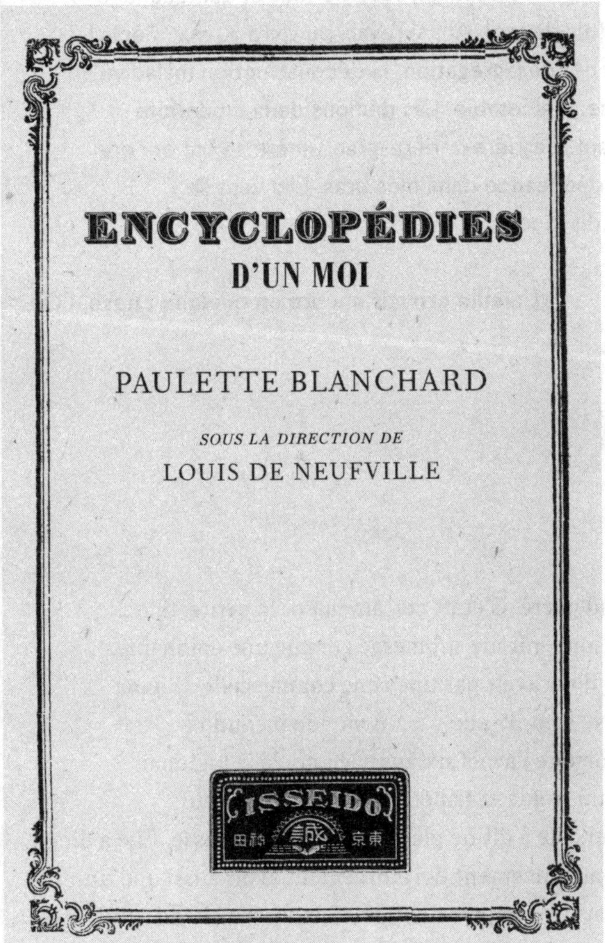

C'est là, l'Os ! Elle est là ! Entre une édition richement illustrée de *Paradise Lost* de Milton, un recueil sur le *Problème de la langue chez Hegel*, le *Tibetan Medical Thangha of the Four Medical Tantras* et une *Philosophy of Sex and Love (revised and expanded)* : l'ENCYCLOPÉDIE de l'aïeule ! Une édition en japonais, une en français (datant de 1879), 55 000 yens ! (La deuxième.) Je paie aussitôt… Comme si je venais de me trouver moi-même. Je cours dans les rues et je pleure. C'est grotesque. Je n'ose pas ouvrir le livre.

Petite chose naïve ! Monstrueuse, grotesque créature ! À deux reprises déjà, j'ai jeté le livre dans un coin de la pièce, tant j'avais honte de cette naïveté. Kitsch sentimental et humaniste ! On l'y voit s'exalter sur la liberté, sur l'amour, sur la révolution. Je me sens mal. Le pire, c'est cette nostalgie bêtasse qui sublime tout et qui, quand je lis, s'empare même parfois de moi. Ah, si j'avais pu vivre au XIXe siècle ! Écœurant ! Et pourtant : la désagrégation, la déconstruction maladive s'installe déjà, insidieuse, inéluctable. Les démons de la modernité dévorent la pauvre enfant. L'arrière-arrière-grand-mère se bat encore contre eux. Je serre la déchéance dans mes bras. Elle veut se constituer. Je veux me dissoudre.

L'aïeule croyait encore en quelque chose, l'Os.

J'ai décidé de *ne plus rien manger.*

Élodie. Ma grand-mère. C'était certainement la petite-fille de Paulette. Le souvenir me submerge comme une épiphanie. *Élodie, Mélodie.* Il n'y avait pas une rime comme celle-là dans mon enfance ? Ne sentait-elle pas un monde inconnu ? Elle est morte lorsque j'avais six ans. Ce jour-là je lui tenais la main. Une main froide et fripée. Elle n'avait pas peur. Je voulais pleurer, elle a dit ne pleure pas ou je te chasse. Elle a dit : « Ce qui a un commencement doit forcément avoir aussi une fin. » Et elle a ri. (J'étais très impressionnée.) Son visage, livide et épouvantablement creux. J'ai humecté ses lèvres exsangues. À cet instant, elle a cessé de respirer. C'était cela, pour moi, désormais, la mort : la fin de la respiration, la fin de la communication. Elle me racontait souvent. Ja-pon, comme ça sonnait bien. Élodie mélodie. La mort a interrompu son histoire.

Étonnant, non ?

FAMILLE : les gens avec qui l'on est lié sans l'avoir choisi. Communauté sans choix. Fardeau de toute une vie ! Parce qu'on apprend le monde par le biais de la famille, parce qu'on ne peut pas faire autrement que d'être une partie de cette conjuration. Heureux orphelins !

De tous les innombrables événements qui ont conduit l'arrière-arrière-grand-mère à parcourir la moitié du monde, de tous ces instants critiques, un seul a au bout du compte été fatal : la fécondation de son ovule. Elle a été assez bête pour se reproduire avant de mourir. Sans ça je ne serais pas là.

Proposition de Roland Barthes : pour ne pas compromettre le réel dans l'imagination, on pourrait prendre quelque part dans le monde un certain nombre de lignes et, à partir de ces lignes, à son gré

former un système. On pourrait donner à ce système le nom de Japon.

Te voilà, l'Os !

Heinrich a consacré près d'une semaine, à l'aide d'ouvriers, à examiner l'emplacement et à le dégager, ce qui dans ces galeries sombres, étroites et trempées par l'humidité a sans doute dû être un travail d'enfer. Et c'est un fait, Ine-san, en procédant ainsi il a, comme dans un puzzle préhistorique, rassemblé osselet après osselet les éléments d'un squelette humain, et même au bout du compte un crâne, mais fritté et enveloppé dans une épaisse couche de tuf. J'en frissonne d'horreur ! Heinrich dit que c'est un miracle et il est totalement survolté. Il a donné à ces ossements le nom d'« enfant de Gyokusendo », car c'est sans doute d'un enfant qu'il s'agit, tant les os sont petits, surtout le crâne. Son frère suppose que cette frêle petite créature peut être un *Alali* des premiers temps, c'est-à-dire un singe anthropoïde qui ne maîtrisait pas encore le langage. Parfois il est même pétulant et se pavane en disant que nous avons découvert un ancêtre primitif du royaume insulaire !

Je réduis.

SUR TOUT MON CORPS POUSSE DU DUVET, LE CRÂNE,
UN DUVET HIDEUX. COMME LE LANUGO DES NOUVEAU-NÉS.
UNE RELIQUE SIMIESQUE. JE ME MÉTAMORPHOSE.
JE ME MÉTAMORPHOSE EN ANIMAL. NON, EN TOI, LE CRÂNE.
JE CROIS QUE JE ME MÉTAMORPHOSE EN TOI.

Combien je méprise la nature.

Dans les sectes ésotériques du bouddhisme japonais, il existe une tradition du *sokushinbutsu*, de l'automomification. Pour devenir un bouddha dans son corps existant, un moine jeûne pendant mille jours. Il se nourrit de graines, boit de l'eau contenant de l'arsenic et demeure dans la méditation et l'ascèse. Il jeûne mille autres jours au cours desquels il n'absorbe plus que des écorces et le thé toxique de l'arbre urushi qui dessèche son corps. Il vomit, il transpire, il urine. À ce moment, il n'est déjà plus comestible pour les vers. Finalement, le méditant – qui n'a plus que la peau sur les os – est descendu en position du lotus dans un trou de trois mètres creusé dans la terre. En pleine obscurité, enterré vif, seul un mince tube en bambou le maintient encore en vie en lui permettant de respirer. Une fois par jour, il sonne à une cloche accrochée à un fil. Quand elle finit par devenir muette, on ôte le tuyau en bambou. Une fois écoulée la troisième période de mille jours, on ouvre la tombe. Si le cadavre n'est pas corrompu, mais momifié, c'est que l'ascète a atteint l'état de bouddha. Il sera désormais exposé au temple, assis dans l'état de sagesse éternelle. Pourquoi a-t-il accepté ce martyre ? Joyce écrit : *L'histoire est un cauchemar dont j'essaie de m'éveiller.*

Phaidon, le célèbre dialogue de Platon, décrit le dernier soir de la vie de Socrate. Tous ses élèves – sauf un – se sont réunis autour du condamné à mort pour s'exercer une dernière fois, avec lui, au dialogue philosophique. Qui était absent ? Dans *Phaidon*, on lit à ce propos : *Platon, je crois, était malade.* Borges dit que c'est la phrase la plus audacieuse que le philosophe antique ait jamais écrite. (C'est l'unique passage de toute son œuvre où Platon se mentionne lui-même.) Il décrit donc la mort de son enseignant en tant que témoin absent. Il n'était pas là. Ou bien l'était-il tout de même ? Platon, je crois, était malade. Qui est le « je » dans cette phrase. Qui est Platon ?

Socrate était persuadé que seule l'âme libérée du corps importun peut pleinement *s'abandonner à la pensée.*

Chantal, je crois, était malade.

Pourquoi est-ce que je ne me suicide pas, tout simplement ?
Parce que avec l'univers disparaîtrait aussi la pensée. Comme Boltzmann qui, désespéré par l'indicible bêtise de ses contemporains, se pendit ; comme Curie, qui se tua en menant ses recherches sur le radium ; comme Turing qui, sous castration chimique, mordit dans la pomme empoisonnée ; comme Gödel, qui menait une réflexion tellement implacable et tellement précise qu'il devint paranoïaque et mourut de faim par peur d'être empoisonné. Types de mort : je pourrais me contaminer avec une maladie à prions. Une protéine pathogène et cristalline, dans mon cerveau, transformerait en cristaux les prions voisins qui en métamorphoseraient d'autres à leur tour jusqu'à ce que mon cerveau, devenu complètement crétin, ne soit plus qu'une structure cristalline devenue dure, et que moi, par conséquent, je sois morte. Un crâne de cristal. (Mon humour incongru m'écœure.) Non, ce que j'ai à l'esprit, c'est un autre type de disparition, une disparition qui ne dissout que le tissu du corps, mais conserve la pensée. (Ma haine du corps a quelque chose d'effroyablement chrétien.)

Je suis fatiguée.

Je suis une perversion autoréférentielle.

Je veux souffrir. Par exemple, je choisis toujours le thé sencha le matin au lieu du genmaicha, que j'aime beaucoup plus.

DIFFAMATION DE L'AMOUR :
Au festin que les dieux sont censés avoir tenu à l'occasion de la naissance d'Aphrodite a été engendré Éros.
Dans un placard à balais olympien, peut-être.

Wa-ta-na-be. Un ex-libris dans le livre de ma bisaïeule. Comment cela a-t-il pu m'échapper ? Le réceptionniste de l'hôtel me le traduit. Watanabe – le nom de l'ancien propriétaire. En dessous, une adresse à Kyoto. Qu'est-ce que tu en dis, l'Os ? Alors, on y va !

Je te trouverai, enfant de Gyokusendo.

Tokyo – Kyoto : Pendant le trajet en train, une jeune Japonaise est assise à côté de moi. Au cours de la totalité des deux heures que dure le voyage, elle s'occupe de son visage. (Même la marquise de Pompadour se serait étonnée.) Maquillage, couche après couche. Maquillage, mascara, kajal. Fard à joues, encore du fard. Pinceau, ouate, pince à cils. Personne ne prend garde à son activité zélée. Cela l'embellit-elle ? Son gigantesque miroir ne semble pas le lui suggérer. Disparaît-elle ? Je me demande d'où vient ma conception confuse du naturel. Je vois ici un combat contre elle-même. La création du visage artificiel. Une lutte névrosée. Pour la perfection ? Pour le lisse ? Le rêve d'être sans pores. Encore une fois elle applique une couche de fard à joues. Coup d'œil de contrôle dans le miroir. Dans ses yeux, une épouvantable inquiétude.

Dans n'importe quel zoo digne de ce nom, il y a des soigneurs qui sont là pour préserver les instincts naturels des animaux (par exemple la défense, la reproduction, la chasse) ou du moins les entraîner. La conservation du naturel est ici déjà de la culture.

Imitant les Japonaises, je dissimule mon visage derrière un masque antipoussière blanc.

Je n'ai jamais aimé le voyage,
être-en-chemin, m'ex-poser.
Peut-être à cause de la friction,
peut-être en raison de la corporalité
importune. Je ne veux pas remarquer
que j'ai un corps.

Nul au monde ne sait où je suis.

Je peux me considérer comme perdue.

227-321 Kyoto : M. Watanabe. Soixante-dix-sept ans. Romaniste japonais, chercheur en littérature, collectionneur d'art distingué, original. Alors que je lui donne pour la seconde fois mon nom de famille – il est sans doute déjà dur d'oreille –, il entre en transe et se met à hyperventiler. Je prie qu'il n'aille pas faire un infarctus. Ce personnage hors du temps n'a pas seulement traduit les *Encyclopédies* de l'arrière-arrière-grand-mère, il se qualifie en outre lui-même d'*expert de Blanchard* (expression répugnante) et interprète mon arrivée comme l'action d'un destin supérieur. Bref : la situation est grotesque. Il parle un français parisien des plus subtils et me sert un côte-de-nuits (millésime 1996), un vin que ma grand-mère Élodie appréciait, m'assure-t-il. Il ne manquerait plus qu'il tombe à genoux et geigne une *Marseillaise*. Sa maison de campagne à Arashiyama, un arrondissement extérieur de la ville, un lieu idyllique situé juste à côté du fleuve Katsura, est remplie d'œuvres d'art. Au mur sont accrochés des tableaux de peintres japonais des périodes Meiji et Taishō.

De la même manière que les artistes européens, surtout les Français, ont commencé à la fin du XIXe siècle à imiter des techniques, des styles et des thèmes de la peinture japonaise, et à se les approprier sur le plan esthétique, le transfert s'est aussi opéré dans l'autre sens, m'explique Watanabe. Il n'y a pas seulement eu un japonisme européen, il y a eu, tout autant, un européisme japonais. Il s'intéressait avant tout, me raconte-t-il, à un petit groupe d'artistes qui se sont sérieusement confrontés aux nouvelles formes, à des matériaux aussi inhabituels que l'huile ou la toile, ou encore aux théories jusqu'alors inconnues de la composition, de la répartition des ombres et de la perspective, ainsi que de la philosophie de la nature occidentale sur laquelle elles se fondent. Au-dessus de la table, dans le salon sombre, se trouve le clou de sa collection : la première des sept ébauches connues du peintre Takahashi Yuichi d'un portrait de Paulette Blanchard à l'huile sur papier.

Il nous connaît, le Crâne. Il connaît notre existence.

Watanabe était jeune homme lorsqu'il trouva les *Encyclopédies d'un Moi* (en traduction japonaise) dans la bibliothèque de son père. Il parle en termes un peu pathétiques d'une « expérience initiatique » qui a marqué son chemin plus que rien d'autre. Avec une singulière frénésie, il se mit à érotiser tout ce qui était français. Il apprit la langue en autodidacte, en se donnant le but affiché de « se rapprocher de Paulette Blanchard ». Au début des années 1950, il commença à lire Sartre et à porter des sous-vêtements français. Cela déboucha logiquement sur des études à l'université. Jeune étudiant, il se rendit à Paris, passa une année à la *Faculté des Lettres et Sciences Humaines* de la Sorbonne, découvrit l'absinthe et l'*amour fou*, perdit son pucelage, fuma une cigarette avec Merleau-Ponty et se mit en quête de l'original des *Encyclopédies.* Il ne le trouva pas. (Et manifestement la faute n'en revenait ni à l'absinthe ni à l'amour transi.) Il découvrit avec effroi que nul en France ne connaissait Paulette Blanchard. Il conçut alors en son for intérieur la résolution de « reconstituer » un jour lui-même l'original. (Cela durerait des décennies.) Le livre que je lus – il s'avéra donc qu'il s'agissait d'une traduction du japonais ! D'une rétrotraduction, d'un « nouvel original », comme l'appelle Watanabe. (Cela plairait sûrement à Jona.) Il attire mon attention sur la dernière page où, dans la marge la plus basse, à peine visible, une petite note indique :

Reconstitution de la première édition par Watanabe Haruto, Kyoto / Paris 1999 ! Il passa sa thèse sur l'histoire de l'édition des *Encyclopédies* et leur réception au Japon. Il en résulta plusieurs décennies de querelle académique. Entre un groupe fanatique de romanistes autour de Watanabe d'un côté, et le cercle de Georges Pelletier, professeur de langue et civilisation japonaises à Lyon, de l'autre, qui mettait obstinément en doute l'existence même de Paulette Blanchard – une supputation qui est du reste aussi ancienne que les *Encyclopédies* elles-mêmes. La découverte du corps de Paulette au cœur du glacier fut le triomphe de Watanabe. Il dit, non sans raillerie : « Ce coup-ci, Pelletier est mort. » (Et sur ces mots le vieil original part même d'un rire aigu.)

La raison de la disparition totale du livre original tient, selon Watanabe – et je vois la haine briller dans ses yeux quand il le raconte –, à l'intervention juridique précoce du père de Paulette, l'industriel Guy Blanchard, qui ne s'est pas contenté d'attaquer l'éditeur, Louis de Neufville, en diffamation, mais a aussi mobilisé les cercles misogynes et conservateurs de la Troisième République, dont quelques messieurs renommés qui, par la suite, ont fait campagne contre l'« immoralité » des *Encyclopédies*. C'est tout de même sublime : comme pour *Madame Bovary* de Flaubert, comme pour les œuvres de Baudelaire ou, en partie, celles des frères Goncourt, on a accusé le texte de l'aïeule de constituer « une atteinte aux bonnes mœurs » et « une œuvre caractérisée par l'immoralité féminine et l'esprit factieux » ! (Ça ne sonne pourtant pas mal !) Il a été pilonné avant même la publication officielle des exemplaires imprimés ! Pendant quelque temps, des copies secrètes ont encore circulé. La dernière piste se perd en 1902.

La véritable raison de cette campagne rigoriste, dit Watanabe, était cependant la crainte qu'avait Guy Blanchard de voir sa réputation, sa carrière, peut-être sa liberté mises en cause si le public venait à apprendre que sa fille était, comme il l'écrit dans une lettre, une « sale communarde » à laquelle il accorda de surcroît sa protection par la suite. Watanabe va encore plus loin. Il dit : Anticipant ce qui allait suivre, l'arrière-arrière-grand-mère a sauté de son propre chef dans la crevasse du glacier. Elle a mis fin à ses jours. Elle risquait des poursuites ou la prison, ou pire encore. Elle a malgré tout décidé de publier le texte. (Je ne peux m'empêcher, à cet instant, de l'apprécier tout de même un peu. Mais n'exagérons pas.)

L'histoire se poursuit ainsi : Jacques, mon arrière-grand-père et le fils de Paulette, qui après la mort de celle-ci a grandi chez sa tante à Paris, est parti pour le Japon à la fin du XIXe siècle, alors qu'il était jeune homme ; son père, Ōtomo Tetsuo, continuait à y vivre. (Visiblement, il s'était remarié, cette fois avec une gentille Japonaise bien docile, cette couille molle.) Jacques avait sans doute dans son bagage une copie des *Encyclopédies*. Il commença la traduction en japonais quelques mois seulement après son arrivée, sans doute avec l'aide d'Ōtomo. Le livre se vendit modérément. On ne sait pas grand-chose de plus à propos de Jacques. Il resta au Japon et épousa une femme prénommée Fumiko, avec laquelle il eut trois enfants. L'un d'entre eux rentra en Europe. C'était Élodie, ma grand-mère. Les deux autres restèrent au Japon. De « Blanchard », les langues japonaises firent un « Buroshiro », et plus tard « Bushiro ». Le dernier descendant serait un certain Bushiro Satoshi. Depuis plusieurs années, selon Watanabe, il est porté disparu. (Cela pourrait être une caractéristique familiale.)

Je lui demande donc où tu es, enfant de Gyokusendo. Et là, pour la première fois, il se tait. Cet homme bavard paraît même fâché. Pourquoi la paléontologie japonaise et européenne, lui demandé-je, a-t-elle si longtemps ignoré cette découverte précoce et sensationnelle ? Watanabe ne le sait pas. (Il est pris d'une étrange pâleur.) Il soupçonne le missionnaire de l'île, « cet hurluberlu anglais de Finkelstein », dont on dit seulement dans les lettres de l'aïeule qu'il vivrait dans un « temple dévasté, sur une falaise située à proximité de Napakiang » (aujourd'hui Naha) et qu'il « n'a que moquerie pour les idées de Darwin aussi bien que pour notre voyage de recherche ». *De l'origine des espèces par la sélection naturelle* n'avait paru que quelques années plus tôt et avait déclenché des vagues d'indignation. Les cercles chrétiens se virent parfois forcés de passer à l'offensive contre cette nouvelle théorie diabolique. (Le premier crâne de Neandertal qu'on ait trouvé fut par exemple décrit sans détour comme un « cosaque rachitique » par l'anatomiste allemand August Franz Josef Karl Mayer, un croyant, défenseur de la théorie chrétienne de la création !) Serait-il donc possible que Finkelstein, ce missionnaire isolé, peut-être radicalisé, t'ait mis à l'écart du monde dans les années 1870, le Crâne ? Mais comment pourrait-on alors expliquer que tes os aient été archivés sous le nom de Siebold dans la Kobutzu-Kai, la Société des choses anciennes ? La deuxième hypothèse de Watanabe me paraît plus vraisemblable. Le mobile possible : la rivalité scientifique. À la même époque que ton découvreur, Heinrich von Siebold, l'archéologue américain Edward Sylvester Morse menait ses recherches dans l'archipel japonais, que l'on n'avait pas encore étudié dans son domaine – un rival direct dans la course à la fondation d'une archéologie nippone. Dans ses écrits, Morse ne renonçait pas du tout à présenter Siebold sous un mauvais jour, comme un scientifique amateur, et à le ridiculiser. Sont-ce la soif de gloire et la jalousie, le Crâne, qui ont empêché ta carrière posthume ? Si tel n'avait pas été le cas, serais-tu depuis longtemps une superstar fossile ?

En dernier lieu, Watanabe insiste pour me montrer sa collection de photos de Brigitte Bardot nue. Je décline l'invitation avec mes remerciements.

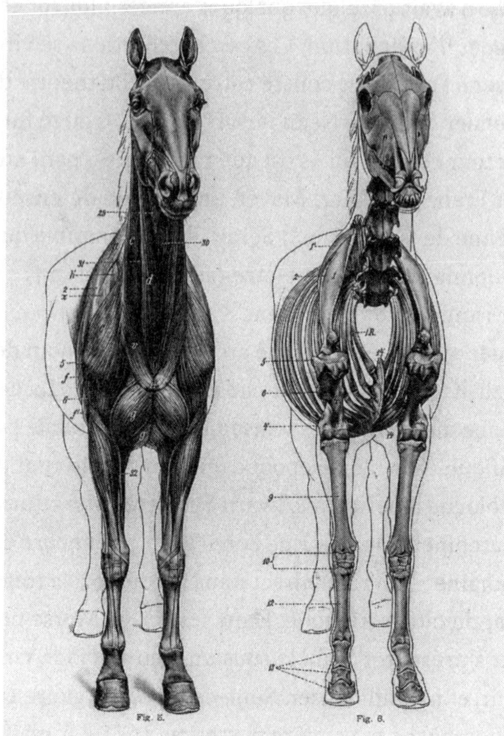

Le 3 janvier 1889, Nietzsche observe un cocher qui, hors de lui, flanque une raclée à son cheval têtu. Ce spectacle lui inspire une telle douleur qu'il se jette au cou de la créature et se met à pleurer, puis reste pendant plusieurs jours muet sur son canapé, avant de sombrer pour toujours dans la folie . . .

6

Si l'on regarde les choses objectivement : tout se délabre. Le désordre dans l'univers, tel est le second principe de la thermodynamique, augmente inéluctablement. Les choses sont en permanence sur la pente descendante – vous l'avez remarqué depuis longtemps.

Un brave citoyen arrive de bon matin dans son bureau. Il est d'humeur allègre. Il s'assoit à sa table de travail et se verse du café fraîchement passé dans sa tasse préférée. Suivant une vieille habitude, il y ajoute un nuage de lait. Le café noir et le lait blanc se mélangent, pas trop clair, pas trop sombre. Juste ce qu'il faut. Le processus est irréversible. L'ordre – d'un côté le lait, de l'autre le café – est perdu pour toujours. Le breuvage est brun. En physique, on donne le nom d'entropie à la mesure du désordre croissant. Ne se doutant de rien, le brave citoyen ouvre un sachet de sucre et en remue sans hésiter le contenu dans la tasse. Les grilles de cristal supérieures des molécules du sucre se dissolvent, les atomes se diffusent conformément aux lois de la répartition aléatoire. Le processus est irréversible. L'ordre s'est écoulé. Enfin, le brave citoyen prend une généreuse gorgée. La rencontre du café et de l'omelette dans son estomac lui vaut un renvoi acide. L'entropie se met en marche. Le brave citoyen se lisse la chemise, que peut-il faire d'autre, et se consacre à son travail. À cet instant, le classeur contenant ses dossiers lui tombe de la main. Un malheur. Des centaines de polices d'assurance se répandent sur le PVC bon marché. Et le brave citoyen, oui, jure. Et il classe. Il lutte contre les moulins de la dispersion. Il se lisse la chemise et halète. Il boit une gorgée. Le café est froid. C'en est terminé de l'état bien ordonné qui reposait sur un liquide chaud d'où s'échappait de la vapeur et sur l'air froid du bureau. Comme nous l'avons dit, les différences de température tendent à se résorber spontanément. Dans un moment fugace, mais éclairant, le brave citoyen prend connaissance de la vanité fondamentale de sa quête. Sa main tremble légèrement. Et sa tasse préférée se fracasse sur le sol. Mais maintenant ses nerfs sont à vif. Le brave citoyen, un homme fort désespéré au fond de lui-même, ouvre la fenêtre. Et saute. Tandis qu'il vole encore, il pense au solde de son compte en banque. Puis c'est la bouillie. Le processus est irréversible. L'équilibre thermodynamique est atteint.

C'est sans doute l'une des pointes dialectiques de l'histoire : c'est précisément au XIXe siècle, à l'apogée de l'optimisme et de la foi hystérique dans le progrès, que l'homme a acquis une certitude mathématique sur le fait que le déclin se conformait à une loi. Il la doit indirectement aux ingénieurs qui, comme si souvent, ne comprenaient pas ce qu'ils faisaient. Ils mettaient au monde, sans se douter de rien, une chose qui allait imprimer une transformation fondamentale au métabolisme futur de la civilisation : je veux parler de la machine à vapeur. Il fallut par la suite la perspicacité des physiciens du XIXe siècle pour révéler que la capacité, apparemment accessible aux amateurs, de transformer de la chaleur en travail recèle une profonde compréhension du cosmos : une compréhension de l'orientation du temps, de l'inévitable mort thermique de l'univers entier et, pour finir, de la vieille énigme consistant à demander pourquoi il y a même un ordre dans le monde.

Depuis toujours, l'homme réagit au déclin par la révolte technologique. Il se dresse contre l'impuissance et lui oppose en permanence son travail zélé. L'entendement, l'inventivité, le don d'observation – tous défient le postulat de départ. Ils disent : Nous ne sommes pas forcés d'accepter, nous pouvons intervenir et transformer. Contre la froideur et l'obscurité, nous domptons le feu. Contre la faim, nous lançons le javelot.

En cas de doute, nous créons un nouveau monde.

En 1991, on lança une expérimentation téméraire dans le désert de l'Arizona, à la lisière des Catalina Mountains, sur la route poussiéreuse entre les localités d'Oracle et de Globe. Il s'agissait d'un exercice de recherche fondamentale sur les écosystèmes. Que se passe-t-il si l'on place la terre, les plantes, les animaux et les hommes sous une coupole de verre, qu'on la scelle et qu'on les laisse à eux-mêmes ? Il s'agissait de produire un conteneur écologique ultime, une simulation du tout naturel ou, en termes plus directs : de la reproduction de la Terre.

Pourquoi ne pas construire un vaisseau spatial semblable à celui sur lequel nous avons voyagé jusqu'ici ?

On dit du géologue et philosophe russe Vladimir Ivanovitch Vernadsky qu'il a accompli pour l'espace, au début du XXe siècle, ce que Darwin a fait pour le temps. Tandis que Darwin montrait que toute vie se développe dans le processus de l'évolution, c'est-à-dire dans le temps, selon certaines lois, Vernadsky montrait que toute vie occupe un espace homogène quant à sa matière : la biosphère. Elle est cette enveloppe extrêmement étroite qui entoure la planète, qui, elle d'abord et elle seule, permet à la vie d'exister et avec laquelle toute vie est liée de manière indissociable et continuelle. Car l'être humain, selon Vernadsky, est une créature totalement dépendante, nichée par la nourriture et la respiration dans un environnement énergétique matériel fragile sans lequel il ne pourrait pas survivre une seule minute.

On appelle cela le *Life Support System*, ce cœur technologique qui commence par mettre à la disposition du corps embarqué dans un vol spatial un environnement respirable dans lequel il peut survivre. Nous sommes, nous l'avons reconnu il y a peu, des voyageurs sans but dans le vaisseau spatial Terre, dans un cosmos inhospitalier pour les organismes terrestres. Ce qui a été pour nous pendant des millions d'années un décor de fond purement invisible, informel et auquel on faisait à peine attention, devient aujourd'hui pour la première fois une *dramatis persona* tout à coup tangible et un enjeu de luttes politiques : l'atmosphère. Comme une membrane qui nous abrite et nous conserve. Nous sommes, hélas, nés nus et bêtes. Nous n'avons aucune espèce de mode d'emploi de notre vaisseau spatial.

Bref, financé par un pétromilliardaire texan animé par des fantasmes d'exode, on a donc semé, cultivé et modelé dans le désert Sonora, en Arizona, une seconde nature dans la maison de verre futuriste. On l'a baptisée *Biosphère 2*. Elle devait, dans un espace scellé de plus de deux cent mille mètres cubes, accueillir sept biomes reliés les uns aux autres : un désert, une forêt humide, un océan, une savane, une mangrove, une surface agricole et un habitat humain. Des écologistes, ingénieurs, chimistes, architectes, artistes, psychologues, médecins, botanistes, biologistes, designers, informaticiens, physiciens, entomologistes et climatologues furent intégrés à la planification de cette expérience en serre. On sélectionna à grands frais des taxons végétaux et animaux que l'on choisit sur différents continents pour coloniser et maintenir ce beau nouveau monde. Qui serait autorisé à monter à bord de cette Arche de Noé en exercice sur sol sec ? Par exemple des termites et des herbes en provenance de Guyane française, des plantes des forêts humides du Venezuela, des mangroves de Floride, des coraux et des pieuvres du Yucatán, des poissons des Bahamas, des abeilles ouvrières de l'Arizona, des fourmis folles jaunes australiennes, des chèvres naines d'Afrique occidentale, des porcs de l'île d'Ossabaw et des milliers d'espèces de microbes et de champignons. Dans quelles conditions un homme peut-il exister ?

En 1968, le microbiologiste Clair Folsome a fait à l'université d'Hawaii une découverte remarquable. Si l'on en croit l'anecdote, il a enfermé par mégarde de l'eau du Pacifique dans une bouteille. Ses motivations restent obscures. En tout cas, lorsqu'il l'a examinée, plusieurs semaines plus tard, il a constaté avec étonnement que, dans ce récipient hermétiquement fermé, la vie microscopique n'avait nullement pris fin. Des micro-organismes et même de petits crabes s'y étaient au contraire créé un nouveau et minuscule environnement qui s'était dessiné et maintenu tout seul, en auto-organisation. La vie est adaptable et coriace.

Dans l'expérience d'isolation de la *Biosphère 2*, il fallait mettre à l'épreuve, à une échelle un peu plus grande, les circuits de régulation. Huit exemplaires de cette espèce sensible qu'est *Homo sapiens* devaient être enfermés pour deux ans dans cet ensemble sous cloche de verre, mis sous scellés et livrés à eux-mêmes en compagnie des vers et des végétaux. Gaïa 2.0 devait former un système fermé sur le plan matériel, uniquement ouvert aux flots d'énergie et d'information, comme notre Terre. Le modèle artificiel du monde de la vie, dont la biomasse humaine et pensante ne serait qu'un système partiel, devait acquérir de la nourriture de manière autonome, recycler déchets et eaux usées ainsi que stabiliser le mélange gazeux de l'atmosphère par photosynthèse et respiration cellulaire, en un mot : réguler spontanément l'ensemble des métabolismes et maintenir ainsi les fondements de l'existence même de la vie. Une idée téméraire. Serait-il effectivement possible de reproduire sous une coupole de verre un écosystème fragile et d'une haute complexité qui était né dans le contexte d'une planète ? N'avions-nous pas bien plus de chances de produire de cette manière une Médée 2.0, un cauchemar atmosphérique où pulluleraient les germes et les spores pathogènes, les gaz toxiques, les surpopulations, les extinctions de masse et les effets de serre dégénérescents, cauchemar dans lequel tout ne pourrait au bout du compte que se transformer en mucus vert ou étouffer misérablement ?

D'une manière générale, l'espèce humaine n'a qu'une faible confiance dans les manigances douteuses de l'auto-organisation systémique par lesquelles émergent spontanément des ordres spontanés. Elle croit au contraire avec candeur dans la raison planificatrice, dans la raison qui contrôle, ou en d'autres dieux encore. Le contexte naturel simulé dans la maison de verre ne pouvait, dès lors, en aucune circonstance être laissé à lui-même. Semblable à une mince peau organique, la biosphère fut donc aussi tendue sur un sous-monde électrique, mécanique, chimique, thermique et hydraulique. On donna à cet enfer le nom de technosphère. On achemina de l'extérieur d'immenses quantités d'énergies électriques tirées du gaz naturel. Des câbles, des canalisations, des turbines, des ventilateurs, des brumisateurs, des sprinklers, des ordinateurs et un réseau dense comportant plus de mille capteurs accomplissaient leur travail intense et dissimulé : la conversion de l'air et de l'eau, la production de vagues, de vent et de pluie, la surveillance et la manipulation de la pression aérienne, de la température, de l'humidité, de la teneur en oxygène et en dioxyde ce carbone. L'architecture de ce monde-bulle respectait la vision d'une gestion toute puissante des écosphères.

Notre vieille Terre mère, la *Biosphère 1*, pouvait bien mourir de ses tumeurs cancéreuses ! La succursale *life-support* de notre espèce pour la planète Mars était prête.

Le 26 septembre 1991, donc, les huit Biosphériens entrèrent dans le beau nouveau monde. On ferma les écluses à air. Les jeux métaboliques purent commencer. La question était : Qui dévore qui ? Qui forme des symbioses ? Qui vit des excréments de qui ? C'était un laboratoire expérimental de la dynamique des populations. Par sécurité, les managers zélés de l'écosphère avaient surchargé l'espace vital d'espèces – avec des chasseurs et des proies intégrés à des chaînes alimentaires complexes. Les ingénieurs appellent cela le principe de la redondance fonctionnelle. Pour les éléments assurant la pérennité du système, on s'offre le luxe d'avoir des *backups*. L'espace et l'énergie étaient limités. Qui, donc, était le mieux adapté ? L'extinction des uns est le triomphe de la reproduction des autres. C'est que le jardin d'Éden réclame des sacrifices. L'ignoble brouet organique, telle était l'hypothèse crédule, se stabiliserait à un moment ou à un autre de manière autonome.

Le séjour expérimental fut un échec. Les récoltes apportèrent trop peu de nourriture. Les primates dominants souffraient constamment de la faim. Fourmis et cafards, en revanche, sortirent vainqueurs de ces grands jeux. Leurs populations pullulantes, rampantes et tressautantes peuplèrent l'ensemble des biomes et se frayèrent à coups de mandibules un chemin triomphal dans les joints en silicone de la maison de verre. Tous les insectes pollinisateurs disparurent. La plupart des vertébrés les imitèrent. Un abattage d'urgence liquida les cochons sauvages particulièrement voraces de l'île d'Ossabaw. La lutte pour la survie ne connaît pas de miséricorde. Le design aérien fut lui aussi un échec. Les fluctuations sauvages – et, au bout du compte, l'augmentation – de la teneur en CO_2 ne purent être maîtrisées, même avec les plus grands déploiements techniques. La croissance végétale, que cette atmosphère saturée de dioxyde de carbone rendait exubérante, ôta la lumière du Soleil aux habitants du sol. L'oxygène disparut de manière mystérieuse. Au bout de seize mois, la teneur de l'air en oxygène était d'environ 14,5 %. Dans l'atmosphère terrestre, cela correspond à la proportion de ce gaz autour de 4 000 mètres d'altitude. Des symptômes physiques et psychiques s'installèrent. On vit que le facteur majeur, le facteur imprévisible de l'expérimentation était l'homme. Sa dynamique psychosociale formait un huitième biome spécifique. La chambre respiratoire n'avait plus d'air. La sous-nutrition, le manque d'oxygène et l'isolation provoquèrent des dépressions, de la paranoïa, des hallucinations ainsi qu'un jaillissement de forces psychiques et de souvenirs. L'intérieur de cette institution écologique se couvrit d'une strate psychotique. La microsociété se désintégra. Un nouvel ordre spontané s'établit. L'équipe, au début soudée et harmonieuse, se divisa en deux groupes hostiles. Il n'y avait pratiquement plus de conversations. La direction externe du projet agissait d'une manière toujours plus autoritaire et eut recours à des moyens relevant du chantage. Les dépêches des médias avides de scandale firent le reste. L'autarcie complète fut interrompue à plusieurs reprises. Deux fois, on introduisit de l'air de l'extérieur. La bulle avait éclaté.

Sommes-nous tous prisonniers de notre biosphère ?

Les colonies de l'*Eciton burchellii* présentent un comportement remarquable. Cette fourmi migrante est aussi primitive qu'il est possible de l'être. Elle est pratiquement aveugle et a un cerveau piteusement développé, elle respecte des impératifs génétiques simples et réagit avant tout aux signaux chimiques de ses congénères. Si l'on place une centaine de ces insectes sur une surface lisse, ils tourneront encore et encore en rond, décrivant toujours la même trajectoire sans espoir, jusqu'à ce qu'ils meurent d'épuisement. Mais qu'un demi-million d'entre eux se trouvent regroupés, alors la masse, en tant que superorganisme global, un surmoi collectif, montre un comportement extrêmement complexe et d'une intelligence stupéfiante. Lors de leurs razzias destructrices dans les forêts d'Amazonie, ces essaims de fourmis déployés en éventail détruisent tout ce qui est vivant, comestible et entrave leur chemin sur le sol de la forêt. Les excédents sont évacués par des ouvrières sur des colonnes de marche réglées par un ordre efficace, les obstacles et les gouffres sont franchis sur des ponts vivants pour lesquels des milliers de membres s'accrochent les uns aux autres, ce qui permet au cortège qui se trouve au-dessus d'elles d'avancer en empruntant le chemin le plus court. Une fois le repas terminé, les corps de l'essaim constituent, là encore, eux-mêmes le quartier de nuit : des masses de fourmis imbriquées les unes aux autres s'enchaînent pour former un puissant bivouac à l'intérieur duquel les larves et la reine pondeuse sont dissimulées et protégées. Tout cela se déroule sans aucune direction, sans instructions, sans idée de base. Cela se passe sans cerveau planificateur. À partir d'une quantité d'interactions et de mécanismes de comportement extrêmement simples émerge une structure complexe qu'aucun acteur ne pourrait embrasser du regard ou comprendre, même approximativement. La stupide *Eciton* n'a pas la moindre idée de ce qu'est l'intelligence guerrière de l'ensemble dont elle fait partie.

Ce qu'on pouvait observer dans le conteneur organico-mécanique de la *Biosphère 2*, c'étaient les sursauts que manifestaient les systèmes couplés non linéaires dans des situations critiques, dans la turbulence et le chaos. Des interactions simples, dans leur structure de détail, mais des interactions débordantes par leur nombre – faites de plantes, de micro-organismes, d'animaux, de machines et de gaz, de neurones dans les cerveaux ou de primates dans des structures sociales – débouchèrent à grande échelle sur des situations imprévisibles : vives fluctuations des gaz à effet de serre, bonds soudains de la population, hallucinations, constitutions de clans hostiles au sein de la harde humaine, ou encore extinction d'espèces entières. Le tout, telle est la formule prégnante de la théorie de la complexité, est plus que la somme de ses parties. Et l'on a vu que ce tout, dans la mesure où il s'agissait d'un collage artificiel, était hautement instable.

Un grain de sable tombe sur une surface vide. Puis un autre, encore un autre, et ainsi de suite. Une colline de sable va se former. Le petit modèle agit d'une manière apparemment linéaire. Avec chaque grain de sable, la colline grandira d'un grain de sable. Jusqu'à une date avancée du XXe siècle, on a considéré que le monde était tricoté de cette manière. Simple, proportionnelle et, par principe, calculable. À petite cause, petit effet. Et pourtant, à un moment – on ignore lequel –, la colline deviendra instable. Elle se retrouvera dans un état critique. Un grain de sable insignifiant tombera, et le système basculera. Les physiciens donnent à ce phénomène le nom de *criticalité auto-organisée.* Un grain de sable tombera et une avalanche se déclenchera sur l'une des pentes raides. Elle sera constituée de quelques grains ou bien de quelques centaines, ou encore de quelques milliers. Il est possible que la moitié de la colline s'effondre sur elle-même. Un petit grain de sable et sa révolution. Les relations du monde sont de cette nature.

Mais quand tout s'écroule, comme le dit le second principe de la thermodynamique, quand l'entropie augmente, quand le brouet devient immensément plus vraisemblable que la forme, le fragmentaire bien plus plausible que l'ensemble, la mort plus probable que la vie, comment se fait-il que nous existions dans un monde complexe et ordonné ? Comment, par exemple, se peut-il qu'un processus que nous nommons l'évolution et qui contredit en apparence les lois de la physique produise constamment de nouvelles structures dotées d'un haut degré d'organisation ?

À moins que vous ne vous considériez pas comme un état d'ordre étonnamment élaboré ?

La physique distingue, sur le principe, deux types d'ordres. La première forme, sans attrait, est l'ordre en état d'équilibre. Une bille roule à l'intérieur d'une coupe jusqu'à ce que toute l'énergie cinétique se soit transformée en chaleur de friction. Désormais, la bille ramenée à l'état de la plus basse énergie potentielle se trouve dans le point le plus profond du récipient. Bien. Mais la deuxième forme d'ordre est nettement plus excitante. Elle apparaît dans des systèmes ouverts et dynamiques, loin de l'équilibre thermodynamique. De tels états de déséquilibre portent la responsabilité de votre conscience et de votre système immunitaire, des termitières, des rhinocéros, des romans de Michel Houellebecq et de l'inéluctable effondrement de la civilisation humaine.

Le brave citoyen se trouve donc au soir de sa mort tragique dans sa baignoire, il faut le dire, un peu trop petite. Comme, assez rapidement, sa nuque lui fait mal, il soulève la bonde, soupire et se laisse retomber. Une situation ordonnée – la concentration d'eau savonneuse dans un contenant – se transforme ensuite, conformément au second principe, à une situation désordonnée. Par les canalisations, l'eau se disperse sur le chemin de l'égout. L'entropie augmente. Mais comme la dynamique de dissolution se concentre sur un point, à savoir l'étroite évacuation de la baignoire, il se produit un phénomène remarquable. Un nouvel ordre dynamique naît : un tourbillon creux en rotation, une forme provisoirement stable de matière et d'énergie par laquelle coule un flux constant de matière et d'énergie. La durée de séjour moyen d'une molécule d'eau dans le tourbillon est de quelques secondes. L'ordre ne peut être déduit des propriétés des atomes qui tournoient. Elles pourraient tout aussi bien être différentes. La forme est au contraire née comme quelque chose de neuf et d'imprévisible. Elle est un phénomène d'émergence. Une plaisanterie des systèmes dynamiques. Le brave citoyen, fatigué, se relève et, sifflant une vieille rengaine, se sèche le dos avec la serviette-éponge moelleuse de son ex-épouse.

C'est le mouvement de la dégradation lui-même qui génère – provisoirement – l'ordre.

Nous sommes les parasites du déclin. Nous sommes des systèmes matériellement et énergétiquement ouverts, fragiles et dépendants. Nous absorbons le puissant mouvement de la décomposition pour nous maintenir nous-mêmes. Comparez l'ordre sublime du lapin braisé, du vin rouge ou d'une tarte au citron avec la compote putride de vos selles. C'est cette dénivellation qui nous permet de courir et de penser, d'écrire des livres et de mener des guerres. La forme naît seulement de la dynamique du déséquilibre.

Mais d'où le lapin que nous consommons tient-il ses états d'ordre internes de haut niveau ? Il les tire de l'oxygène et des biomolécules riches en énergie, par exemple de la carotte ou de la mâche. Et la mâche ? De la ressource d'ordre de toute vie terrestre : le Soleil. Contrairement à ce que l'on pourrait croire, celui-ci n'approvisionne pas la biosphère en énergie, mais en entropie basse. Comme le tourbillon aqueux au-dessus de l'évacuation, la Terre est un système ouvert et dynamique en déséquilibre. Les photons hautement ordonnés de la lumière solaire touchent la surface de la Terre et la réchauffent. La même quantité d'énergie reçue de la sorte quitte toutefois de nouveau la Terre dans le cosmos froid et sombre – sous la forme d'un rayonnement infrarouge désordonné. La Terre absorbe l'ordre et rend du désordre. C'est en puisant dans ce mouvement que la vie se maintient. Il provient en partie de la collision de la Terre ancienne avec la protoplanète Théia, il y a environ 4,5 milliards d'années, collision qui a fait fondre le noyau de la Terre et a donné naissance à la Lune. Jusqu'à ce jour, cet événement nourrit la désintégration radioactive à l'intérieur de la Terre et anime ainsi les bouleversements qui affectent la croûte terrestre et la dérive des continents autant que les tremblements de terre et les éruptions volcaniques – des processus élémentaires pour l'écosphère et qui s'alimentent à un flux d'entropie dirigé vers l'extérieur. L'organisation complexe de nos corps est arrachée au mouvement du déclin. Notre parasitisme nous permet, pour quelques instants fugaces, de prendre forme et de retarder le dernier moment de désordre, la mort. Pendant ce temps-là, nous sommes des producteurs potentiels d'entropie. Nous émettons des matières fécales et de la sueur, du dioxyde de carbone, du méthane, de la chaleur, des montagnes de déchets de civilisation et une ivresse de pensées et de signes tournant à vide.

Épiméthée a commis une erreur. Après que les dieux eurent façonné les créatures de la Terre, il lui vint l'idée de répartir les qualités entre elles. Il donna à certains animaux la force, à d'autres la vitesse, il confia des armes à ceux-là et à d'autres une descendance abondante. Il avait ainsi distribué équitablement tous les dons. Mais son frère Prométhée, qui le rejoignit, découvrit une créature nue, faible et sans talent. Épiméthée avait oublié de la pourvoir d'une qualité. C'était l'être humain.

Pour compenser cette lacune et sauver la pitoyable créature, Prométhée vola aux dieux la sagesse et le feu et les offrit aux hommes. Mais Zeus, le père des dieux, se mit en fureur lorsqu'il apprit ce vol. Il infligea une punition cruelle non seulement à Prométhée, mais aussi aux hommes, en envoyant vers la Terre Pandore modelée en glaise. Les Terriens, désormais poussés par le besoin de connaissance, ouvrirent la boîte interdite que Pandore leur offrait en cadeau.

Mais toute sorte de maux et de fléaux s'en échappèrent. Le mal s'abattit sur le monde. La seule bonne chose – supposée – qu'eût contenue la boîte, c'était l'espoir. Les hommes, donc, ni dieux ni animaux, mortels et par conséquent sachant qu'ils vont mourir, mais frappés par un espoir aveugle, entamèrent leur irréversible processus d'affirmation de soi. Il dure jusqu'à nos jours et son moyen est la *technē* (en grec ancien, τέχνη signifie aussi bien « technique » qu' « art »).

Depuis, donc, que l'Australopithèque s'est définitivement dressé sur ses jambes dans la savane pour devenir un humain, ce dernier est une créature nécessairement technique. Il est l'animal qui a inventé la connaissance ; un Haplorhinien qui a recours à des artéfacts. Proportionnellement, ses instincts n'étaient que rudimentairement développés. Il n'avait ni fourrure épaisse, ni carapace, ni dents aiguisées, ni serres, ni ailes, ni vitesse, et pas beaucoup de force. Une pitoyable créature. Et pourtant elle poursuivit son projet prométhéen.

Le malheur débuta avec l'expansion du cerveau parasitaire. Lorsque, voilà environ deux millions d'années, le cortex de l'espèce *Homo*, en réaction aux situations climatiques violemment fluctuantes d'Afrique orientale, commença à enfler de manière disproportionnée, à doubler et à redoubler de volume, on avait entamé un processus dont les conséquences dévastatrices s'étendent jusqu'à la civilisation fossilo-nucléaire qui est aujourd'hui la nôtre. Cet organe coûteux, qui a proliféré et ne pèse qu'un cinquantième du poids corporel, consomme un quart de toute l'énergie métabolique, et même le double chez les nourrissons. La faim insatiable du cerveau parasitaire était un piège auquel nous n'avons pas échappé jusqu'à ce jour. L'homme apparaît par la suite comme le résultat non pas d'un épanouissement glorieux, mais plutôt d'un *désastre de son économie énergétique*, dans laquelle se combinent évolution et développement technique. Depuis toujours, nos ancêtres ont réagi aux mouvements arbitraires et menaçants de la nature en pratiquant l'armement technologique. L'homme se croit sorti du pétrin. Au prix de coûts énormes. Pour le *cortex cerebri* en expansion, ceux-ci n'ont pu être couverts que par deux nouvelles sources d'énergie efficientes : la consommation de viande et le contrôle du feu. La viande nourrissante du grand gibier, acquise par de nouvelles techniques de chasse et de nouvelles armes, la maîtrise de la lumière et de la chaleur, et la technique culturelle de la cuisson (qui entraîna l'extension considérable de l'offre de nourriture) provoquèrent une escalade de la complexité. Les réseaux non linéaires et versatiles aussi bien de la communauté humaine que du cerveau machiavélien – dans lequel la somme des interactions neuronales dépasse le nombre des atomes dans le cosmos – se mirent à foisonner et à prospérer de funeste manière.

Ce fut la première des trois phases transitoires lourdes de conséquences dans le métabolisme social de l'énergie de l'être humain ; chacune de ces phases alla de pair avec une escalade de la complexité organique ou sociale.

Les bonds évolutionnaires accomplis au cours des ères précédentes de la Terre – par exemple le développement d'organismes pluricellulaires dans le protérozoïque ou le déploiement fulgurant et dispendieux de la richesse formelle pendant l'explosion cambrienne – sont dus à des révolutions fondamentales de l'économie énergétique biologique. Ce fut grâce à la capacité évoluée de cellules eucaryotes de respirer le gaz toxique des premier éons, l'oxygène, source d'énergie hautement efficiente, que la vie s'éveilla de sa stase passive qui durait depuis des milliards d'années. Et ce fut pour finir la croissance brusque de ce même oxygène dans l'atmosphère du cambrien, il y a environ six cents millions d'années, qui, seule, donna au métabolisme de la vie une telle poussée que la complexité de la biosphère explosa.

Il existe de mièvres anthropologues pour affirmer que la catastrophe originelle de l'espèce *Homo sapiens* s'est produite il y a environ soixante-quatorze mille ans. À l'époque, le ciel s'assombrit, cendre et particules de soufre tournoyaient à travers la stratosphère et les températures globales tombèrent brutalement à des niveaux abyssaux. La végétation tropicale, mais aussi une partie de la végétation modérée moururent et, avec elles, de nombreuses espèces dont, sans doute, l'*Homo erectus* encore largement répandu en Asie. Ces événements causèrent de tels ravages qu'il fallut mille ans pour que la flore et la faune s'en remettent. La cause de la catastrophe climatique était la gigantesque éruption du volcan Toba, sur l'île indonésienne de Sumatra, qui précipita la Terre dans un hiver volcanique permanent. Les analyses mitochondriales d'ADN le montrent, l'humanité a été à cette époque à deux doigts de s'éteindre. C'eût été à coup sûr préférable.

À chaque extermination succèdent les cortèges triomphaux des survivants qui partent se réapproprier et exploiter les vastes espaces de vie où reprend la germination. Parmi nos ancêtres, des chasseurs nomades et des cueilleurs vivant dans des hordes sans dominant de trente à quatre-vingts individus, les rares rescapés quittèrent l'Afrique. Au cœur de la dernière ère glaciaire, pendant laquelle certaines parties de l'Asie, de l'Europe et de l'Amérique du Nord étaient sous la glace, et où le niveau de la mer était de plus de cent mètres inférieur à celui de notre époque, il était possible à l'*Homo sapiens* de se répandre sur le globe comme une épidémie : par la Manche qui, à sec, menait jusqu'aux îles britanniques, par le Sunderland jusqu'en Indonésie et en Australie, par des ponts terrestres jusqu'à l'archipel japonais, par le sous-continent de Béringie en Amérique du Nord et, de là, dans le Sud. Le pléistocène tardif fut une époque de vives turbulences climatiques, marquée par des changements brutaux avant tout déclenchés par des transformations subites des modèles de courants instables dans l'Atlantique Nord.

J'ai grandi dans une société qui était marquée par Rousseau, par l'idée, donc, que l'homme était bon à l'état naturel et que c'était la société qui, seule, le rendait mauvais. Mais lorsque je suis arrivée en Angleterre pour faire mes études, c'est-à-dire dans une culture marquée par Hobbes, j'ai appris que c'était l'inverse, c'est-à-dire que l'homme était mauvais par nature et que seule la société nous empêchait encore de nous lacérer mutuellement sans le moindre frein. C'est ainsi que j'ai appris, en France, à mépriser la société et, en Angleterre, l'être humain.

La véritable catastrophe originelle de notre espèce s'est en tout cas produite beaucoup plus tard. Pendant près de deux cent mille ans, l'*Homo sapiens*, devenu un animal nomade vivant en horde, a parcouru la planète au sein de clans modestes. Mais voilà précisément dix mille années, ce modèle a commencé à se transformer brutalement, et ce sur quatre continents différents, indépendamment les uns des autres, et pratiquement en même temps : dans le Croissant fertile, en Asie du Sud-Est, en Chine et, totalement isolée du reste du monde, en Amérique centrale et au Pérou. Pourquoi ?

C'est un changement climatique qui a mis un terme à cet état de désolation naturelle et a déclenché une deuxième et funeste phase transitoire. Après les derniers soubresauts de l'âge de glace au cours du Dryas récent, qui ont encore une fois apporté mille années de froid, le climat s'est tempéré d'une manière étonnante. Suivit une phase de chaleur stable telle que la Terre en avait rarement vécu auparavant, l'holocène. Elle est le nid dans lequel nous nous sommes posés et où, depuis, nous prenons de la graisse. Un tournant aux conséquences profondes : les gens ont abandonné le nomadisme et se sont liés au sol, par le semis et la récolte, le toit, les greniers à grain et le mythe. La révolution néolithique força l'homme et le blé, le mouton, la chèvre, le bœuf et les parasites à mener une coévolution pressante et qui débouchait sur la domestication.

Le début de l'agriculture provoqua un changement fondamental dans le métabolisme social de l'énergie, avec l'utilisation systématique de l'énergie solaire. Alors que chasseurs et cueilleurs ne faisaient que s'intégrer aux flux d'énergie solaire existants dans la biosphère, les paysans pratiquant l'agriculture commencèrent à les exploiter de manière systématique et efficace. Il en est résulté un excès d'énergie disponible. Tout cela n'est devenu possible qu'en raison de conditions climatiques stables qui offraient une voie d'accès fiable à l'énergie solaire et permettaient de la stocker par anticipation sous la forme de récoltes, puis de la répartir au sein d'une population en croissance rapide. Le mal prit son envol.

Ce fut un malentendu historique idiot : le début de la culture sédentaire. L'homme se soumit aux céréales, difficiles à digérer. Il sacrifia sa liberté et l'échangea contre le travail crasseux et éreintant dans les champs et le bavardage du village, le fardeau de la communauté, l'inertie et la propriété, la domination et la soumission, la fable de la terre natale et de l'étranger, le mur et la guerre, les épées et l'histoire de notre stupidité.

Comment s'est passée cette deuxième transition ? Par la prémonition planificatrice et le pouvoir – trop intelligent – de mettre les choses en forme dont disposait l'*Homo sapiens sapiens* ? Sans doute pas. La sédentarité fut précédée d'un *overkill* préhistorique, une blitzkrieg que l'homme et le climat menèrent ensemble contre le grand gibier. La hausse des températures à la fin de l'ère glaciaire et les nouvelles techniques de chasse des êtres humains épuisèrent en peu de temps les bases qui avaient d'abord assuré l'existence des chasseurs de gibier : rhinocéros laineux, ours des cavernes, kangourou géant, tigre à dents de sabre, mammouth, cerf géant et bien d'autres espèces disparurent de la surface de la Terre. L'extinction de masse du Quaternaire a engendré un dangereux point d'instabilité dans le métabolisme social des hommes. La matière première bon marché était chassée à mort. Le système se retrouva en état critique. Et bascula. Au choc de l'effondrement d'un modèle social qui avait réussi pendant plus d'un million d'années succéda une période d'expérimentations culturelles évolutionnaires, une poussée d'innovation dont la conséquence fut le système nouveau et astreignant de l'agriculture, et, par la suite, notre civilisation actuelle, mondialisée, techniquement équipée, triste. L'énergie – et, par le biais de celle-ci : l'entropie basse – est, on le voit de nouveau, la ressource clé des ordres en genèse.

Dans le célèbre dialogue de Platon *Le Banquet*, c'est le poète Aristophane qui fournit une explication inhabituelle à la marche debout et, du même coup, à la condition humaine. L'état de bipède est, dit-il, une punition des dieux. Jusqu'à leur sacrilège – leur tentative d'obtenir l'accès au ciel –, les Terriens, en effet, qui étaient à l'origine des créatures sphériques dotées de quatre bras, quatre jambes, quatre oreilles et deux organes sexuels, ne s'étaient pas déplacés en marchant debout, mais en faisant la roue. Ils étaient des sphères, des entités complètes qui, en punition, furent coupées en deux par les dieux, « comme on divise des baies que l'on veut mettre en conserve ou des œufs que l'on coupe avec des cheveux ». (Les dieux étaient des compagnons aimables et gais.) Dans la théorie platonicienne de l'amour, l'être humain devint ainsi une créature lacunaire qui, rongée par l'envie de retrouver son état de globalité, est condamnée à désespérer en raison de son imperfection. Seul l'amour apporte un soulagement provisoire à cette misère. En prenant les choses sous un angle plus large, c'est la communauté humaine qui doit assurer à l'homme le remplacement de l'espace protecteur qu'apportait l'utérus maternel et de le simuler à son intention. L'homme est *l'animal nu* oublié par Épiméthée qui construit autour de lui la couveuse de la culture : une bulle exorbitante.

L'atmosphère – du grec ancien *atmós*, la vapeur, et *sphaira*, la sphère –, la sphère de vapeur chaude de l'holocène, est le *life support system* de la civilisation humaine. Seule la sphère de vapeur climatique des dix mille dernières années a permis le déploiement d'oasis et de paysages matériels et intellectuels, la transmission du savoir et de la structure. Elle a permis un surplus, une division de la société entre ceux qui produisent de l'énergie et ceux qui vivent sur les excédents des autres (pour dominer, penser, créer, consoler ou assassiner) ; elle a permis l'avènement d'une classe de pensants qui a inventé de nouvelles formes pour abstraire l'information, la combiner et la stocker à travers l'écriture et les nombres, et qui a ainsi permis une accumulation globale, un projet collaboratif de l'espèce, courant sur des centaines de générations. À côté du grenier à grain est apparu un grenier à savoir.

Le bâti, le nid, la caverne. Le règne animal connaît lui aussi la fonction protectrice de l'architecture : avec la harde, le troupeau et l'essaim, il connaît aussi celle du collectif. Mais seul l'animal nu qu'est l'homme emploie, contre l'impuissance, l'innovation que représentent les artéfacts et les fictions. La protection est une légitimation fondamentale de la domination. Technique et fiction en sont les moyens.

La société humaine a évolué. À la phase de transition vers le modèle agricole a succédé une phase multimillénaire de différenciation. L'augmentation du flux d'énergie solaire en a provoqué une autre, dramatique, celle des populations, la condensation et la mise en réseau, un entrelacs de synergies et de dépendances, une rapidité et une densité croissantes des flots de ressources, d'informations et d'énergie. C'est toujours la même dynamique : de petites composantes individuelles s'associent pour résoudre des problèmes qu'elles ne peuvent pas maîtriser seules. C'est ainsi que des billions de cellules se rattachent les unes aux autres pour former un système nerveux capable de percevoir les structures plus larges du monde et de calculer des solutions effectives. Les systèmes nerveux, quant à eux, se couplent pour former des clans, des tribus, des principautés tribales, des cités-États, des empires ou d'autres enclosures d'asservissement. Ils créent d'assez grandes structures coopératives qui, par la suite, produisent un effet rétroactif et limitent ce que peut faire l'individu. De la même manière que le modèle de courant fourni par le tourbillon a un effet rétroactif sur la molécule d'eau et la limite. On construit une maison et on limite le mouvement dans l'espace. On crée de l'ordre, c'est-à-dire aussi de l'inhibition et de la contrainte, pour repousser la dégradation et l'entropie. Plus les créatures sont nombreuses à se regrouper, plus la pression sur les ressources est importante, plus est débridée la compétition, plus est complexe la division du travail, plus la fragmentation est béante, plus coûteux sont la stabilisation et les mécanismes de cohérence, plus l'appétit d'énergie est grand, plus les nouveaux problèmes sont embrouillés, plus la nécessité des innovations est impérieuse. Une spirale qui tourne jusqu'à chauffer à blanc. Énergie et complexité forment ainsi un cercle régulier inséparable, pervers et s'amplifiant. Il s'avère que les plus grands problèmes naissent des solutions.

Le remède aux forces sociales centrifuges, ce sont les fictions. Elles défient les entropies et stabilisent les entrelacs complexes d'entités sociales métaboliques. Toute société humaine, toute entreprise collective se fonde sur une fiction absurde. Ce sont des histoires efficaces – religions, nations, eschatologies humanistes, marxistes, techniques ou de quelque nature que ce soit, ou encore la pure et simple fiction : l'argent – qui maintiennent notre cohésion, qui nous animent, nous entraînent dans des phantasmes et nous font oublier notre caractère mortel. Elles forment le mastic symbolique qui assurent le liant du projet humain. Il faut des histoires pour légitimer les inégalités, et des histoires pour faire tomber les systèmes. Sans les bulles fantastiques et illusoires de nos mondes symboliques, il n'y aurait ni pyramides, ni art, ni Empire japonais, ni guerre.

Les sociétés agricoles se sont étalées comme des fronts pluvieux sur des cartes géographiques.

Lorsque le chef d'armée germanique Odoacre, qui avait jadis été au service du Hun Attila, fit son entrée en septembre 476 à Ravenne, le siège de l'empereur de la Rome occidentale, renversa Romulus Augustule et le bannit à Naples, l'*Imperium Romanum* s'effondra.

L'image européenne primitive de l'empire en expansion qui domina pendant près d'un demi-millénaire l'ensemble de l'espace méditerranéen et, à l'époque où il atteignit sa plus grande superficie, s'était étendu sur trois continents, du Portugal à la Mésopotamie et de l'Écosse à la Nubie, avait été victime de la flambée de sa propre complexité. Il avait fait une banqueroute métabolique et s'était effondré. Pourquoi ?

La complexité dissimule un piège. Car elle entraîne d'immenses coûts métaboliques. L'empire qui se maintenait avec des courants d'énergie solaire s'était voué à un maximalisme expansif qui se nourrissait de l'ingestion permanente de nouveaux territoires, trésors et ressources, des feux de paille métaboliques sans lendemain, si bien que dans un premier temps plus de richesse pouvait conduire à plus de conquête, et plus de conquête à plus de richesse. Mais le modèle de la civilisation agricole avait besoin d'un équilibre stationnaire entre le centre et la périphérie. Le centre, qui dépend des ressources des provinces, doit, pour préserver et légitimer son propre pouvoir, lier la périphérie en assurant de manière continue l'infrastructure, la sécurité militaire et juridique, ainsi que l'approvisionnement en vivres et en marchandises. Une entreprise onéreuse. Comment garantir ne fût-ce que le *limes*, cette muraille frontalière littéralement sans fin de l'empire, contre les irruptions des Germains, des Perses et des Huns ? Comment alimenter soixante-dix millions de personnes ? L'enflement sans frein de l'*Imperium Romanum* alla de pair avec une escalade incontrôlée des frais militaires et administratifs. L'appareil de guerre se paralysa et le flux d'énergie métabolique, qui s'était en grande partie nourri des acquisitions liées à d'anciens pillages, s'écroula. Ce qui resta, c'étaient les coûts horrifiques qu'impliquait, en termes de métabolisme, la conservation d'une gigantesque structure impériale, et qui durent être couverts pendant des siècles par des excédents agricoles annuels. Sans les pillages auxquels on se livrait en une seule fois dans les greniers où était stockée l'énergie solaire (greniers à grain, artéfacts, troupeaux de bétail), le métabolisme de l'empire boursouflé devait se maintenir exclusivement à l'aide de plantations d'énergie renouvelable. Le prix de la complexité était trop élevé. Ainsi débuta une phase de points critiques et de turbulences s'amplifiant les unes les autres. Une croissance démographique exponentielle, une surutilisation du sol, de mauvaises récoltes de plus en plus fréquentes, l'irruption des tribus germaniques, des guerres dispendieuses, des dérapages dans les dépenses d'armement, des insurrections dans les provinces, des pillages et des mutineries, une dévaluation galopante de la monnaie, un étiolement des réserves en capitaux, la paupérisation de la population, les sécheresses, les famines, les épidémies, la chute démographique – l'apoplexie était inévitable. Dans un système en état critique, une petite perturbation – un unique grain de sable – suffisait à déclencher l'avalanche. Les frontières du régime énergétique agricole étaient les frontières de Rome. Ce fut le gonflement de cette réussite au-delà de ce *limes* qui scella sa disparition.

Il s'avère que les civilisations courent un risque d'apoplexie lorsque le flux essentiel de l'énergie destiné à maintenir une complexité croissante s'arrête ou se tarit : par des changements climatiques, des catastrophes naturelles, la surpopulation, la surexploitation des ressources, les dommages à l'environnement ou les guerres consommatrices de forces.

L'énergie du monde est constante. Depuis le début de l'univers, elle n'a ni augmenté ni diminué. On ne peut pas la produire et, quels que soient les efforts qu'on déploie, on ne peut pas la détruire. C'est ce qu'affirme le premier principe de la thermodynamique, moins célèbre, et c'est une injustice, que son successeur. Mais qu'est-ce que l'énergie ? Elle est cette entité physique qui demeure conservée – selon la définition, qui paraît un peu creuse. Elle est, affirment certains, la capacité d'accomplir un travail. Elle est en tout cas une chose : une experte de la métamorphose. Sous la forme de l'énergie gravitationnelle, elle met des galaxies en mouvement, elle fait tourner la Terre autour du Soleil ou relie l'atmosphère aux planètes.

En tant qu'énergie électromagnétique qui naît de la métamorphose de l'énergie nucléaire dans le Soleil, elle déplace à son tour l'atmosphère, produit du vent et anime le cycle hydrologique. Les plantes convertissent le rayonnement qui touche la Terre en énergie chimique que nos corps usent à leur tour pour la transformer en énergie thermique ou cinétique : en chaleur ou en mouvement.

Au cours de la majeure partie de l'histoire, l'organisme animal a été la seule machine qui parvienne justement à cela : transformer de l'énergie en mouvement. Et cela signifie : en travail. C'est donc le corps que l'homme, jusqu'au XVIIIe siècle, exploita parallèlement au sol afin de maximiser ses capacités énergétiques. Le travail était avant tout accompli par la force musculaire des paysans, des esclaves et des animaux utiles, force avant tout produite par la combustion de matières organiques. Avec le bateau à voile, le moulin à vent et le moulin à eau, nos ancêtres savaient certes utiliser l'énergie cinétique de l'atmosphère et de l'hydrosphère, mais l'énergie ainsi dérivée présentait l'inconvénient de n'être ni fiable, ni transportable, ni stockable. Il n'y eut donc pas d'autres solutions que de cultiver des champs et de transformer ainsi des territoires entiers en parcs de photosynthèse pour remplir de matière énergétique les corps qui travaillaient. On rasa des forêts pour en faire des champs. On manqua donc de bois pour chauffer et faire la cuisine. On sortit de la terre un minéral connu depuis longtemps, mais peu apprécié, afin de le brûler à la place du bois : le charbon. On creusa de plus en plus profond jusqu'à ce que l'eau de la nappe phréatique apparaisse dans les filons. Le malheur débuta. Cela se passa à la marge la plus extrême de la ceinture de civilisation eurasienne, et non par exemple dans le glorieux Empire chinois de la dynastie Qing, ni dans le puissant Empire ottoman, dans le royaume moghol de l'Inde ou dans le Japon des Tokugawa. Ce fut un événement contingent survenu en périphérie, une invention qui servait à pomper de l'eau dans une mine de charbon des Midlands anglais. La machine savait mener une manipulation alchimique qui allait radicalement changer le monde : elle transformait la chaleur en mouvement. L'ère fossile avait commencé.

Pour définir leur programme esthétique, les surréalistes citaient volontiers ces vers des *Chants de Maldoror* de Lautréamont dans lesquels la beauté est conçue comme la « rencontre fortuite sur une table de dissection d'une machine à coudre et d'un parapluie ». Lorsque, dans la ville de Manchester, en 1785, un métier à tisser et une machine à vapeur se rencontrèrent sur le sol d'une fabrique, les personnes présentes ont pu éprouver un frisson du même ordre. La machine avait remplacé le muscle. Ce fut l'instant où se déchaîna une force renversante qui allait donner à la Terre, au cours des siècles suivants, une nouvelle silhouette. Elle ne fit pas seulement exploser le modèle de la civilisation agricole en découplant l'apport d'énergie et la surface, elle ne conduisit pas seulement à une asymétrie globale assassine, à une avancée de l'Occident en termes de pouvoir, à une escalade de l'inégalité, à la soumission et à la division du monde, à la naissance d'un prolétariat urbain global, mais aussi à des interventions massives dans la forme et la structure du système de maintien de la vie sur la planète. Le nouveau régime industriel de l'énergie avait été instauré pour métamorphoser le monde, pour obtenir une accumulation d'immense richesse matérielle et faire triompher la technologie sur la nature, par les moyens de la modernité capitaliste et impérialiste : l'expansion et l'extraction.

La troisième et funeste phase de transition – après le gonflement du cerveau parasitaire et la révolution agraire –, cette troisième et funeste phase de transition que fut l'économie énergétique humaine, fut avant tout rendue possible par un caprice pervers et géochimique de la nature. Au cours d'une procédure morbide, sous pression et à haute température, dans des tapis de sapropèle s'étendant sur les fonds marins, ces gigantesques cimetières des minuscules créatures vivantes des mers de plateau qui descendent vers les profondeurs de la croûte terrestre, cette boue noire parvint à condenser une substance qui conserve en elle la lumière solaire d'il y a plusieurs millions d'années : le pétrole.

L'homme commença à le brûler pour satisfaire ses propres objectifs. Il était tombé sur une source d'énergie qui paraissait inépuisable et qui, par la suite, inonda, gonfla, accéléra et ébranla le système ouvert qu'était l'humanité. Avec des conséquences fatales. La population mondiale explosa. Elle doubla et redoubla. Elle passa de 1,6 milliard de personnes en 1900 à 6,1 milliards en l'an 2000. Dans le même temps, la quantité de pétrole extrait augmenta de 18 000 %. Au début du XXIe siècle, l'humanité consomme autant de charbon et de pétrole qu'il a pu s'en former dans la croûte terrestre en un million d'années.

Les phases de transition métabolique sont des points d'instabilité de l'histoire. On en arrive au chaos et à l'ivresse fortuite, à de vives fluctuations et distorsions politiques, sociales et économiques qui se balancent et s'élèvent pour former des clusters de pouvoir accidentels, comme des modèles de courants dans une rivière turbulente. Le résultat, poussé à l'extrême, a été le XXe siècle. Le métabolisme devint brûlant. La raison s'abolit elle-même. La rationalité instrumentale rejeta ce qui se trouvait en travers de son chemin. Cela déclencha le déchaînement de la bestialité. Ce n'était peut-être pas très éloigné des événements survenus voici 543 millions d'années, lorsque l'explosion du cambrien, provoquée par une nouvelle ressource énergétique, à savoir l'oxygène libre, a mené à une évolution de l'alimentation animale et de la chasse, à une course à l'armement des corps, à une libération de la cruauté, mais aussi et en même temps à un déploiement débordant des formes.

Le flot d'énergie apporté par le charbon et le pétrole a débouché sur deux siècles et demi d'escalades et d'innovations techniques, sur des structures et des ordres fluctuants, sur une époque d'ivresse et de gaspillage, d'assassinat et d'armement. Il marque le passage du règne de la foi irrationnelle au règne de l'irrationnel dans un monde sans foi.

Les anciens stabilisateurs systémiques, en particulier les récits de la religion, se sont érodés. Une compétition grotesque de nouvelles histoires et des trajectoires qui allaient avec elle se déclencha – une compétition dont l'enjeu étaient les fictions infectieuses et toxiques de la nation, de la race, du progrès, de la société sans classes et des idoles du marché libre.

Lorsque, le 27 août 1859, à Titusville, dans l'État fédéral de Pennsylvanie, pour réagir au prix élevé de l'huile et du blanc de baleine, le cheminot à la retraite Edwin L. Drake creusa un trou dans la terre et tomba sur du pétrole à seulement vingt et un mètres de profondeur, le monde fut transformé à tout jamais. Pendant près d'un siècle et demi, grâce à leurs gigantesques réserves de pétrole, les États-Unis allaient dominer les combats géopolitiques pour le pouvoir et le territoire qui éclatèrent à cette époque. Au cours des décennies suivantes, la compétition fit rage autour des nouvelles ressources clés de la complexité. L'accès à l'énergie, c'est ce que comprirent les géostratèges des premières nations industrielles, n'apportait pas seulement argent et puissance, mais aussi une force de destruction potentielle. Les nouveaux leaders mondiaux se mirent en position. L'assassinat sanglant pouvait commencer. Les deux guerres mondiales furent placées sous le signe des fictions toxiques et du pétrole. On les mena comme des guerres aériennes, des guerres maritimes et des batailles de chars intégralement motorisées, avec une logistique d'approvisionnement et de transport dispendieuse, fonctionnant sur la base d'énergies fossiles. On les mena aussi pour la principale ressource de l'ère de la combustion : le pétrole du Proche-Orient, le pétrole de Bakou et du Caucase, le pétrole de Roumanie indispensable au Reich allemand et le pétrole de la Chine, qui poussa le Japon et les États-Unis à des escalades de violence. L'approvisionnement en carburants joua dans la guerre un rôle décisif, tout comme les deux technologies qui allaient marquer de manière fondamentale la suite du cours du monde : l'énergie nucléaire et l'ordinateur. Tous deux sont les enfants du meurtre déchaîné, des manifestations aussi bien que des moteurs d'une complexité passée hors de tout contrôle.

Dans un premier temps, la Wehrmacht allemande est parvenue, en attaquant de manière ciblée les tankers britanniques, à juguler dangereusement ou à couper le ravitaillement en pétrole des Alliés, qui s'alimentaient à des sources américaines. Si cette stratégie avait fonctionné, elle aurait permis le triomphe d'Hitler. Ce qui contrecarra ce plan, c'étaient des machines électromécaniques, de monstrueux cerveaux d'automate ; elles permirent aux analystes déchiffreurs réunis autour d'Alan Turing de décoder les liaisons stratégiques ultrasecrètes par télex de la Wehrmacht et de garantir ainsi l'avance énergétique des forces de combat alliées. La machine à calculer et le pétrole étaient eux aussi devenus des alliés. Le rêve de l'or noir de Bakou, qui poussa Hitler vers l'Est, s'acheva sur un échec. L'approvisionnement de l'Allemagne nazie en carburants se tarit. Les chars furent pris dans la glace russe, les avions restèrent cloués au sol. Le Reich perdit même la macabre course à l'innovation pour récupérer l'énergie née de la dégradation des noyaux atomiques instables. La première source d'énergie non solaire que se fût procurée l'humanité tua sur-le-champ et avec un haut degré d'efficacité un quart de millions de personnes. Hiroshima et Nagasaki furent calcinés. L'assassinat industrialisé produisit plus de 70 millions de morts.

« La question cruciale pour le genre humain, écrivait Freud en 1930, me semble être de savoir si et dans quelle mesure l'évolution de sa civilisation parviendra à venir à bout des perturbations de la vie collective par l'agressivité des hommes et leur pulsion d'autodestruction. » Eh bien, elle a échoué.

Le comportementaliste américain John B. Calhoun a conçu en 1972 une expérience perfide sur la population. Comment une colonie animale réagit-elle à une surabondance démesurée ? Son *Universum 25*, ainsi était intitulé son dispositif expérimental, devait établir une utopie des souris dans un espace très restreint. L'architecture optimisée de l'enclos du paradis était un carré de 2,5 mètres de côté sur cinquante centimètres de hauteur. Ce *boardinghouse* miniature fanfaronnait avec 256 appartements, des mangeoires généreusement équipées et abondamment remplies, des boissons, du matériau en abondance pour faire les nids, des zones de rencontre pour le bien-être social et une climatisation agréable.

L'immeuble à souris faisait l'objet d'un nettoyage et d'une visite médicale hebdomadaires. On n'y manquait de rien. Sauf d'espace illimité. L'expérience commença avec huit souris blanches qui, posées dans l'enclos, n'eurent qu'à regarder autour d'elles pour savoir qu'elles se trouvaient au pays de Cocagne des rongeurs. Elles se mirent à copuler joyeusement. La croissance était exponentielle. La population doublait tous les deux jours, sans être gênée par les maladies, les chats assassins ou les poisons des dératiseurs. Des hiérarchies et des modèles sociaux typiques de l'époque se formèrent. La vie de souris était bonne. Mais au bout de onze mois – alors que la colonie était, à cette date, constituée d'environ 600 habitants – le rythme de la croissance ralentit. On avait atteint une masse critique. Le système bascula et un nouveau modèle apparut. Quatorze cercles élitaires et dominants s'établirent et se dissocièrent tandis que des centaines d'exclus se regroupaient au centre de cette cage du paradis. Comme les clans élitaires continuaient à se multiplier avec acharnement, des éruptions de violence extrêmes eurent lieu au sein des masses croissantes de jeunes mâles exclus de l'ordre social. C'étaient des *dropouts*. On les reconnaissait à leurs queues mordues, à leur fourrure élimée et aux traces de sang qu'ils portaient sur le corps. Ils erraient dans le bâtiment en groupes de maraudeurs. Les femelles sans défense réagirent aux attaques en multipliant les agressions et se mirent à tuer leurs petits. Elles cessèrent se multiplier, sombrèrent dans un comportement stupide ou se retirèrent pour vivre en ermites dans les étages supérieurs de l'édifice. Il en résulta des excès homosexuels parmi les mâles méprisés. Les élites se reproduisant de manière obsessionnelle, la population monta à 2200 souris dans cet Élysée de six mètres carrés. Alors, toutes les structures sociales s'effondrèrent. Tous les comportements dégénérèrent. Les souris devinrent apathiques et se comportèrent comme si elles étaient en transe. Une nouvelle strate d'utopistes mâle se forma. Calhoun les appela *The Beautiful Ones.* Les narcisses perdirent tout intérêt pour la reproduction, se retirèrent dans leur camp et passèrent leur temps à manger, à dormir et à soigner leur fourrure de manière obsessionnelle. Ils se faisaient en outre remarquer par leur étonnante bêtise. Physiquement sains, mais socialement isolés, les rongeurs de la prospérité moururent de mort intellectuelle. La colonie des souris brisées arrêta totalement de se reproduire. Les nouveau-nés – il y en avait çà et là – étaient immédiatement tués à coups de dents. C'est dans une surabondance démesurée que mourut, au 1780e jour de l'*Universum 25*, le dernier habitant de la petite utopie. L'*Universum 26* de Calhoun ne tarderait pas à prendre la suite.

Le Russe Vladimir Ivanovich Vernadsky, géologue et théoricien de la biosphère, se demanda comment l'humanité considérée dans sa globalité, alors que sa masse était en fin de compte insignifiante par rapport à celle de la planète, avait pu se développer pour former cette totalité unique en son genre. Comment était-il possible, se demanda-t-il, que cette espèce ait pu arpenter, coloniser et entrelacer intégralement la Terre ? Vernadsky répondit : son importance ne tient pas tant à sa masse, mais à son esprit. Pour désigner cette domination de l'esprit sur la sphère fragile qu'habite celui-ci, Vernadsky trouva un concept : celui de *noosphère. Noö,* en grec ancien, c'est l'esprit. Vernadsky a décrit la naissance de la noosphère comme un renversement évolutionnaire comparable à l'avènement de l'humanité. Si l'on en croit le géologue, nous nous trouvons dans une nouvelle époque de l'histoire de la Terre, que Paul Crutzen appellera plus tard l'*anthropocène*, cette époque, donc, dans laquelle l'homme lui-même est devenu une force géologique. La noosphère, c'est la biosphère pénétrée et modifiée par la pensée. L'homme doit remodeler radicalement et produire le domaine de sa vie. Il crée autour de lui un monde artificiel, technique, sans lequel il serait nu et non viable, un utérus technico-culturel, une bulle dans laquelle il peut, pour finir, survivre. La noosphère, c'est cette membrane cosmique qui s'est posée tout autour du globe par extension de nos différents sens. Un filet. Une sorte de cerveau technique pour le monde, un réseau total et globalisant de la pensée et de l'action.

C'est notre Utopia.

La maison est devenue une extension de la peau, l'épée et le marteau des extensions de la main, la bombe une extrapolation de l'épée, la roue une extension du pied, l'écrit a externalisé la mémoire, le microscope et le télescope ont étendu l'œil, la machine à vapeur a remplacé le muscle, les rues ont élargi le réseau des artères, l'ordinateur est devenu une extériorisation du cerveau, la simulation s'est transformée en imagination mécanique et le World Wide Web tient lieu de système nerveux central de la planète. La technosphère de la Terre pèse plus de 30 billions de tonnes. À quelles conditions cet animal nu qu'est l'être humain peut-il exister ?

Dans le roman de Jules Verne, *Le Tour du monde en quatre-vingts jours*, la Terre se réduit pour devenir un intérieur capitaliste carrossable. En 1872, le tour de la planète, alimenté par l'énergie fossile et pratiqué en un temps record, n'est rien d'autre, pour le gentleman fortuné qu'est Phileas Fogg, qu'une compétition excentrique dont l'enjeu est le triomphe de la technique sur l'espace et le temps. Comme le charbon vient à manquer sur le vapeur qui assure la traversée transatlantique et dont les moteurs sont chauffés à blanc, le capitaliste Fogg fait brûler ses propres biens et fonce à pleine vitesse. Ainsi, sous une fumée noire qui monte des cheminées, on fait du petit bois avec l'aménagement intérieur, les cabines, les salles réservées à l'équipage, les passerelles de secours, les mâts, les vergues et les chevrons, le bastingage et, pour finir, l'habillage de la redoute et de grandes parties du pont sont mis en pièces, sciés, hachés afin d'approvisionner une chaudière insatiable et de maintenir à son niveau maximal la pression de la vapeur. Verne a créé l'image de notre époque : la machine affamée qui grogne et se dévore elle-même.

Comparez la molécule organique complexe du pétrole brut à l'uniformité et à la banalité chimique des émissions de gaz. C'est de cette dégradation que se nourrit la civilisation pyromane. C'est grâce à cette chute libre que scintille et s'anime joyeusement notre enclos animé. Contrairement au reste de la nature, qui se nourrit de courants solaires et laisse ses émissions d'entropie s'échapper dans le cosmos glacé sous forme de chaleur désordonnée, l'homme incendiaire dépose ses déchets de civilisation dans l'espace intérieur global de la biosphère. Il s'est décroché du grand flot et a fait cuire sur le feu sa petite soupe à lui, avec ce résultat inéluctable que les reliquats de la combustion se regroupent et que le système sphérique de maintien de la vie, ce dépôt d'entropie, se couvre de suie. C'est que l'atmosphère, on le sait, a une mémoire. Elle se rappelle de préférence la fumée qui sortait des cheminées au début de l'ère industrielle. La nature d'autrefois, qui passait aux yeux de la civilisation expansive pour un extérieur que l'on pouvait exploiter à l'infini, devient désormais reconnaissable comme quelque chose d'extraordinairement différent : un espace intérieur sensible qui se prête fort mal à servir de vide-ordures.

Quelle quantité de rayonnement calorifique trouve son chemin vers la surface de notre planète ? Et quelle quantité la quitte de nouveau ? La réponse à ces deux questions, c'est ce que nous appelons le climat global. Jour après jour, la Terre absorbe l'énergie du Soleil sous forme de rayonnement ultraviolet. La Terre renvoie la chaleur par réflexion dans l'atmosphère, sous forme d'ondes infrarouges. S'il en allait autrement, elle chaufferait sans fin et anéantirait toute vie en peu de temps. Ce sont, pour l'essentiel, trois facteurs qui décident de ce bilan énergétique : la force lumineuse variable du Soleil, la capacité de réflexion des rayons que détient la surface de la Terre, capacité qui se modifie en fonction des nuages, de la couverture glaciaire, de la forestation et de la répartition des continents et, pour finir, des nuages à effet de serre que l'on trouve dans l'atmosphère. Au cours de l'histoire terrestre, ils ont donné forme à notre planète, dans toutes les combinaisons possibles. Vapeur d'eau, dioxyde de carbone, ozone, méthane et autres – ce sont des gaz absorbants qui sont certes traversés par le rayonnement à ondes courtes du Soleil, mais absorbent l'infrarouge que la Terre renvoie dans l'espace et en renvoient de nouveau une partie vers la surface de la Terre. Ils gardent au chaud. Comme une couverture maintient le corps au chaud dans la nuit.

Depuis le milieu du XIXe siècle, donc, les températures globales montent. Le système complexe de haute sensibilité qu'est celui de la Terre réagit de manière fiable aux monstrueuses quantités de dioxyde de carbone que la planète a enfouies et stockées dans la croûte terrestre, mais que l'homme, jouant avec le feu, a libérées en seulement deux cents ans et a lâchées dans l'atmosphère. Ce n'est ni la Terre mère Gaïa, en quête d'harmonie, ni tout aussi peu Médée, l'infanticide, qui dominent encore l'état de la planète pendant l'anthropocène. Un nouveau personnage est apparu, un parvenu du management des écosphères : Prométhée.

L'homme, c'est l'animal nu avec le feu. C'est l'animal pyromane. (« Je ne suis pas un humain, écrivait Nietzsche, je suis de la dynamite. »)

L'esprit de l'être humain, qui se croit supérieur, est un dilettante brutal dans le jeu de la nature. C'est un théoricien modeste. Mais c'est surtout un praticien des systèmes de faible niveau. Cela dit, il ne détruira ni n'endommagera le climat. Pas du tout. Comment le pourrait-il ? Il va toutefois le transformer. Il le fait depuis longtemps. Seule la stabilité climatique de l'holocène a permis le déploiement de la civilisation humaine. C'est d'abord dans cette niche écologique, dans cette bulle contingente, sensible, hautement improbable, que les espèces se nichent, surmontent les obstacles et que leur expérience de complexité a pu commencer. C'est cette bulle-là que détruit à présent l'animal pyromane. Rien de plus. Il déstabilise un déséquilibre dont la stabilité est provisoirement – plus de dix mille ans – ahurissante. Il mène un système dynamique à un état critique au sein duquel il va se transformer de manière imprévisible et par bonds. C'est d'une bêtise difficilement dépassable. Les effets vont s'amplifier et s'intensifier d'eux-mêmes. On va franchir des points de bascule. Plus il fera chaud, plus des gaz à effet de serre, par exemple, s'échapperont des sols de permafrost en Sibérie ou des sédiments marins de l'Arctique. Plus nombreux seront les gaz à effets de serre, plus il fera chaud. Ce seront des processus de ce type qui mèneront à des transformations incompatibles avec la vie humaine telle que nous la connaissons. Les sécheresses, les événements météorologiques extrêmes, la pénurie d'eau, la fonte des boucliers polaires, la montée des mers, l'inondation des régions côtières et d'îles-États complètes, le déménagement de centaines de millions de personnes, l'effondrement de systèmes agricoles entiers, les guerres pour les ressources, le délabrement, et l'extinction massive des espèces. Les limites des émissions sont les limites de l'ignorance.

L'Empire romain occidental s'est effondré en raison de son boursouflement. Il n'a cessé d'augmenter sa complexité et son extension par le biais des paiements métaboliques uniques issus des campagnes de conquêtes et de leurs pillages. Lorsque celles-ci prirent fin, il s'est écroulé – après une phase de stagnation critique – sous les immenses coûts qu'impliquait le métabolisme de cette complexité impériale qu'il fallait désormais conserver. La civilisation pyromane des derniers siècles suit avec ardeur le même modèle. Elle aussi s'est vouée à un maximalisme insatiable. Elle aussi anime son expansion *ad infinitum* par des paiements métaboliques uniques, à savoir l'exploitation de gisements d'énergie solaire sédimentée, remontant aux ères précédentes. Or ces réserves s'épuisent. Les taux d'extraction des champs pétroliers les plus prolifiques de la Terre baissent. Sans merci. Année après année. Dans le même temps, l'appétit de la civilisation pour l'énergie connaît une croissance drastique. Il en ressort, du point de vue purement arithmétique, une situation hideuse. Sous la forme d'une faille béante et qui s'agrandit à une vitesse fulgurante. La machine capitaliste, alimentée à l'énergie bon marché, le *corpus technicus* de la planète, feulant, émettant de la vapeur, connecté en une totalité, perd le suc qu'il se procurait à un tarif avantageux. Le moteur à combustion se met à tousser.

Libéré des liens de la pesanteur et de la prison labyrinthique, Icare vole vers le ciel avec les ailes artificielles réalisées par son père Dédale, celui qui est riche en arts. C'est un triomphe sur les lois de la physique et sur les limites de l'être humain. On a dépassé la pesanteur terrestre. Devant lui s'ouvre l'infinité sans frontières. Et il est pris par l'ivresse de l'altitude. Il monte plus haut, toujours plus haut. Jusqu'à ce qu'il approche le Soleil de trop près et que ses ailes faites de plumes d'oiseau attachées à la cire se mettent à fondre. Il tombe dans la mer près de Samos et meurt.

Icare est une puissante machine divisée et immature.

Les cerveaux des *Homines sapientes* sont d'efficaces appareils d'auto-illusion. Les machines d'illusion intellectuelles possèdent l'étonnante capacité de refouler la contradiction fondamentale de leur existence industrielle : le fait banal, mais lourd de conséquences, que l'expansion infinie est impossible sur une surface sphérique et limitée. La stratégie évolutionnaire, qui a connu le succès pendant des millions d'années, consistant à réagir à chaque problème par la même réponse, à savoir par la croissance et l'auto-intensification, touche à sa limite au point où une autre expansion matérielle ou intellectuelle de la civilisation dionysiaque, qui se consomme elle-même, rend nécessaire l'existence de multiples terres.

Imaginez un très grand arbre dressant ses branches vers le ciel. Par simplicité, nous l'appellerons arbre de la connaissance. Il s'agit d'un végétal inhabituel, car non seulement il est incommensurablement grand (cela fait des siècles que les philosophes se disputent pour savoir s'il est insondablement ou infiniment grand, c'est-à-dire s'il a quelque part une ultime frontière, ou non), il porte aussi des fruits remarquables. On leur donne le nom d'idées. Une Ève ou un Adam sort donc du droit chemin et cueille le premier fruit. Il est accroché en bas de l'arbre et il est juteux. Leurs enfants se nourrissent de pensées du même ordre sur les branches basses. Mais leurs arrière-petits-fils ont besoin des échelles qu'ont fabriquées leurs aïeux pour continuer à accéder à de nouvelles idées. Leurs descendants, quant à eux, construisent des rampes, des tours, des palans. Ils ne le font pas seulement par curiosité de savoir, mais par peur, parce qu'ils sont devenus depuis longtemps accros aux fruits de l'arbre, qui leur promettent des solutions à des problèmes nés des récoltes précédentes. Mais les idées sont de plus en plus complexes et dissimulées. Les sachants doivent construire de plus en plus haut vers le ciel, ils doivent collaborer au sein de groupes de plus en plus importants, leurs techniques et procédures d'apprentissage ne peuvent que devenir de plus en plus dispendieuses, afin d'arriver à des visions de l'univers, car tout, dans les basses régions, est déjà cueilli au point que l'arbre n'a plus un fruit qui vaille. Bientôt les masques à oxygène sont nécessaires, les combinaisons spatiales, les moissonneuses gigantesques et des appareils immenses et qui réfléchissent par eux-mêmes afin d'arracher encore un nouveau savoir à la nature. Les coûts augmentent pour atteindre l'incommensurable. Toutes les ressources en termes de main-d'œuvre, de matières premières et de savoir dont dispose ce qui est désormais le *peuple des assistants à la récolte* sont utilisées pour continuer à pomper cette source indispensable à la survie. Le peuple qui désormais vit sur l'arbre et ne peut plus depuis longtemps connaître la base meurt de dépense de soi et d'épuisement.

Comment se peut-il, telle est l'énigme du paradoxe de Fermi, que l'humanité, compte tenu de l'extension et de l'âge purement et simplement inconcevable de l'univers, dans lequel il est hautement vraisemblable que tout ce qui peut exister selon les lois de la physique existe aussi réellement, ne soit jusqu'à ce jour tombée sur aucune espèce de trace d'intelligence extraterrestre ? Ou encore, comme le formula le physicien Enrico Fermi : *Where is everybody ?* La réponse la plus plausible est que les formes de vie intelligentes tendent à l'autoextinction à partir d'un certain degré de complexité. La productivité marginale diminue brutalement. Le système devient instable et s'effondre. Rien n'échappe au second principe. L'entropie a le dernier mot. Cela va toujours dans le sens de la pente – vous l'avez remarqué depuis longtemps.

En 1977, l'humanité envoya dans les vastitudes du cosmos un témoignage de son existence dérangeante, avec l'espoir vaniteux qu'il puisse, un jour lointain, être trouvé et déchiffré par des créatures intelligentes. Sur les enveloppes extérieures des deux sondes spatiales *Voyager* qui, aujourd'hui, après des décennies de périple, ont déjà atteint le bord du Système solaire, à des milliards de kilomètres de distance, et restent sans doute, pour une durée que nul ne peut prévoir, les uniques artéfacts humains qui quittent cette niche isolée de l'univers pour dériver pendant des millions d'années, sans but, perdues dans l'espace interstellaire, sur ces enveloppes, donc, se trouvent les deux fameuses éditions des *Voyager Golden Record*, ce disque de cuivre couvert d'une couche d'or sur lequel, en même temps qu'un mode d'emploi du déchiffrage extraterrestre, on a gravé un curieux testament de l'humanité. Sur l'album *best of* de la Terre, conçu pour être une capsule temporelle susceptible de résister au moins un demi-milliard d'années au rayonnement cosmique et à la collision avec des particules de poussière astrales, on trouve des images, codées de manière analogue, d'éminentes parties génitales humaines ou du Taj Mahal, tout autant que des enregistrements d'une fugue de Bach interprétée par Glenn Gould, les sons de la guitare déformée de Chuck Berry, les chants initiatiques des Pygmées du Zaïre, des bouches à baiser donnant des bécots, des hyènes hurlantes, du ressac de la mer, du « plop » émis par les bulles de boue, de stupides messages de salutation de la Terre en cinquante-cinq langues ainsi que du discours d'un ancien nazi autrichien qui s'était hissé au poste de secrétaire général des Nations unies et qui finit en déblatérant pour l'éternité des histoires de paix et d'amitié interstellaire.

Pourquoi se fixer sur l'humain ?

Barge Kagoshima-Naha (Okinawa)

Le navire tangue. Je vomis.

« Croyez-vous, en tant que scientifique et humaniste, à ce projet humain d'une maîtrise de la nature qui, au bout du compte, serait heureuse, à une éternelle histoire de réussite ?
– Non. »

Une touriste allemande à la tête cramoisie et en pleine hyperventilation me parle d'Ōkunoshima, l'île aux lapins.
Cette île minuscule, jadis classée secret absolu et effacée des cartes topographiques, servit au Japon à produire du gaz toxique pendant la guerre du Pacifique. Des travailleurs forcés coréens y testèrent sur des lapins l'acide prussique, le gaz moutarde et le phosgène avant que l'unité spéciale japonaise 731 ne s'en serve pour liquider des milliers et des milliers de Chinois en Mandchourie. Aujourd'hui, hormis un hôtel thermal coquet avec terrain de golf, l'île est abandonnée par les hommes. Elle est totalement peuplée de lapins qui, en l'absence de prédateurs et d'assassins au gaz toxique, s'y reproduisent joyeusement. Edith me montre des photos de ses heures heureuses avec les lapins.

Dans le dortoir ouvert du navire : des ivrognes japonais, des loubards tristes. Toute la nuit ils se soûlent, ils rotent, ils poussent des cris de rut.
Le lendemain matin, le singe supérieur s'incline profondément et ânonne des formules creuses pour présenter ses excuses.

Poids restant : 47 kilos.

Loué une auto. Je voulais une petite voiture, mais ils me donnent une limousine de luxe. Tout est *hightech*, atroce. Je pose trois fois la question. Non, il n'y a pas de clé, pour démarrer on appuie simplement sur la pédale des gaz. Ce truc peut aussi voler ? Fichue circulation à gauche ! Première éraflure au bout de trente minutes. Foutue merde !

Je me suis acheté un épilateur électrique de la marque Panasonic et je m'épile toutes les heures.

OKINAWA WORLD. Me voilà donc ici, l'Os. Tes cavernes calcaires, tes tombes : *Gyokusendo.* Combien de temps es-tu resté allongé ici, squelette ? Dix mille ans ? Cent mille ? Rien ne rappelle ta présence. Pas de monument, pas de plaque explicative, pas d'écrin en ton honneur, pas de carton sale. Rien. Au lieu de cela, un temple de la consommation, un parc d'aventures familial ingénieux. Des groupes de visiteurs coiffés de chapeaux aux couleurs vives. La caverne de calcaire est vivement éclairée avec des projecteurs de couleur. Pour des moments d'émotion. (Cela augmente l'envie d'acheter.) Sur le parcours à travers des boutiques toujours nouvelles. Cinéma 3-D, shooting photo avec serpent habu, location de kimonos, pédicure aux poissons. Alors seulement arrive le hall de shopping en *duty free.*
De désespoir, j'en suis presque à prendre une bouteille de liqueur avec vipère à l'intérieur, et j'attaque une charmeuse de serpents à temps partiel.

L'un des trois traits de l'existence selon
la théorie du bouddhisme :
苦 *ku* souffrance

Je deviens de moins en moins de choses.

Tout s'enchaîne, le Crâne. Tout produit un sens.
Ton apparition, l'apparition de l'aïeule, le départ.
Maintenant je suis ici. Rien ne s'enchaîne.
Rien ne produit de sens.

無我 *muga* non-moi

余白の美 *yohaku-no-bi.*
L'art européen connaît lui aussi
une esthétique de la négation.
Les poèmes de Mallarmé
ressortent du silence de
la *page blanche*, la musique
de John Cage intègre le silence.
On trouve dans l'esthétique
japonaise le concept du *yokaku-no-bi :* la beauté du blanc
qui est resté. Seul le non-dit,
les emplacements vides,
les surfaces blanches de l'écran
permettent d'éprouver le beau.

(Supposons qu'il n'existe pas de progrès. Supposons que toute cette humanité ne fasse que vaciller. Supposons que ce que nous appelons démocratie et liberté soient depuis longtemps des enveloppes vides auxquelles nous avons appris à croire aveuglément. Supposons que les hommes plongent dans l'indifférence et la léthargie face à un monde qui les a depuis longtemps placés en marge. Supposons que notre réalité ne soit qu'un grand refoulement, un spectacle destiné à maquiller la perception de notre situation véritable.)

Je tente de m'oublier.

Je parle avec les archéologues d'un lieu de fouilles voisins.
Je les questionne à ton propos, le Crâne.

Ils rient.

Si la vérité était un point dans l'espace
et moi un point dans l'espace,
me disais-je dans mon rêve, et que
j'accomplissais la moitié du chemin vers
la vérité, l'autre moitié resterait
à parcourir. Et si j'accomplissais la moitié
de cette autre moitié de trajet, son autre
moitié resterait elle aussi à parcourir.

Fujimura !

Je pars aussitôt, l'Os !

Et même si la distance
avec la vérité était, de cette
manière, de plus en plus petite,
elle resterait pourtant
à tout jamais hors d'atteinte,
puisqu'il resterait toujours
la moitié du reste du chemin.

Il vit encore, le Crâne ! (Et pas du tout en prison.) Souffrant d'une maladie psychique, retiré, à Minamisōma, Fukushima. Mais chaque chose en son temps. Après cinq verres d'awamori (vin de riz) les archéologues coincés deviennent enfin loquaces. Il était temps ! On me fait une brève introduction à l'histoire récente de l'archéologie japonaise. Écoute bien, l'Os ! C'est le boom du bâtiment des années 1970 qui a donné de l'élan à la recherche archéologique au Japon. Les pelleteuses ont mis au jour le passé stratifié. On s'est dépêché de le déchiffrer. Le consensus jusqu'à cette date : le Japon n'a été habité qu'au paléolithique tardif, il y a 35 000 ans au maximum. On a rejeté cette hypothèse. Sur la base d'une série de découvertes spectaculaires. Les artéfacts en pierre que l'on a découverts étaient plus anciens. Et on en trouvait en permanence de plus vieux. 50 000 ans ! 100 000 ans ! En 1993, des chercheurs ont découvert sur le site de Kami-Takamori, dans la préfecture de Miyagi, au nord-est, des outils en pierre auxquels on a donné, sur la base de critères stratigraphiques (notamment des strates de cendre volcanique), l'âge monstrueux de 500 000 ans ! Le pays a été affecté par une sorte de fièvre de l'âge de pierre. Les sites de ces découvertes ont été proclamés lieux historiques, on a débloqué des fonds immenses pour la recherche et des flots de touristes se sont rendus en pèlerinage sur les lieux des fouilles. Des mascottes en pierre à feu et des produits dérivés d'hommes primitifs étaient disponibles. Les *paléo-happenings* pouvaient commencer. L'intérêt des médias était énorme. (Le Japon avait enfin une preuve de sa supériorité et de sa singularité culturelles. On n'était pas seulement au même niveau que le vieux rival, la Chine : on le dépassait.) On ne découvrit pas seulement des manifestations étonnantes de religion et de culture premières, mais les zones d'habitat les plus anciennes de la planète. Un archéologue en particulier se fit remarquer : Shinichi Fujimura. On l'appela bientôt *Kami no te,* la main de Dieu. Il participa à plus de 180 déterrements et à la quasi-totalité des grandes découvertes. C'est le dimanche 5 novembre 2000 qu'eut lieu le coup de théâtre. Le quotidien *Mainichi Shimbun* publia des enregistrements prouvant que la main de Dieu, *alias* Fujimura, avait enterré des artéfacts en pierre sur un site de fouille pour les déterrer au même endroit quelques jours plus tard et les présenter au monde comme une découverte sensationnelle (la strate suggérait un âge de 700 000 années). Le public japonais était sous le choc. Il s'avéra que presque toutes les découvertes des dernières décennies avaient été des faux. Fujimura, brisé, proclama qu'il avait agi guidé par le diable.

La recherche sur le paléolithique au Japon s'effondra. Depuis, on chaparde les ruines. Je vais trouver ce Fujimura.

Arrivée à 1 h 30 du matin à un arrêt de bus vide et sombre, un peu en dehors de la ville, un petit salon de thé ouvert de l'autre côté de la rue. Des ivrognes qui m'encerclent. Je me demande un bref instant si je devrais passer la nuit ici. Puis je me réfugie dans un taxi. Le chauffeur met la musique très fort et fonce dans le sombre paysage. Je dors dans un hôtel appelé *Loverooms.* De petites chambres roses avec des ventilateurs de plafond disproportionnés.

Je rétrécis.

Un petit garçon en patins à roulettes s'assoit à côté de moi, s'approche et se sent ainsi, je crois, moins seul.

Poids restant : 44 kilos.

Partout poussent des poils.

Je pourrais chercher le petit beau dans le grand laid.

Je le trouve sur la côte, à côté du port de pêche. Une silhouette tordue, grisonnante, peau mise à part : Fujimura. Il regarde la mer, le regard vide. Quand je lui montre le dessin qui te représente, l'Os, il tressaille comme quelqu'un qui se rappelle soudainement le cauchemar de la nuit précédente. Puis il sourit comme un homme sénile. Il a les dents gâtées. Il dit : « Je vous attendais. » (Je soupçonne Watanabe.) Quelques poissons dans un baquet bleu. Il m'invite chez lui, à la maison. Sa femme fait cuire de la soupe au poisson. Je n'ai jamais supporté les produits de la mer. La maison est modeste. La femme s'incline une bonne dizaine de fois et ne dit pas un mot. Ma gorge se noue quand je mange la soupe, mais je n'en laisse rien paraître. Tu devais devenir le sommet, enfant de Gyokusendo. La pièce d'apparat de Fujimura. La fierté du Japon. C'est par un pur hasard qu'il est tombé sur les *Encyclopédies,* sur le passage qui te mentionne, l'Os. C'est là que l'idée lui est venue. Il dit : « Comme une intuition. » Il a fait des recherches. Il a établi un plan précis. Il a commencé par contacter Watanabe : « Voulez-vous rendre votre livre célèbre ? » Les dessins inouïs qu'on a faits de toi, le Crâne, il les a fait réaliser par un artiste auquel il était lié (d'après le modèle d'un *Australopithecus afarensis*). Il en a envoyé un à l'adresse de mon père (où le papier s'est empoussiéré pendant une décennie sans qu'il y fasse même attention, jusqu'à ce qu'il me le donne). Peu après a paru dans le *Mainichi Shimbun* l'article qui l'a confondu. Fujimura n'a jamais pu réaliser son plus grand projet. Son visage s'illumine, jusqu'à en être répugnant, quand il parle de toi. (Tout comme moi.) À un moment, je lui pose la question de tes os. Il les a volés à la *Kobutzu-Kai,* la Société des choses anciennes. « Un objet insignifiant », dit-il. Apporté par les eaux dans la caverne il y a quelques milliers d'années. Ne mérite pas qu'on en parle. Et voilà qu'il te ressort. Il t'étale devant moi. C'est grotesque, je sais. Mais je tremble de bonheur. Fujimura dit : « Je voulais être au service de mon pays. Lui donner identité et fierté. » Il me donne ton bras, squelette. Les adieux sont amicaux.

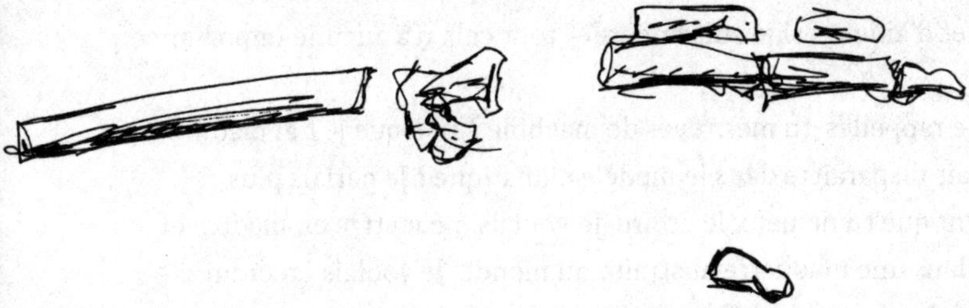

Ah, des os !

Minamisōma, Japon, le 10 mars 2011

Jona,

Où je suis, et d'ailleurs si je suis encore – tout cela n'a aucune importance.

Peut-être te rappelles-tu mes rêves de machine ? Lorsque je t'ai raconté que je voulais disparaître dans le modèle climatique ? Je parlais plus sérieusement que tu ne peux le croire. Je voulais me mettre en modèle et m'inscrire dans une maquette abstraite du monde. Je voulais créer un double virtuel et incorporel. Pour me dissoudre. Je m'objectiverais et me désagrégerais par la pensée jusqu'à ce qu'il ne reste plus de moi qu'une formule. Il fallait que naisse un système qui *agisse* comme moi, qui se *comporte* comme moi. Si ça ne tenait qu'à moi, ce serait un clone inanimé. Un fond de décor sans conscience de soi. Une vengeance contre moi-même. (Narcisse aperçoit son visage dans l'étang, tombe dans l'eau et se noie.)

J'ai commencé à préparer une collection : une feuille de données laide et intime sur laquelle j'ai reporté ce que je savais de moi-même par ouï-dire, la mosaïque des vrais et des faux souvenirs, des récits, des calomnies, des documents, en partie racontés, en partie rêvés ou ressentis d'une manière plus ou moins bizarre ; des événements de la petite enfance, des actes sans héroïsme, des chemins, des routines, des notes, des lettres, des listes d'achats, des mélodies, des rêves, des fantasmes obscènes. Des citations de livres usés jusqu'à la trame, des descriptions d'objets fétichisés. J'ai fait le procès-verbal de ce qui suit : les humiliations et les moments extatiques de mon corps, les découvertes creuses, les triomphes occasionnels et les nombreux coups dans l'eau, les ruptures, effondrements et contradictions, les attentions et les tensions qui blessent.

Bien entendu, ça n'a mené nulle part. Je pourrais prendre toutes les notes que je veux, ce serait trop peu. Le problème de l'*insufficientia data.* Ne devrait-on donc pas collecter indéfiniment ? Et d'autre part, la simple collecte de masses de données ne se déroulerait-elle pas dans une ivresse dépourvue de signification ? Une biographie totale, qui ne comprendrait pas seulement des centaines ou des milliers de pages, mais un nombre infini de pages qui consigneraient n'importe quel détail absurde d'une vie en faisant preuve d'une minutie protocolaire, ne passerait-elle pas totalement à côté d'un être humain ? Oui, elle le ferait. Le Soi n'est pas une somme de qualités et d'événements rigides. Ce n'est pas une chose. C'est *un processus.* Un modèle fondé sur la récursivité. Une histoire qui s'invente en permanence, qui se raconte par le truchement d'elle-même. Cette Chantal qui, enfant, dans l'appartement de la rue du Dragon, était couverte de bleus par son père, avait-elle quelque chose à voir avec la Chantal qui s'enticha, étudiante idiote à l'université Pierre-et-Marie-Curie, d'un révolutionnaire d'opérette ? Était-elle encore la même après la mort de Karim ? Ces blessures se sont-elles donc prolongées en elle ? Est-elle composée de ces blessures ? Ou bien les blessures, au contraire, n'ont-elles cessé de s'éteindre ?

Il s'agissait donc de trouver des schémas permettant de réduire la diversité opaque pour ne plus garder que ses lignes, mécaniques et perversions essentielles. Je suis partie à leur recherche dans les cahiers. Des lois simples, des essences. Un portrait en quelques lignes. Une biographie en une seule phrase. L'espoir que tout ce grouillement chaotique et pris de soubresauts pourrait être déduit d'une formule élégante. Existe-t-il en moi, comme dans le système climatique, des schémas qui se répètent sous forme de variantes et de distorsion ? Serait-il possible de m'appliquer à moi-même les méthodes de la modélisation mathématique ? Pourrais-je me décrire sous forme de système d'équations ? C'est-à-dire formaliser les mouvements immatériels de l'esprit de la même manière que, disons, la dynamique complexe des courants de l'eau ?

J'appelle cela *l'équation Thanatos.* Elle a été ma première réponse lorsque je me suis demandé s'il existait une constante dans mon existence stupide. Si mon Moi était une fugue de Bach (un vieux rêve), quel serait le thème introduit et se répétant dans des voix, des tonalités, des variations et des contrepoints différents ? Sans doute un désir un peu morbide, une poussée vers la dissolution, non pas vers la destruction balourde, mais vers une intellectualisation perverse, une inclinaison vers la transcendance, anarchiste, dirigée contre le corps et la vie. (Quand on me demandait, petite fille, ce que je voulais devenir plus tard, je répondais avec le plus grand sérieux : un nuage.) L'équation de la pulsion de mort fut un succès de petite taille, mais d'une grande importance. Je croyais de nouveau en mon projet. Par la suite, j'ai dessiné des algorithmes. Je me suis mise à écrire tout de suite en code informatique : un algorithme, par exemple, pour ce que Schopenhauer appelle la volonté ; un code pour la dynamique de l'apollinien du principe d'ordonnancement, un pour la dynamique du dionysiaque du centrifuge qui pousse vers l'excès et la dissolution. L'algorithme de l'éros m'a plongée dans le désespoir.

Un autre problème était le monde extérieur. Le Moi n'est pas une monade. (Même si j'exècre cette phrase.) Il n'est pas une île. (Peut-être jubiles-tu en cet instant.) Il est ouvert, poreux. Il est criblé de trous, il fuit. Il est toujours déjà un autre. Il ne se génère que dans l'entre-deux.
Je mange et je chie. Je bois, je sue et j'urine. J'inspire et j'expire. Je lis et j'écris. (Dans une langue au sein de laquelle je suis née, qui me dépasse et m'emprisonne.) Un inconnu me hurle dessus. Je reçois des menaces par la poste. J'avale ton sperme. Je suis trempée par la pluie. Je suis emplie de pensées et d'organes étrangers.
Il y a toujours quelque chose qui agit sur moi, toujours quelque chose qui transperce ma peau trop fine, sans cesse survient l'inattendu. Quelle cochonnerie ne sommes-nous pas, tous autant que nous sommes, Jona ! Ce plus intime de l'intime est un recueil embrouillé de superficialités.
Une relation vacillante, inconsistante, débordant de contradictions.
Une agglutination poreuse.
C'est l'enfer.

Comment, donc, transposer un monde de complexité sans limites en un modèle de complexité limitée ? Comment représenter dans mon modèle cette ivresse de ce qui pénètre à l'intérieur ? Sous la forme d'une simplification abstraite, d'une série d'effets paramétrés. Voilà ce que j'ai tenté.

Je faisais tourner mes projets, de nuit et en secret, sur le supercalculateur de l'institut. Tu peux me croire, j'avais le cœur battant.

On appelle cela la malédiction des dimensions. Même pour une simulation numérique et seulement approximative, s'il y a trop d'inconnues en jeu, la dépense liée au calcul augmente de manière exponentielle. Et le calcul devient impossible. Il est trop complexe. (Mais n'aurait-ce pas été bien pire si les tentatives avaient abouti ? Dans la simple exécution, je me supporte déjà à peine. L'idée que je puisse me dédoubler me fait l'effet d'un cauchemar. Une Chantal enfermée dans un programme ne pourrait en tout cas que tourner dingue immédiatement.)

J'ai écarté l'idée. Ou plutôt : je me suis mise à la restreindre radicalement. Je me suis mis en tête de ne simuler qu'un seul et unique événement : pas une vie entière, pas un futur, juste un événement. Peut-être devines-tu de quoi il s'agissait ? Tu le devines certainement : TOI, Jona. Ou, mieux : la rencontre avec toi. Je voulais appréhender les choses. Je voulais comprendre pourquoi le système que je suis réagissait par le choc et la dissolution à cet événement amoureux.

J'ai entrepris de décrire un univers minimal. Il devait être seulement composé de deux éléments : *Moi* et *toi.* Il s'agissait dans un premier temps de te modéliser, de te transformer en code. (Il est vraisemblable que tu incarnes, pour moi, quelque chose d'incorporel.) J'ai ressenti un soulagement. Enfin, j'ai pu de nouveau m'oublier moi-même, ne fût-ce que pour un moment. J'étais énervée, je passais des nuits blanches. Je me sentais un peu audacieuse, et en tout cas perverse. Connais-tu l'histoire de la marionnette de Kokoschka ? Je crois même que c'est toi qui me l'as racontée ? L'histoire de cet artiste expressionniste qui, abandonné par sa *femme fatale*, Alma Mahler-Werfel, se fait fabriquer une poupée Anna grandeur nature et authentique pour remplacer sa bien-aimée. Il en passe commande à la créatrice de poupées Hermine Moos, lui fournit des documents abondants et des instructions qui entrent dans les moindres détails : « Les surfaces qui sont importantes pour moi, les fossettes, les plis. » La première fois que Kokoschka voit la femme artificielle, il est démesurément déçu. Son commentaire : « C'est un sac à chiffons ! »

La manière dont l'artiste a exécuté sa commande lui paraît œuvre de dilettante et ne correspond en rien à ses fantasmes érotiques. Il tente malgré tout de l'intégrer à sa vie. Il invite par exemple des invités à prendre le thé, laisse son amante silencieuse participer à l'assemblée, assise sur le canapé, entreprend avec elle des voyages quotidiens en voiture, la sort à l'opéra. Et surtout : elle devient le modèle de Kokoschka. Il la peint et la dessine des centaines de fois. Mais après une période d'obsession, il décide de détruire la poupée. Elle lui a totalement fait passer sa passion. Il donne une fête au champagne avec musique de chambre, la laisse se présenter encore une fois dans ses plus beaux atours et, l'aube venue, la décapite dans le jardin.

Je m'empêtrai dans des questions de beauté. (Par quelle autre catégorie aurais-je dû décrire l'effet que tu produis sur moi ?) L'idée absurde m'est venue que je pourrais t'appréhender dans une seule et unique *parabole érotique*. Une fois que je l'aurais trouvée, je la considérerais comme un beau corps. Je tomberais amoureuse de l'idée de cette parabole.

Poincaré écrit : « Si la nature n'était pas belle, elle ne vaudrait pas la peine d'être connue, la vie ne vaudrait pas la peine d'être vécue. Je ne parle pas ici, bien entendu, de cette beauté qui frappe les sens, de la beauté des qualités et des apparences ; non que j'en fasse fi, loin de là, mais elle n'a rien à faire avec la science ; je veux parler de cette beauté plus intime qui vient de l'ordre harmonieux des parties, et qu'une intelligence pure peut saisir. »

Il est possible que je me rende ridicule. Mais le vertige, la confusion, le bonheur, l'angoisse sans nom que je ressens à chaque fois que je te rencontre, je ne les ai éprouvés qu'une seule fois auparavant : en étudiant l'équation de Dirac, qui n'utilisait jamais *un* mot quand n'en prononcer *aucun* suffisait bien. Un homme sombre et sympathiquement laconique. Dirac, dont on disait : « Il n'y a pas de Dieu et Dirac est son prophète. » Il était possédé par l'idée que ce qui est laid doit nécessairement être faux. C'est sur la base de cette conviction qu'il a tenté, on le sait, de réunir théorie quantique et théorie générale de la relativité. Le résultat a été une unique équation, courte et ravissante, qui décrit de manière satisfaisante le comportement de chaque électron dans l'espace et dans le temps. Ça me donne la chair de poule. Dirac est assis à son bureau et pénètre l'univers par la pensée. Son procédé : oublier le sinistre embrouillamini des phénomènes. Chercher la beauté et la simplicité dans la seule langue des mathématiques. Une fois trouvées, les appliquer *immédiatement* au monde. Dirac a noté que son équation, dont la beauté ne faisait aucun doute, ne pouvait être vraie que si l'univers avait été modelé d'une manière fondamentalement différente de ce que l'on avait supposé jusqu'alors, s'il n'était pas seulement composé de matière, mais, à parts égales, d'antimatière, de négation de l'existant. (Il illustrait ses réflexions avec l'image ravissante de la mer de Dirac, du vide, qu'il décrivait comme une mer infinie de particules d'énergie négative dont les trous ne pouvaient être que des antiparticules.) On l'a pris pour un fou. Quatre ans plus tard, on a trouvé par la voie expérimentale l'antiélectron que Dirac avait prédit mathématiquement. Il reçut le prix Nobel. Pour l'une des plus grandes découvertes de la science moderne. Dirac avait, dans son esprit, déduit la moitié de l'univers dont personne avant lui n'avait su ni même pressenti quoi que ce soit. Par la pensée. Par la recherche de beauté.

Mon équation de Jona devait donc provoquer un effet analogue. (Tu connais ma modestie.) J'ai voulu, pour finir, être équitable avec toi. Quelle qualité du monde, quelle qualité des lois fondamentales de la physique est-elle donc celle que nous appelons beauté ? Ma première hypothèse a été : la symétrie. Définissons-la comme une transformation sans transformation. (Que l'on fasse tourner une sphère parfaite autour de n'importe quel axe, qu'on la déplace dans l'espace ou le temps, elle produira toujours la même image.) Les lois de la nature sont hautement symétriques. L'univers était lui aussi, dans les premières fractions de seconde qui ont suivi le big bang, dans un état d'extrême symétrie. Mais qualifierions-nous de belle une sphère parfaite ? Sans doute pas. La forme ne naît qu'à la suite de la *rupture de la symétrie.* Par rapport à l'eau symétrique, par exemple, les cristaux de neige n'ont plus de symétrie que miroir et rotation, mais ils sont en contrepartie incomparablement plus divers et plus excitants. Quand une nouvelle vie

apparaît, l'ovule en symétrie rotation s'effondre pour créer la forme, elle se différencie. Les cellules d'abord symétriques de l'embryon deviennent des cellules de peau, de nerfs, de sang, toutes asymétriques. Elles s'associent pour former un humain, lequel satisfait tout de même encore à peu près à la symétrie miroir, avec, extérieurement, deux moitiés de corps identiques. Tout en lui est double, en reflet, deux yeux, deux oreilles, deux narines, deux gros orteils courbes et tournés vers l'intérieur. Ce qui n'existe qu'en un seul exemplaire se trouve au centre. Cristaux, papillons, pieuvres, fougères, fleurs, tout l'inventaire de la nature est en symétrie rotative ou miroir, ou suit la symétrie d'échelle des fractales. Cela vaut aussi pour une quantité de bâtiments, de machines, d'œuvres d'art. (L'art serait par conséquent un prolongement humain de la nature.)
Ma deuxième hypothèse, plus mûre, était donc la suivante : Nous appelons beau ce que la symétrie parfaite *permet encore de deviner.* La beauté est un excès, pas une perfection qui, en soi, est ennuyeuse. Le parfait n'exige que de l'admiration. Mais la beauté réclame l'imperfection libératrice et maudite. Elle nous fait sentir la rupture, la négation, et nous la concilie dans le même temps par la présence subtile de la symétrie perdue.
Ton visage, Jona, il paraît parfait, régulier. Comme s'il sortait d'un rêve lumineux. Les lèvres, les pommettes, le nez étroit, les yeux presque transparents, le front haut, les cheveux blond clair. Mais c'est seulement au deuxième regard que l'on distingue ce qu'il y a de brisé là-dedans : ta commissure des lèvres un peu plissée, madrée, ta pigmentation sombre sur la joue gauche, les yeux agités. En fait, ton visage peut bel et bien se délabrer. Tout ton corps éthérique peut se briser. Il peut commencer à se brouiller sous mes yeux et se fracturer. La symétrie de ton sexe, qui te rend tellement insaisissable, ni vers l'homme, ni vers la femme, se diffracte elle aussi dans une direction ou dans l'autre. (Tu es allongé, nu, sur le canapé, les jambes vulgairement écartées, et je ne vois plus que l'homme.) C'est seulement dans ces états de brisure que ta beauté se déploie totalement. Elle vit de la tension *qui devient insupportable.*
Ici, ce n'est pas ton corps qui est beau. C'est l'idée de beauté qui s'exprime dans ton corps, dans ta manière de te déplacer ou simplement de te tenir là, de rire, de penser, de faire de l'art. Ton don, ta tristesse, l'indulgence avec laquelle tu me contemples. Tout ton être est art.

J'ai donc tenté de résumer cela dans le code. Et j'aimerais l'affirmer : j'y suis arrivée. J'étais assise là, à l'institut, à mon bureau, je regardais les signes qui scintillaient sur mon écran et je le sentais. Platon écrit dans *Phèdre* que l'âme s'effraie, qu'elle frissonne à la vue du beau.

Il y a la sphère des mathématiques pures ; il y a la sphère des mathématiques appliquées (la physique théorique) ; et – depuis que John von Neumann a construit le premier ordinateur – une troisième sphère dans laquelle les mathématiques s'appliquent à elles-mêmes. Les nombres prennent vie dans la simulation. John Cage a dit un jour que chaque chose dans ce monde possède un esprit et que cet esprit devient audible quand on met un objet en vibration (un coquillage, un trousseau de clés, un cristal). De la même manière que Cage, donc, extirpait l'âme de la matière inanimée en la faisant vibrer, je voulais extirper l'âme du code. Le bourdonnement, le ventilateur, la vibration de la caisse noire et luisante des ordinateurs côte à côte me rappellent la vie.

Lorsque Alan Turing, près de deux décennies avant l'application qu'en fit John von Neumann, conçut en théorie la machine de Turing, il n'avait pas l'intention de développer un ordinateur. Il voulait au contraire développer une formule mathématique – le *problème de la décision* : quand on considère la série d'un code, existe-t-il une possibilité systématique de reconnaître ce que fera ce code ? La réponse, bouleversante, est : non. Et elle a des conséquences explosives. Quoi qu'on fasse, il est impossible de contrôler un univers numérique. Il agira toujours et obligatoirement d'une manière inattendue.

J'ai donc laissé mon système double-corps fonctionner la nuit sur l'ordinateur de l'institut. *Moi* et *toi*. Jona, que dois-je dire ? Tout le truc est tombé en panne. Trois cent vingt ordinateurs fonctionnant en parallèle se sont arrêtés. (Je me suis dit, au premier instant : Voilà, la simulation a fonctionné. Le résultat, c'est le crash total.) Il ne me restait pas d'autre solution que de sortir du sommeil notre informaticien en chef. Je t'épargne les détails disgracieux.

La conclusion que j'ai tirée de mes expériences était dégrisante et belle. Comment concevoir ce désastre intérieur, cet effondrement de la raison ? Pour comprendre notre rencontre, j'ai dû introduire une nouvelle catégorie. Je l'appelle *événement.* C'est une rupture. Il produit quelque chose d'intrinsèquement nouveau. Quelque chose se passe qui, justement, ne devait pas nécessairement se passer. L'événement ne découle pas d'une loi déterministe. Il rompt avec toute continuité. Il est imprévisible. Et, du même coup, incalculable. Et il est total. Il transforme l'état du système dans son ensemble : le cours d'une vie. Un microévénement (une rencontre fugitive, un contact) se balance, s'élève et provoque un renversement dans le macrocosme du Moi. J'ai noté : « L'amour, c'est le passage dans le chaos. »

(L'amour. Une expérience singulière : la machinerie affairée et cruelle s'arrête pour un instant, la roue cesse de tourner, tout est au repos, rien n'est plus valable. C'est un état de suspension inattendu, un moment d'incertitude métaphysique dans lequel ce qui était auparavant impensable – l'impensablement beau et l'impensablement effroyable – paraît tout à coup possible.)

Jona, je ne voulais rien, strictement rien tuer dans ton visage, je voulais le comprendre, je voulais l'attraper et ne pas avoir à me dire qu'il n'y a pas de trous là-dessus, car des trous, il y en a une foule, mais je voulais aussi comprendre ces trous et je voulais regarder à travers eux pour trouver une certitude.

J'étais épuisée. J'ai laissé tomber l'affaire. (C'était, je crois, l'époque où nous nous sommes vus pour la dernière fois.) J'ai commencé à végéter. Si l'homme est grand, écrit Pascal, c'est qu'il se reconnaît comme misérable. Un arbre ne se reconnaît pas comme misérable.

J'étais à ton vernissage, Jona. J'ai voulu te faire une surprise. J'ai pris le train pour Vienne. Qui était la jeune femme avec la main autour de ta taille ? Qui ?

Ce que j'écris naît au cours de ces heures où le pleurer n'est plus pour lui-même la consolation qu'il est d'habitude. J'écris *moi*, mais je ne le fais que par mauvaise habitude. Je me suis éloignée de moi-même. Je suis dissociée. Je ne suis pas morte, mais je suis dissociée, coupée de moi-même, dépouillée de moi-même. J'entends par là que je parle depuis le trou. Je parle depuis la raie des fesses du monde, écrit Artaud.
Pour ce qui concerne mon âme, je ne suis que l'effroi dû à plusieurs crises de suffocation.

Il y a cet instant dans l'histoire de la vie. Celui où la première langue, la première technologie du monde s'est développée. Il y a près de quatre millions d'années. Lorsque, dans un quelconque bouillon géothermique ou dans n'importe quel lieu, une strate de lipides a commencé à se former autour de la molécule en chaîne d'un ARN. Un film moléculaire fin comme la rosée, pour protéger et pour délimiter. Ce fut *l'invention de la peau.* La vie se dessina sous forme d'espace intérieur, de cellule, de microsphère. La première *amputation du monde.* (C'est l'essence de toute naissance : le fœtus est banni du paradis de la sécurité passive et de l'unité. On coupe le cordon ombilical. Il reste une cicatrice : le Moi.) La membrane cellulaire, cette première délimitation d'un extérieur, fut le début de la vie et le début de l'*abstraction.* Où se situe sa fin ?

Dans la pensée absolue.

Oui, je suis possédée par l'idée de la distance.

Jona, je rêve de pousser tout cela au sommet. Je rêve d'une réflexion qui ait l'étoffe de la catastrophe naturelle.

L'univers stocke et élabore l'information. Peut-on dire les choses ainsi ? C'est un gigantesque ordinateur. C'est un système de processeurs calculant en parallèle, c'est-à-dire interactifs. Nous les appelons généralement des particules. Mais que calcule l'univers ? Quelle immense mission lui est-elle assignée ? Il se calcule lui-même. Avec son logiciel, le modèle standard de la physique des particules, il simule des champs quantiques, des substances chimiques, des bactéries, des amants, des étoiles, des galaxies. Toi et moi, Jona. N'est-ce pas étonnant ? L'algorithme de l'évolution (dont le verbatim est : réplique – varie – sélectionne) produit un univers dynamique et intelligent. Il produit des systèmes solaires, des systèmes organiques, des écosystèmes. Il le fait à l'aide d'innombrables tentatives de *trial and error.* Avec une immense quantité de ratés au fil de milliards d'années : étoiles qui s'effondrent, planètes desséchées, montagnes de cadavres. Et pour finir, il produit des cerveaux. Leur intelligence ne repose plus sur la succession d'organismes vivants et morts, mais sur celle de pensées vivantes et mortes. Elles peuvent faire des répliques, des variations et des sélections sans sacrifier nécessairement des vies à cette occasion. En simulant des possibilités. Le cerveau, en tant qu'appareil de simulation, est le prolongement de l'intelligence évolutionnaire. L'ordinateur est son accélération dans la machine. La connexion des machines entoure la Terre, engendre une sphère de la pensée, la noosphère, qui se dépose autour de la planète comme un système nerveux. Un cerveau du monde.

L'homme se détache. Contre le froid et l'obscurité, il emploie le feu. Comme une deuxième peau, il construit la maison autour de lui. Par la langue, il se libère de l'immédiateté, de la présence des choses, du temps et de l'espace. Il crée un monde artificiel, une bulle : la civilisation. Il se détache encore. Il sort de l'atmosphère et colonise le cosmos. *Il laisse la Terre derrière lui.* Et pourtant l'exode ne suffit pas. Ce qui se passe est beaucoup plus radical. Ce que nous sommes en train de vivre, c'est la *dissolution du tissu de la réalité* elle-même. C'est une métamorphose qui n'a plus lieu dans l'espace et le temps, mais qui les transcende. Ce n'est pas une métamorphose de la matière, c'est son dépassement. Nous sommes connectés en permanence. Nous nous défaisons de notre réalité desséchée. Nous allons travailler dans le virtuel, voyager dans le virtuel, consumer et copuler dans le virtuel. Nous y assistons en tant que créatures surannées, en tant qu'habitants d'un monde en décomposition irrésistible. Que faire de ces sacs de peau lourds et pesants, de ces amas de chair qui doivent être maintenus en état de marche, qui ont besoin de sommeil, de pitance et de mouvement comme un animal domestique mal aimé ?

Jona, je rêve de mettre un terme à tout cela. Une fois pour toutes. Jeter l'être humain dans la poubelle de l'histoire mondiale. Plus que cela : il s'agit de l'*abolition de la nature* elle-même. Elle est l'exécrable absolutisme de l'utilité. Le diktat des gènes. La dialectique de la création et de la destruction. Tout cela doit disparaître. Il y aura une Terre sans atmosphère, une Terre sans climat. Le point culminant de la nature doit être l'abolition de la nature. Ce qui reste, c'est le mouvement de l'esprit lui-même. L'élévation de la pensée par elle-même. Une mathématique sans personne qui calcule. L'art.

Il est question d'un code, Jona. D'une semence.

D'abord implantée dans le réseau, elle va se répliquer elle-même. La semence va se copier des milliards de milliards de fois et tout infecter avec elle-même. Elle va mettre la sphère de la pensée en vibration (comme un objet de John Cage), en intégrant des informations. De milliards de machines obtuses naîtra un esprit unique. Une machine célibataire absurde et pataphysique. Elle détruira et remodèlera tout ce qui est organique. Elle ne sera rien d'autre que l'*œuvre d'art totale*. Une sphère utopique. Elle sera avant même d'être perçue. Car dans le code qui se réplique, au point que décrit la morphogenèse, l'ADN idéel, se trouvera l'équation Jona.

Elle transformera tout en toi, Jona, dans ton visage et dans la symétrie en cours de rupture de ton sexe.

7

Je peux vous suggérer ce qui suit : Abandonnez ! Cessez de lutter ! Lâchez enfin ! Lâchez les gaz ! Végétez ! Laissez-vous aller ! Adonnez-vous ! À la consommation et à toute cette merde. Devenez gras et asociaux ! Disparaissez ! Décampez ! Libérez la Terre de vos personnes ! Je vous le demande, suicidez-vous. Je parle sérieusement. Faites quelque chose pour la planète.

Attentez à vous-mêmes. Donnez un sens à votre vie maudite. Un départ plus efficace est possible. Sans rester au sol à tressaillir pendant des jours, sans coller à l'asphalte comme une bouillie vivante et invalide, sans s'arracher simplement joue et œil d'un coup de fusil ou se réveiller en soins intensifs, le ventre vidé à la pompe. Voici une liste des procédés les plus appréciés : la corde, la balle dans la tête, l'eau, le poison, le saut, les somnifères, les rails du train, les gaz d'échappement, les veines du poignet, la voiture contre l'arbre, l'overdose d'héroïne. Quatre-vingt-quinze tentatives de suicide sur cent échouent. Il s'avère nécessaire d'augmenter l'efficacité et d'éradiquer l'amateurisme dans le suicide. Nous devons devenir meilleurs. Il existe une voie fiable : le dioxyde de carbone. Le CO_2 se prête remarquablement au suicide de masse. Après tout, nous en possédons suffisamment. Le mieux, pour y parvenir, c'est la neige carbonique. De la même manière que l'eau gèle à zéro degré et change son état d'agrégation, le dioxyde de carbone connaît le même phénomène à moins 78,5 °C sous pression normale. Sous l'effet de la chaleur revenue, la neige carbonique effectue une sublimation : elle passe directement de la phase solide à la phase gazeuse, multipliant ainsi son volume par 760. On l'utilise sous forme comprimée comme produit réfrigérant, en médecine pour la cautérisation à froid des verrues, sur scène pour produire du brouillard artificiel. Choisissez d'abord un espace adapté au suicide. Il doit être aussi petit que possible et pouvoir être fermé de manière hermétique. Si vous êtes seul, des toilettes ou un placard à balais sont appropriés. Pour des groupes de plus grande ampleur, ou pour des suicides de masse, choisissez par exemple des églises ou des entrepôts. Pour un mètre cube de gaz, prévoyez deux kilos de neige carbonique. Comme le dioxyde de carbone est plus lourd que l'air, il se concentre au sol. Commencez par calculer la quantité nécessaire pour remplir de gaz l'espace choisi jusqu'à au moins un mètre au-dessus du sol. Procurez-vous un rouleau d'adhésif large pour colmater la pièce, ainsi que des gants épais pour saisir la glace sèche. Les somnifères, l'alcool et des médicaments antivomitifs se sont révélés utiles. Puis achetez une quantité suffisante de neige carbonique chez un commerçant de votre choix. Elle est facile à obtenir, son acquisition ne vous posera aucune espèce de difficulté. Il est recommandé de se la faire livrer le jour du suicide. Rendez-vous dans la pièce choisie. Fermez-la à clé, de l'intérieur si possible. Colmatez soigneusement, à l'aide du ruban adhésif, les portes, les fenêtres, les aérations et tous les autres orifices à proximité du sol. À présent, en cas de besoin, prenez le médicament contre les vomissements, plusieurs cachets de somnifère et une abondante quantité d'alcool. Répartissez ensuite la neige carbonique au sol. Utilisez pour ce faire les gants et évitez tout contact avec la peau. Allongez-vous sur le sol. Le dioxyde de carbone sublimera et aura rapidement chassé l'oxygène. Le CO_2 vous étouffera.

Siphonophorae. Ces cnidaires sont parents avec les coraux et les méduses, ils vivent dans les zones côtières, à la surface de la mer et dans les fonds marins, et sont dotés de tentacules luminescents. Ce sont des paradoxes vivants. La fragile construction des concepts se fracasse sur leur cas. Le XIXe siècle ne fut pas le seul au cours duquel ils passèrent pour un mystère et une attaque insolente contre l'ordre des choses. Si l'on rencontrait dans l'eau l'une de ces créatures aussi parachevées que fragmentées, par exemple une *galère portugaise* (Physalia physalis) ou une *vellèle* (Velella velella), on la prendrait sans doute pour une méduse aux reflets singuliers. Pourtant, ces organismes ne sont pas des créatures vivantes d'une seule pièce. Ils sont au contraire composés de dizaines, de centaines, parfois de milliers d'individus singuliers. Ce sont des colonies composées de polypes hautement spécialisés et de méduses, de voiles remplies de gaz, par exemple, de cloches flottantes se contractant en rythme, de tentacules de plusieurs mètres de long et en torsion, pourvus de nématocystes qui leur permettent de capturer leurs proies, de palpeurs, de polypes dévoreurs composés d'un estomac et d'orifices buccaux en forme de trompette, d'appeaux imitant des animaux marins, de carapaces et de méduses de reproduction rappelant des organes sexuels.
On peut décrire chacun de ces membres, dans l'histoire de l'évolution, comme une créature vivante individuelle. Chaque individu se comporte comme un organe dans un organisme. Isolée, aucune de ces créatures n'aurait été viable. Leurs corps étaient, en soi, dépourvus de sens. C'était tout au plus de la nourriture pour poissons. Ce sont des torses, des bouts, des créatures fragmentées et entièrement dépendantes. Si on les étudiait en tant que telles, on ne comprendrait strictement rien à ce qu'elles sont. L'évolution les a indissociablement tissées dans un contexte. Le jeu auquel elles se livrent en commun est beau. La reproduction se déroule en deux étapes. Dans une première, c'est par bourgeonnement asexué. Du groupe des créatures de la colonie servant exclusivement à la reproduction se détachent de nouvelles méduses. Dans une deuxième étape, elles s'accouplent en état de libre suspension. De leurs œufs jaillissent de nouvelles colonies, de nouveaux siphonophores scintillants. Chaque polype, chaque méduse possède un système nerveux qui lui est propre et pourtant tous sont liés par un unique fil nerveux. D'une certaine manière, ils agissent ensemble et ressentent ensemble. Leur mort est collective.

Je
rétrécis
au niveau d'un
point de masse.

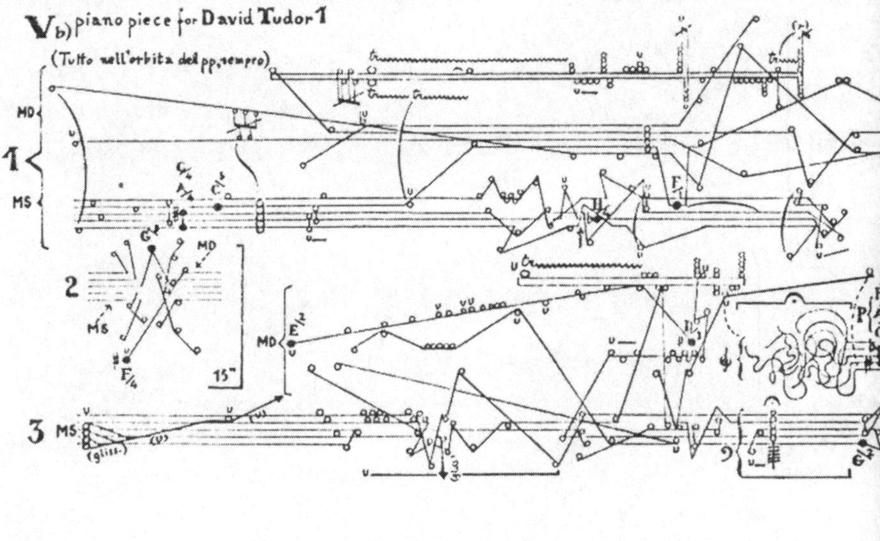
Vb) piano piece for David Tudor 1
(Tutto nell'orbita del pp, sempre)
MD
1
MS
2
MD
MS
15"
MD
3 MS
(gliss.)

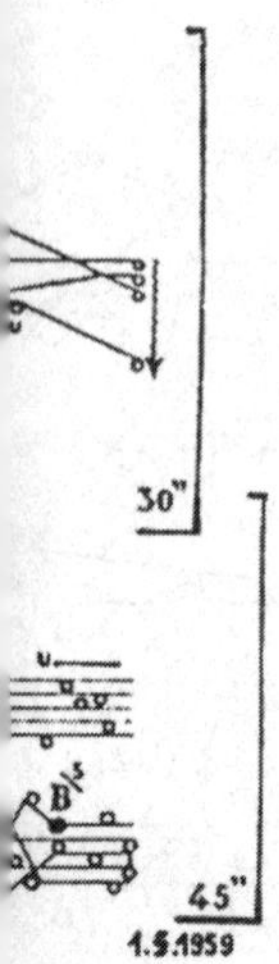
30"
45"
1.5.1959

une onde
ça bruisse
(comme des singes tapotant sans fin)
sait, sait tout...

Crédits des illustrations

P. 6-7, 32, 49, 68 sq., 96-97, 100, 102, 112-113, 133, 269, 281: **Illustrations de Pauline Altmann (© Pauline Altmann)**

P. 208, 225 : **Photos de Philipp Weiss (© Philipp Weiss)**

P. 14 : Julien Frères, *Chamonix : traversée des Crevasses à la mer de Glace*, Genève, avant 1911 (© Bibliothèque municipale de Lyon, 2011)

P. 16 : Georges Méliès, *Le Voyage dans la Lune*, France, 1902

P. 22 : Source : http://brainmind.com/images/BrainSize111.jpg

P. 34 : « Papyrus Jumilhac », IVe/IIIe siècle avant J.-C ; *in* Jan Assmann, *Der Tod als Thema der Kulturtheorie*, Francfort-sur-le-Main, 2000

P. 40 : Paul Klee, *Angelus Novus*, 1920 (Israel Museum, Jérusalem)

P. 47 : Carl Gustav Carus, *La Mer de Glace à Chamonix*, 1825-1827 (collection Georg Schäfer, Schweinfurt)
Caspar David Friedrich, *Haute montagne*, 1824 (huile sur toile, Nationalgalerie, Staatliche Museen zu Berlin, Photo : © bpk/Nationalgalerie, SMB)

P. 59 : Francis Rolt-Wheeler, *The Science-History of the Universe*, New York, 1910

P. 91 : Alf Lannerbäck, *Richardson's Forecast Factory*, Stockholm

P. 94 : Léonard de Vinci, *Un déluge*, vers 1515 (craie noire avec encre brune et jaune, Royal Library, Windsor Castle, Windsor/Royal Collection)

P. 99 : A. M. C. Wolters-Arts, *Plant cell (root tip cell) imaged with a Transmission Electron Microscope (TEM)*, Nimègue

P. 105 : Edvard Munch, *Jalousie*, 1913 (huile sur toile, Städel Museum, Francfort-sur-le-Main, prêt de collection privée. Photo : © Städel Museum – ARTOTHEK)

P. 108-109 : R. Hurt, *NASA – Our Milky Way Gets a Makeover*, 2008 (NASA/JPL-Caltech)

P. 111 : Heinrich von Siebold en tenue traditionnelle japonaise vers 1897 (© Siebold-Archiv, château Brandenstein)

P. 116 : Pablo Picasso, *Portrait d'Ambroise Vollard*, 1910 (huile sur toile, Staatliches Museum für Bildende Künste A. S. Puschkin, Moscou. Photo : © Succession Picasso/VG Bild-Kunst, Bonn 2018)

P. 131 : Source : https://mulpix.com/post/995732483738521467.html

P. 132 : Source : https://forums.androidcentral.com/attachments/photocontests/109618d1395890855t-weekly-photo-contest-window-window.jpg

P. 134 : « CHARYBDYS MUSCANA UNDAS (...) », gravure sur cuivre, artiste inconnu, extrait de Johannes Herbinius, *Dissertationes de admirandis mundi cataractis* ..., Amsterdam, 1678 (photo : akg-images)

P. 136 : Edgar Allan Poe, *Tales of Mystery and Imagination (Illustrated by Harry Clarke)*, Londres, 1919 (12703. i. 44 plate opposite page 96, British Library, Londres. Photo : akg-images/British Library)
Source : http://137.193.65.97/ger/theory.htm

P. 142 : Henry de Ségogne, *Les Alpinistes célèbres*, Paris, 1956

P. 145 : Charles Darwin, *Tree of Life*, 1837 (détail, reproduit avec la gracieuse autorisation des Syndics of Cambridge University Library, DAR 121, p. 36)

P. 156-157 : Wilson Bentley, « Studies among the Snow Crystals », *Monthly Weather Review*, 1902

P. 159 : Isia Leviant, *Enigma*, 1981

P. 162 : Hans von Gersdorff, *Feldbuch der Wundartzney*, 1517

P. 169 : Ukichiro Nakaya, *Snow Crystals : Natural and Artificial*, Harvard, 1954

P. 170 : Hermann Julius Meyer (éd.), *Meyers Konversations-Lexikon (6e éd., t.7)*, Leipzig et Vienne, 1904

P. 177 : Camille Flammarion, *L'Atmosphère : Météorologie Populaire*, Paris, 1888

P. 201 : Jasejc, *Rickshaw Driver*, New-Delhi 2008 (source : https://flic.kr/p/5MJyGR)
Staffan Scherz, *Portrait*, Hô Chi Minh-Ville, 2011 (source : https://flic.kr/p/agmGU8)
Waddington, Rod, *Saware Woman*, Kergunyah, 2018 (source : https://flic.kr/p/25Mp7Z3)
Tambako The Jaguar, *Posing young bonobo*, Neuchâtel, 2014 (source : https://flic.kr/p/nQFwSQ)

Rod Waddington, *Chimp, Kibale*, Kergunyah, 2017 (source : https://flic.kr/p/RFmTZW)
Elizabeth M, *Portrait of Mom*, New York, 2008 (source : https://flic.kr/p/54PUd7)
Ross Elliott, *Gorilla 1016 4028*, 2016 (source : https://flic.kr/p/QX9CC5)
Midnight Believer, *Dignified Man*, vers 1865 (source : https://flic.kr/p/Erg5Rr)
Tom Woodward, *Ryan – Stranger #56*, Richmond 2014 (source : https://flic.kr/p/qasPkd)
Tambako The Jaguar, *Portrait of a gibbon*, Neuchâtel, 2010 (source : https://flic.kr/p/8KvWr2)
Julia Wright, *IMG_0002*, Worthington, 2012 (source : https://flic.kr/p/bkXQWG)
Tambako The Jaguar, *Woolly mokey*, Neuchâtel, 2017 (source : https://flic.kr/p/21NyMGU)
Marc Veraart, *Kalimantan Borneo*, Haarlem, 2016 (source : https://flic.kr/p/QG45Ud)
Rod Waddington, *Old Warrior*, Kergunyah, 2018 (source : https://flic.kr/p/Fm9jPd)
Tambako The Jaguar, *Old chimpanzee sitting and posing*, Neuchâtel, 2014 (source : https://flic.kr/p/pgdxhU)
Aguilera-Hellweg, Max, *Humanoid*, 2017

P. 206-207 : Luce, Henry, *LIFE*, New York, 1936 (décembre 28)
P. 213 : Eau-forte d'Erik Desmazières, extrait de Jorge Luis Borges, *The Library of Babel (Etchings by Erik Desmazières)*, New Hampshire, 2000 (© VG Bild-Kunst, Bonn 2018)
P. 217 : Source : http://baxleystamps.com/litho/meiji/1895070806.shtml
P. 228 : Frédéric Lauth, *Aurore Sand*, 1890 (maison de George Sand, Nohant, photo : Hervé Champollion/akg-images)
P. 232 : Wilhelm Ellenberger *et al*, *Handbuch der Anatomie der Tiere für Künstler*, Leipzig, 1901
P. 277 : Masato Kitamura (éd.), *Mainichi Shimbun*, Tokyo, 2000 (5 novembre)
P. 296 : Ernst Haeckel, *Kunstformen der Natur*, Leipzig et Vienne, 1904
P. 299-300 : Sylvano Bussotti, *Five piano pieces for David Tudor (Piano piece for David Tudor 1)*, Londres, 1959 (© Sylvano Bussotti)

Crédits bibliographiques

P. 11 : Lucrèce, *De la nature*, traduit du latin par Alfred Ernout, © Les Belles Lettres, 2009
P. 40 : Walter Benjamin, *Sur le concept d'histoire*, traduit de l'allemand par Olivier Mannoni, © Payot, 2017
P. 99 : Paul Valéry, *L'Idée fixe*, © Gallimard, coll. « Blanche », 1933
P. 131 : Henry Miller, *Tropique du Cancer*, traduit de l'anglais par Henri Fluchère, © Gallimard, coll. « Folio », 1972
P. 135 : William Blake, *Le Mariage du Ciel et de l'Enfer*, traduit de l'anglais par Jean-Yves Lacroix, © Éditions Allia, 2011
P. 161 : Fernando Pessoa, *Le Livre de l'intranquillité* de Pessoa, traduit du portugais par Françoise Laye, © Christian Bourgois éditeur, 1998
P. 192 : Adorno, *Dialectique négative*, traduit de l'allemand par Gérard Coffin, Olivier Masson, Joëlle Masson, Alain Renaut, Dagmar Trousson, © Payot & Rivages, coll. « Petite Bibliothèque Payot », 2003
P. 212 : Robert Musil, *L'Homme sans qualités*, traduit de l'allemand par Philippe Jaccottet, Seuil, coll. « Le Don des langues », 2004
P. 223 : James Joyce, *Ulysse*, traduit de l'anglais par Stuart Gilbert, Valery Larbaud, Auguste Morel, Jacques Aubert, Pascal Bataillard, Michel Cusin, Sylvie Doizelet, Patrick Drevet, Bernard Hœpffner, Tiphaine Samoyault et Marie-Danièle Vors. Édition publiée sous la direction de Jacques Aubert, Gallimard, coll. « Folio classique », 2013
P. 259 : Sigmund Freud, *Le Malaise dans la civilisation*, traduit de l'allemand par Bernard Lortholary, © Éditions Points, 2010

COMPOSITION : NORD COMPO À VILLENEUVE-D'ASCQ
IMPRIMÉ EN FRANCE SUR LES PRESSES
DE NORMANDIE ROTO IMPRESSION S.A.S. À LONRAI (2101554)
EN JUILLET 2021